Heinz Strunk

Es ist immer so schön mit dir

Roman

ROWOHLT

Textnachweise

S. 5: John Cheever, Marcie Flints Schwierigkeiten. Übersetzt von Lore Fiedler, Jürgen Manthey, Karin Polz, Reinbek 1997.

S. 62 ff.: William Shakespeare, Ein Sommernachtstraum. Zit. nach Shakspeare's dramatische Werke. Übersetzt von August Wilhelm Schlegel, Bd. 1, Berlin 1797.

S. 91: Fremde oder Freunde, Text von Fred Jay, Palmeira und Mario Zan.

3. Auflage August 2021

Originalausgabe
Veröffentlicht im Rowohlt Verlag, Hamburg, August 2021

Satz Adobe Caslon bei Pinkuin Satz und Datentechnik, Berlin
Druck und Bindung CPI books GmbH, Leck, Germany
ISBN 978-3-498-00198-8

«Würden Sie mir bitte gestatten, meine Hand um Ihre Knöchel zu legen? Das ist alles, was ich möchte. Es würde mir das Leben retten. Ich würde Sie auch gern dafür bezahlen.»

– John Cheever

Erster Teil
Zuvor erwogene Möglichkeiten haben sich zerschlagen

Eins

Leichter Schneefall hat eingesetzt, der Balkon ist bedeckt von einer dünnen Schicht, Schnee wie Staub. Der Schnee schluckt den Schall, es ist still wie in der Tiefsee, in Panic Rooms, in der arktischen Nacht. Er horcht auf seinen Atem. Hält die Luft an, zählt. Einundzwanzig, zweiundzwanzig, dreiundzwanzig, vierundzwanzig. Wie es wohl wäre, ein Leben mit angehaltenem Atem zu führen? Kann man sich nicht vorstellen. Kann sich kein Mensch vorstellen.

Es riecht nach Zigarettenrauch. Julia ist auf dem Balkon, die Tür zum Schlafzimmer steht einen Spaltbreit offen. Eine letzte Zigarette und ein letztes Glas im Stehen. Allerdings steht Julia nicht, sie sitzt, auf einer leeren Getränkekiste, und ein Glas hat sie auch keins in der Hand.

Er hat das Rauchen schon lange aufgegeben. *Aufgeben* ist das richtige Wort. Wann eigentlich genau? Keine Ahnung. Wenn man nicht mehr weiß, wann man aufgehört hat, ist das ein gutes Zeichen, dann ist man endgültig drüber hinweg und auf dem Stand eines Nierauchers. Nieraucher, kein Nichtraucher, eine sinnvolle Unterscheidung. Der *Nicht*raucher ist ein Raucher, der sich den Genuss versagt, aber nichts lieber täte, als eine zu dampfen; der *Nie*raucher hat noch nie geraucht, ergo weiß er auch nicht, was er verpasst.

Julia kommt ins Schlafzimmer und legt sich zu ihm. Sie hat sich gründlich die Hände eingeseift, die Zähne geputzt, den Mund ausgespült, das Gesicht gewaschen. In einem Jahr will sie auch aufhören. Pünktlich zu ihrem Vierzigsten. Immer noch von Kälteschauern geschüttelt, macht sie «brrr, huu, kalt, kalt, kalt» und schmiegt sich an ihn. Ihre Haut fühlt sich eisig und klamm an.

«Geht das? Oder zu kalt?»

«Ja, geht, sogar ganz angenehm. Mir ist nämlich ganz heiß.»

Sie nimmt ihre Wasserflasche vom Nachttisch und trinkt in kleinen, spitzen Schlucken. Da liegen sie ganz friedlich, die Schatten auf ihren Gesichtern laufen ineinander.

«Das wäre mal wieder geschafft.»

Was meint sie? Das Wochenende? Was sonst. Wann *genau* ist das Wochenende eigentlich geschafft, vorbei, ganz offiziell? Punkt null Uhr? Oder schon eher, wenn der Sonntagabend im Flimmern und Flackern des Fernsehers versickert? Früher gesellte sich zum Flimmern und Flackern noch das Rauschen, aber das wurde abgeschafft, wie der Sendeschluss.

Für ihn ist das Wochenende gefühlt seit etwa einer Stunde vorbei. Gestern so, heute so und morgen noch mal ganz anders. Als Kind ist man verrückt aufs Leben, wünscht sich, die Zeit möge stillstehen, geht aus Angst, etwas zu verpassen, noch nicht mal zur Toilette. Das Leben bestand ausschließlich aus Anfängen, und nichts hatte ein Ende. Jetzt ist es ihm ganz recht, dass die Zeit rasch vergeht.

Ohne Ehrgeiz die Tage verdämmern, durch Zufälle dahin geraten, wo man ist. Sich treiben lassen, zunehmende Stimmungen, abnehmende Stimmungen, nach nicht durchschaubaren Mustern …

Wenn sein Hirn erst mal zu plappern angefangen hat, hört es so schnell nicht wieder auf. Es produziert dann fast ausschließlich nutz-, wert- und sowieso lose Gedanken, als hätte es eine Extrawindung, die ausschließlich dafür reserviert ist. Denken und brüten, bis ihm alles über den Kopf wächst und die Verwirrung nicht mehr überschaubar ist. Also Ruhe jetzt, finito, silenzio, cut.

«Nimm mich doch mal in den Arm.»

Ihr Atem trifft seine Nasenlöcher. Unter dem Zahnpastageruch hängt, kaum wahrnehmbar, eine vergorene Note.

«Nichts lieber als das.»

«Wann liest du mir eigentlich mal wieder was vor?»

«Jetzt gerade nicht. Ich hab irgendwie Kopfschmerzen.»

Er hat praktisch nie Kopfschmerzen. Nur heute, ausnahmsweise. Das Pochen ist unregelmäßig, es kommt und geht.

«Du hast doch sonst nie Kopfschmerzen.»

«Die sind ja auch nur ganz leicht. Gehen bestimmt gleich wieder weg.»

«Aber nächsten Sonntag.»

«Was?»

«Na, vorlesen.»

«Ja, machen wir.»

«Versprochen?»

«Versprochen.»

«Wir haben es doch gut miteinander.»

«Ja, haben wir.»

Da liegen wir hier, denkt er. Da liegen wir hier nun. Da liegen wir hier rum. Julia fröstelt immer noch.

«Ich fand es heute fast am schönsten.»

Sie hat die Angewohnheit, vor dem Einschlafen das Wochenende Revue passieren zu lassen. Ein Ritual. Sie geht alle Stationen noch mal ab, detailverliebt, haarklein, klein-klein, klitzeklein, sich vergewissernd, ob er es ähnlich schön fand wie sie. Der schöne Spaziergang, der schöne Besuch, das schöne Kochen, der schöne Abend gerade eben, den sie puzzelnd und lesend verbracht haben. Aus irgendwelchen schrägen Gründen hat sie das Puzzeln wiederentdeckt. Sie puzzelt, er liest. Puzzeln ist eigentlich wie Basteln, denkt er, der Heimwerker werkelt, der Denksportler rätselt, unerbittlich und grausam. Allrounder, Bastler, Hobbymenschen: Leute, mit denen etwas nicht stimmt.

Sie erzählt auf eine ganz eigene, ungelenke, fast kindliche Art und Weise, Grammatik egal. Es plätschert wie Wasser.

«Oder was meinst du?»

Er nickt. Er könnte etwas sagen, aber er begnügt sich mit Nicken und vergisst, dass man das in der Dunkelheit nicht sehen kann.

«Hallo?»

«Ach ja, sorry, ich nicke die ganze Zeit, ich pflichte dir in allen entscheidenden Punkten bei.»

«Dann ist ja gut.»

Es war gewiss genauso schön wie das letzte und vorletzte und wie alle noch folgenden Wochenenden. Man könnte das kommende und vergangene und das vorvergangene und das Wochenende vor einem Jahr übereinanderlegen, käme in etwa immer das Gleiche bei raus. So ist das mit dem Leben und den Wochenenden: Die Kreise werden kleiner, sie nähern sich dem Radius null.

«Oder hat dir was nicht gefallen?»

Langsam nervt es.

«Doch, doch, alles okay, ich bin nur müde.»

«Entweder man hat Kopfschmerzen, oder man ist müde. Beides auf einmal geht nicht.»

Das saß. Da hat sie recht.

«Die Müdigkeit überlagert den Schmerz. Der ist ja auch nur ganz leicht, hab ich doch schon gesagt.»

«Überlagert, überlagert. Da hast du dich ja geschickt aus der Affäre gezogen.»

Affäre? Welche Affäre? Sie wendet den Kopf in seine Richtung, schaut ihn durch aus der Mitte der Iris verrutschten Pupillen an. Sie hebt die Augenbrauen und verdreht die Augen ins Weiße, eine Miene, die einmal zu dem Satz «Ich glaub, es hackt» gehörte, jetzt aber alles Mögliche bedeuten kann. «Na ja, macht ja nichts. Ich war seit glaube ich zwanzig Jahren nicht mehr im Zoo.»

Wie kommt sie denn jetzt dadrauf?

«Das heißt, du möchtest demnächst mal wieder hin? Können wir machen.»

In den Zoo! Was soll er denn im Zoo?

Während sie weiterredet, beginnt sein Rücken feucht zu werden. Unangenehm. Er hört sie wie durch einen weichen Brei. Zwischendurch sagt er: hm, ja, ach so, genau. Tempo rausnehmen, ausbremsen, ausschleichen. Es funktioniert; langsam versiegt der Redefluss.

«Ja gut, dann mal gute Nacht.»

«Wünsche ich dir auch.»

«Und gute Besserung.»

«Weshalb noch mal?»

«Na, wegen den Kopfschmerzen.»

«Ach so.»

«Ja genau, ach so.»

Er drückt sie an sich. Bis sie endgültig eingeschlafen ist, trägt er die Verantwortung für sie.

Ich war seit glaube ich zwanzig Jahren nicht mehr im Zoo. Der Satz hängt noch in der Luft, wie Wärme, wie Rauch.

Er gähnt mit geschlossenem Mund, um sie nicht zu wecken. Die liebe Julia, denkt er, so ein lieber Mensch. Wenn doch nur alles etwas einfacher wäre. Er etwas einfacher wäre. Dann würden sie zusammen in diesem Zimmer wohnen, bis sie sich in Staub auflösen und zu Boden rieseln. Der Mondschein dringt weiß und wässrig ins Zimmer. Nackt wie ein weißes Loch, der Mond. Sie beginnt leise zu schnarchen. Behutsam löst er die Umarmung, sie dreht sich auf den Rücken.

Nach einer Weile mischt sich in das Schnarchen ein Pfeifen und eine Art breiiges Röcheln, Nachwirkungen einer verschleppten Grippe. Er dreht sie vorsichtig auf die Seite. Das Schnarchen verstummt, das Pfeifen bleibt. Es zieht sie zurück in die Rückenlage. Man kann sie drehen und wenden, wie man will, denkt er, nützt alles nix. Sie murmelt etwas Unverständliches und greift seine Hand. Immer noch kalt. Wie kann man nur schlafen mit so kalten Flossen.

Irgendwas riecht komisch. Ist sie das? Aber *wonach* riecht es? Kartoffelbrei? Nein, Kartoffelbrei riecht anders. Feuchter Zement. Auch nicht. Spuren von Lösungsmittel. Ach egal. Wie er wohl für *ihre Nase* riecht? Julia betont oft, dass sie seinen Geruch mag. So soll es bleiben. Bekanntlich lassen sich die Leute in langjährigen Partnerschaften gehen. Gott bewahre, so weit wird er es nicht kommen lassen, wenn er eines weiß, dann das.

Sie drückt im Schlaf ihre Füße gegen seine. Kalt wie ein Stück Fleisch, das man aus dem Kühlschrank genommen hat. Immer die armen Füße, taub und kalt und schwer. Kalte Hände, kalte Füße, schöne Grüße, schießt ihm durch den Kopf. Das ist ja mal wieder besonders sinnlos, denkt er. *Vielleicht lässt sich der Satz so lange im Kreis denken, bis ich wegnickere.* Sie drückt sich noch fester an ihn. Lass mal locker, denkt er, ich brauche Bewegungsfreiheit, mit ein paar Zentimetern nur wäre mir schon gedient. Aber wenn er sie wegschiebt, wacht sie auf und ist enttäuscht: «Ich dachte, du hältst mich noch ein bisschen.»

Wenn sie das ganze liebe, ganze lange Wochenende keinen Sex hatten, ist sie besonders empfindlich. Aber was soll er machen. Leider löst sie keine sexuellen Wünsche mehr bei ihm aus, ihre Gegenwart hat etwas geradezu Sedierendes. Vielleicht tut sie ihm auch heimlich irgendwelche Weich- oder Schlaffmacher ins Getränk. Bei fast allen Paaren, die er kennt, ist Sex *forbidden zone*, vermintes Gelände, gehört Sexualität zu einem längst vergangenen Lebensabschnitt. Liebe, Sex und Zärtlichkeit, wie die gleichnamige Bravo-Serie von anno dunnemals. Aus Liebe, Sex und Zärtlichkeit wird Liebe, Kuscheln, Zärtlichkeit und schließlich Freundschaft, Nähe, Gemütlichkeit. Früher haben sie nicht über Sex gesprochen, weil es nicht nötig war, heute sprechen sie nicht darüber, weil es zu nichts führt. Welche Art von Gespräch wäre wohl geeignet, *einschlägige* Probleme zu lösen? Dirty Talk in umgekehrt, fällt ihm ein. Ein richtiger Quatschsatz, aber man weiß, was gemeint ist.

Reizmittel helfen auch nicht. Wäsche, Spielzeug, Hilfsmittel: Reizarmes, von Reizen umhüllt, wirkt gleich noch reizloser. Bitte schnell wieder ausziehen, das Zeug, verstecken oder am besten wegschmeißen! Die Sachen sind noch im Schrank irgendwo. Wenn er sie heimlich entsorgte, würde ihr das hundertprozentig nicht auffallen, und es wäre endlich wieder Platz im Schrank.

«Wo sind die *Dings* eigentlich?»

Julia wird wie immer durchschlummern wie ein Stein, bis um Punkt sechs der Wecker klingelt. Dann wird sie, ohne zu zögern, aus dem Bett springen. Von einer Sekunde zur nächsten quicklebendig und putzmunter. Manchmal pfeift sie, während sie sich ihren Morgenkaffee kocht, vor lauter guter Laune vor sich hin. Julia findet das Leben nämlich *grundsätzlich schön*. Und hat das Glück, nicht nur etwas zu tun, was ihr Spaß macht und was sie kann, sondern darüber hinaus noch das Gefühl, zu etwas Sinnvollem (Kinder und Jugendliche angstfrei mit der großen, weiten, schwer durchschaubaren Welt der Mathematik vertraut zu machen) beizutragen. Sie wünscht sich, dass alles im Wesentlichen so bleibt, wie es ist. Man fährt gut damit, keine übertrieben hohen Erwartungen zu haben. Glücksformel Nr. 1: Mit dem zufrieden sein, was das Leben zu geben bereit ist. Was nützen einem schon ein großes Schloss und ein Dutzend Schnitzel? Egal, wie reich man ist, man kann sowieso immer nur in einem Raum gleichzeitig sein, und nach zwei, allerspätestens drei Schnitzeln ist man satt.

Sie mag die Banalität ihres Alltags, das dünne Bächlein von Ereignissen, die ruhig über sie hinwegplätschern. Angenehm gleichförmig alles, geordnet wie in einem Schuhregal. Das hysterische, fiebrige Glück junger Menschen hat sie gegen das friedliche, stille Glück für Erwachsene eingetauscht. Den Wunsch, eine neue Erfahrung zu machen oder ein neues Gefühl zu entdecken, hat sie verschwinden lassen, überlistet, ausgetrickst. Wenn er wäre wie Julia, wäre alles leichter. Immerhin bemüht er sich.

Er greift nach der Rolle mit den Pfefferminzdrops, die zwischen allem möglichen Krimskrams auf seinem Nachtschränkchen liegt. Krimskrams, denkt er, ein schönes, ein lebenszugewandtes, irgendwie auch heiteres Wort. Er nimmt einen Drops, schiebt ihn erst in die eine, dann in die andere Wangentasche, schließlich auf die Zungenspitze. Er versteift die Zunge und spürt, wie sich der Drops langsam auflöst, plattgelutscht zum Plättchen wird. Kurz bevor es so weit ist, zerbeißt er ihn, ein winziger Tropfen rinnt durch seine Kehle. Herrlich fühlt sich das an. Er nimmt noch einen und einen dritten und vierten. So könnte es weitergehen, bis in alle Ewigkeit. Vom Drops zum Plättchen, vom Menschen zum Strichmännchen.

Einundzwanzig, zweiundzwanzig, dreiundzwanzig … Die Langeweile ist ein Vorbote des Todes, denkt er, lange vor dem Sterben schon präsent. Trübsal, Langeweile, Gerüche, Pfeifen. Obwohl er schon hellwach war, wird er noch wacher, dabei geht das eigentlich nicht *Gleich erhebt sich die Wachheit in voller Größe über mir und versetzt mir so lange schallende Ohrfeigen, bis ich aufstehe und etwas MACHE*.

An Abenden wie diesen ist er im Unglück zu Hause, *leidenschaftlich* unglücklich, wenn es so was gibt: in Bitterkeit schwimmend wie ein Fisch im Wasser. Wenn das Unglück von der Erde verbannt würde, wüsste er gar nicht, was er mit sich anfangen sollte.

Als sie sich kennenlernten, fühlte Julia sich von seinem Unglücklichsein angezogen. Sie fand es reizvoll, weil sie keinen Zugang dazu hatte. Sie kannte sich nicht aus mit unglücklichen Künstlern. Gehört das Unglück nicht untrennbar zum Künstlerschicksal?

Morgen hat er nichts weiter vor, keine Termine, Erledigungen, Arbeiten, die keinen Aufschub dulden. *Rein theoretisch* könnte er den ganzen Tag im Bett oder sonst wo (Puff, Casino, 24-Stunden-Kneipe) verbringen. Ihn überkommt große Lust, etwas zu trinken. Das Wochenende hat er so gut wie nichts getrunken, da kann er sich jetzt einen Schluck genehmigen, obwohl alleine trinken bekanntermaßen das Letzte ist. Er steht leise auf und tappt in Unterhose ins Wohnzimmer.

Nur noch Brandy da. *Ein Brandy am Nachmittag macht einen weichen Gang*, schießt es ihm durch den Kopf. Hat Onkel Dings immer gesagt. In Genießermanier das Glas schwenkend, schaut er aus dem Fenster. Er schaut gerne aus dem Fenster.

Ruhig, mit schönem Schwung. Er riecht an seinen Fingern. Ein Geruch, als hätte er schmutzige Geldstücke angefasst. Schlechte Angewohnheit, die Schnüffelei, muss er sich dringend wieder abgewöhnen. Leute, die an ihren Händen riechen, sehen gestört aus. Wie irgendwelche Tiere, die schnüffeln auch ständig an sich rum, stecken ihre Nase bzw. Schnauze in alle möglichen und unmöglichen Öffnungen.

Die Flocken fallen kaum sichtbar, außer im Licht der Straßenlaternen. Die Scheinwerfer der Autos lassen dann und wann fächerförmige Lichtschlitze über Wände, Decken, Laternen, alles Mögliche gleiten.

An einer Laterne ist sein Rad angeschlossen, oder das, was davon noch übrig ist. Der Sattel, die Reifen und die Kleinteile abmontiert, zerpflückt, ausgeschlachtet, obwohl dies eigentlich keine Gegend für Vandalismus ist. Nun steht das Gerippe da, bis es zu Spänen und Rost und sonst was zerfällt. Das arme Fahrrad, die treue Scheese. Zehn Jahre treue Dienste. Liebe alte Eierscheese. Einsam und allein, wie sein Besitzer.

Er schenkt sich nach und *lümmelt, fläzt, pflanzt* sich aufs Sofa, stellt den Fernseher an und auf stumm und stellt sich vor, wie die Strahlen durch Tür und Mauerwerk dringen und Julias Träume durcheinanderwirbeln. Mit welchem Ergebnis? Sie führt ein Traumtagebuch und wird es während des Frühstücks notieren.

Er schenkt noch mal nach. Warum auch nicht. Er kann sich so oft nachschenken, wie er will. Betrunken sein heißt, nicht an Fragen zu verzweifeln, auf die es keine Antwort gibt. Als Kind war seine Idealvorstellung vom Leben im Bett liegen, Louis-de-Funès-Filme schauen, Vollmilch-Katzenzungen essen und eiskalte Fanta trinken. Echtes Glück, Kinderglück. Schwache Erinnerungen, dünn wie Rauchfäden, leider kann er sich nur an wenig aus der Kindheit erinnern. Vergnügt war er. Mutig. Neugierig. Bestand praktisch nur aus Vorfreude. Auf Weihnachten. Den eigenen Geburtstag. Ostern, Pfingsten, kleine, mittlere, große Ferien, Mittagessen, sogar auf Karneval, muss man sich mal vorstellen. Er hatte sich das Leben als eine Folge von Glücksmomenten vorgestellt, die sich in der Zukunft immer weiter vermehren würden, das Glück würde größer und größer werden, bis er dann, ganz am Ende, als alter Mann, *absolut* glücklich wäre. So war das damals mit dem gänzlich unbeschwerten Glück der Kindheit (wenn er sich richtig erinnert).

Es gibt Menschen, denen das Glück zufällt wie anderen das Atmen. Er zählt nicht dazu. Dabei hatte er objektiv wahrscheinlich auch nicht mehr Unglück und nicht mehr Glück als andere auch. *Es gibt Menschen, die sich wohl in ihrer Haut fühlen, und welche, auf die das nur bedingt zutrifft.*

Nebenbei ein guter Kalenderspruch. Ob es wohl eine Institution gibt, bei der man Kalendersprüche einreichen kann, vergleichbar mit dem Verein, bei dem man jedes Jahr Kandidaten für das Jugend- und/oder Unwort des Jahres vorschlagen darf?

Die Luft steht im Dunkeln still. Es ist wirklich ungewöhnlich ruhig. Was wohl in den Stockwerken über ihm vor sich geht? Ob Tote im Haus *lagern*? Vor langer Zeit ermordete Geiseln? Mumifizierte Rentner in durchgeranzten Ohrensesseln, die darauf warten, endlich unter die Erde gebracht zu werden, ausgedörrte Totenschädel, die sich an den blinden Scheiben die Nasen platt drücken? Das Glas ist schon wieder leer. Wie schnell das immer geht.

Der Tiefpunkt des Wochenendes war der Samstag gewesen. Immer wieder Samstag; Samstag, Silvester light. Früher war der Samstag sein Lieblingstag gewesen, Sonntage waren schlimm, jetzt ist es genau umgekehrt, wie an diesem Wochenende. Sie waren *aus* gewesen oder hatten es zumindest versucht. Ein von vornherein zum Scheitern verurteiltes Unternehmen, das sollte man mittlerweile doch wissen, aus Schaden wird man klug usw.

Bis auf eine kurze Phase in den Dreißigern, an die er sich nur noch dunkel erinnern kann, hatte er schon immer eine Aversion gegen das *Party machen* (hieß damals noch anders, er hat vergessen, wie). Mittlerweile ist ihm das Feier-Gen, wenn man es denn so nennen will, endgültig abhandengekommen. Wie alt ist er jetzt noch mal? Genau. So alt wie die, die ihm in seiner Jugend alt vorgekommen sind.

Aus seiner Sicht leiden die Partypeople an einer Art Massenpsychose. Alle wahnsinnig, rasend, von Teufeln besessen, denn es gibt weder einen vernünftigen noch einen unvernünftigen Grund, sich zu amüsieren. Das Leben ist eine ernste Sache.

Die *Gaudimaten* (tolles Wort, hat er neulich irgendwo aufgeschnappt) sind natürlich keineswegs verrückt, er ist nur eben raus. Dabei ist er ja noch nicht wirklich alt, er ist in den besten Jahren, viril, guter Körper, gut gereift, wohlklingende, tiefe Stimme, nicht die klitzekleinste Geheimratsecke. Er weiß das, aber ihm ist das *Bewusstsein* davon abhandengekommen. Nur manchmal fällt es ihm wieder ein, vor allem, wenn er ehrlich zu sich ist, im Vergleich mit Julia.

Julia ist ihm, man muss es leider so sagen, irgendwie peinlich geworden. Sie hat etwas Tantchenhaftes bekommen. Tantchen-, wenn nicht gar ein wenig omahaft. Auch ist ihr Gang irgendwie watschelig, stapfend, wie eine Bäuerin in Pantinen. Dabei ist ein schöner Gang die halbe Miete. Nichts ist attraktiver als ein junger Gang. Das *Gangwerk* sagt mehr über das wahre Alter als Hände oder Hals.

Und wie schnell sich das änderte! Als wäre sie, ohne ersichtlichen Grund, in einem plötzlichen Sprung nach vorne ins Alter gestürzt. Oder ist er der Grund? Ist sie *an seiner Seite* alt geworden? Vom Teenie zur Muhme. Bald schon wird sie zu den Frauen gehören, die von Männern auf der Straße keines Blickes mehr gewürdigt werden. Bei denen man unbewusst wegschaut, wenn sie eine Sauna betreten. Die vergessen, sich die Augenbrauen zu zupfen. Zum Zahnarzt zu gehen. Unwahrscheinlich, dass ihr irgendwann noch mal ein Mann «I'm blinded by your grace» ins Ohr flüstert.

Manchmal, wenn sie in der Stadt spazieren gehen und ihr Spiegelbild zufällig in einem Schaufenster aufblitzt, zuckt er regelrecht zusammen: Wie sehen die (wir) denn aus! Provinzler, die am Wochenende aus den umliegenden Speckgürteln gekrochen kommen, Eltern, deren Kinder gerade das Haus verlassen haben und die nun endlich wieder tun und lassen können, was sie wollen, aber verlernt haben, wie das geht: staunende, ratlose Witzwesen, die durch die aufgeladene Nacht irren. Je aufgeladener die Nacht, desto stärker entladen sich die Witzwesen. Grob, linkisch, fremdelnd wandern die Uncoolen durch die Nacht, um den Auftritt der Coolen umso glänzender erscheinen zu lassen, denken im Unterschied zu coolen Leuten auch immer viel zu lange darüber nach, welchen Eindruck sie gerade machen. Mühelosigkeit zeichnet diejenigen aus, denen eh schon alles zufällt; bei den Bemühten mag man nicht gerne hinschauen. Die Welt, damit das mal klar ist, gehört den Singenden und Tanzenden.

Er schenkt sich ein letztes Mal nach. Der Geschmack ist nach dem vierten (oder fünften?) *Humpen* etwas penetrant, aber er trinkt schließlich nicht, weil es ihm schmeckt, sondern weil er noch ein letztes kleines Schlückchen braucht. Sein Kopf summt vom Alkohol und von der Drehung des Universums.

Er könnte Musik hören. Aber dafür er ist schon zu hinüber, hat er nix mehr von. Außerdem darf man Musik, die man mag, nicht allzu oft hören, sonst nutzt man sie ab, dabei muss sie ja halten, unter Umständen ein ganzes Leben. Langsam wird's Zeit fürs Bett, außerdem drückt die Blase. Auf dem Weg zur Toilette muss er sich an der Wand abstützen. Im Sitzen merkt man nie, wie voll man schon ist, denkt er, erst wenn man aufsteht, schlägt die Stunde der Wahrheit. Jetzt noch Zähne putzen. Als er im Badezimmer das Licht anmacht und sein Blick in den Spiegel fällt, bekommt er wirklich und wahrhaftig und ganz in echt einen Schock.

WIE SEHE ICH DENN SCHON WIEDER AUS?! MEINE GÜTE, DAS GIBT'S DOCH NICHT.

Wenn er betrunken ist, täte er besser daran, den Spiegelblick zu meiden, denn der Alkohol verändert auf ungute Weise seine Wahrnehmung, und er sieht wahrhaft Gespenster. Die einen trinken sich schön, er trinkt sich hässlich: Er blickt in das faltige, runzlige Gesicht eines Affen. Affe? Selbst zum Affen langt es nicht, dazu ist die Haut zu verquollen und picklig und schuppig und unrein. Und gerötet. Ein rot geschwitztes Knetfigurengesicht, von einem Kleinkind geknetet, breit und vergurkt, Augen in Aspik, Stirn auf halb acht, tiefhängende Unterlippe, vorgelagerte Zunge.

Das kann doch nicht mit rechten Dingen vorgehen, es muss sich um eine optische Täuschung handeln, eine Spiegelung, Brechung, was in der Art. Anstatt das Licht unverzüglich wieder auszumachen, wird er der Sache unverzüglich auf den Grund gehen. Seine Unterhose hängt wie eine Windel. Eine formlose, weiche, welke Windel. Runter mit der Windel! Er kann nicht anders.

Ein aufrecht stehender Sack voller Eingeweide. Qualliges, lilienweißes Fleisch. Was ist lappiger, die Haut oder das Fleisch? Aber das Beste kommt wie immer zum Schluss: der SACK. Ob sich so ein trauriger Sack noch liften ließe? Doppelte Hodenstraffung mit Schwanzbegradigung und Schwellkörpererweiterung. Was er da sieht, hat nun gar keinen Marktwert mehr. Kann er sich gleich morgen mit den anderen Ausgeleierten und Verwelkten zusammentun.

«Geil, geiler Typ, echt geiler Typ», murmelt er vor sich hin. «Einfach nur noch geil.»

Er hat die Vokabel aus seinem Sprachschatz verbannt, aber jetzt ist eine passende Gelegenheit, sie mal wieder auszugraben. «Geil, geil, geil, geiler Typ.»

«SAG MAL, WAS IST DENN MIT DIR LOS?»

Er zuckt zusammen, als wäre auf ihn geschossen worden. Julia steht in der Tür, bleich, entsetzt, ratlos. «Geht's dir nicht gut?»

Gute Frage.

Sie hat nicht den geringsten Schimmer, was er macht und was das soll. Ein nacktes Gespenst, das sich aus dem Sarg erhoben hat; der Mann muss vor sich selbst geschützt werden. Ein Arzt muss her oder die Polizei, oder alle beide und die Feuerwehr gleich mit.

«Ich gefalle mir überhaupt nicht.»

Das ist natürlich sehr schwach.

«Ach Mensch.»

Mehr fällt ihr nicht ein. Die Stille dehnt sich.

«Ich geh dann mal wieder ins Bett.»

Sie wirft ihm ein (Mut machendes?) Lächeln zu, das sich hilflos in die Breite zieht. Sie hat vergessen sich abzuschminken, die dicke Wimperntusche um ihre Augen ist verlaufen und wieder getrocknet.

«Ich komm auch gleich. Brauchst du noch was?»

Sie gibt keine Antwort. Die Tür geht auf und dann zu.

Zwei

Beim Versuch, sich durch einen engen Felsspalt zu zwängen, bleibt er stecken. Da hilft kein Ruckeln und Schlängeln und Luftanhalten, je verzweifelter die Befreiungsversuche, desto aussichtsloser wird die Lage. Bald geht es keinen Zentimeter vor und keinen zurück, ihm bleibt die Luft weg, er droht zu ersticken. Der seit etwa einem Jahr immer wiederkehrende Albtraum zerfällt beim Aufwachen, hinterlässt jedoch eine Beklommenheit, die den ganzen Tag überschattet.

Als er sich auf die andere Seite drehen will, überkommt ihn schlagartig, wie eine ganze Abfolge von Schlägen, die Erinnerung an seine nächtliche *Performance.* Was war da los gewesen, was sollte das, wieso macht er so was? Ein peinlicher, nahezu totaler Gesichtsverlust, der alle vorherigen Gesichter wie schlampig aufgetragene Masken erscheinen lässt. Julia, seine liebe gute Julia, muss ihm, bitte schön, bitte sehr, verzeihen und ihm sein Gesicht zurückgeben.

Nebenan der Küchen-Soundtrack wie immer; Kaffeekoch-Geräusche, Pfeif-Geräusche, Klöter-Klimper-Klapper-Geräusche, Fetzen aus dem Radio. Ein neuer Oldie-Sender, der vierundzwanzig Stunden am Tag tote Teenagersongs aus untergegangenen Zeiten versendet.

Als Julia ins Schlafzimmer kommt, um sich zu verabschieden, hat sie ein leichtes Lächeln auf den Lippen. Ein Glück, denkt er, ist anscheinend alles wieder halbwegs in Ordnung.

«Sag mal, gestern, war das sehr krank? Ich meine unangenehm? Hast du dich sehr erschrocken?» Er verzieht den Mund zu einem käsigen Grinsen.

«Weißt du was?» Ihre Stimme hat ein angenehm entspanntes Timbre.

«Nein, was denn?»

«Du musst mal zum Erbsendoktor, auf die Rüttelbank. Dass die ganzen Erbsen in deinem Kopf zurechtgerüttelt werden.»

Zum Erbsendoktor auf die Rüttelbank. Phantastisch, da muss man erst mal drauf kommen. Julias Art ist einfach, erfrischend und zerstreuend. Sie verkompliziert die Dinge nicht unnötig, sie ist nicht nachtragend, sie ist lösungsorientiert. Sie schauen einander direkt ins Gesicht. Komisches Gefühl. Früher haben sie sich öfter so angeschaut, wie ein Liebespaar eben. Julia kratzt sich an der Nase und scheint einen Moment vergessen zu haben, worum es geht.

«Ich kenne dich nun wirklich lange genug. Es ist alles in Ordnung.»

«Ach so, ja. Ich konnte es nur nicht recht einschätzen.»

«Weiß ich doch. Und jetzt hast du dir die ganze Zeit Gedanken darüber gemacht?»

«Ja, vielleicht.»

«Quäl dich doch nicht immer so. Du bist ein toller, gutaussehender Mann mit leichter Schraube locker. Ich muss jetzt los. Wir sehen uns vielleicht Mittwoch.»

Sie gibt ihm einen Kuss auf den Mund und rubbelt ihm über den Kopf, wie man einem Kind oder einem Haustier durchs Haar bzw. Fell fährt.

«Wir hören uns später noch mal.»

Dann ist sie weg. Wir sind zwei Termiten, denkt er, in der Ausdauer liegt unsere Stärke.

Er schließt die Augen. Die Uhr auf dem Nachttisch tickt weiter, ihre Zeiger drehen sich im Kreis. Der Kater ist brutal, der wird sich nicht so leicht wegschlafen lassen. Er stellt sich vor, wie schön morgendliche Fröhlichkeit wäre. *Die Luft klar und rein, der Azur des Himmels tränkt die Erde, ich nehme teil an der Gemeinschaft des Erwachens.* Er hat das Bedürfnis, sich als Teil der werktätigen Solidargemeinschaft zu begreifen, denn wer bereits am Montag verschläft, gerät schnell ins Hintertreffen und kann den Rückstand bald schon nicht mehr aufholen.

Bitte, lieber Gott, denkt er, sei so gnädig und lass mich noch ein wenig schlafen. Den lieben Gott bemüht er ausschließlich in alkoholbedingten Elendszuständen, für einen bescheidenen Gefallen ist sich der liebe Gott sicher nicht zu schade, wo er sich mit den großen Gefallen doch schon so schwertut.

Unvermittelt kommt ihm der Gedanke an Sex. Auch so eine Sache: Kaum ist Julia aus dem Haus, melden sich die Hormone. Er stellt sich so *einiges* vor, Stellungswechsel, die immer akrobatischer und anstrengender werden; im besten Fall gelingt es ihm, über solche Gedanken einzupennen. So ist es mit dem Gehirn: Wird's zu kompliziert, schaltet es sich ab. Die Stille senkt sich schwer wie eine Wolke herab, zieht seine Lider hinunter, und er schläft wieder ein.

Nach dem Duschen schaut er sich lange im Spiegel an. Sieht aus wie immer, keine Spuren, keine Dellen, keine Schwarten und Scharten, keine Einschlüsse und Grieben. Mit etwas Wohlwollen kann er als *Charakterkopf* durchgehen.

Er geht auf den Balkon, um sich ein Bild vom Wetter zu machen. Hat er sich seit kurzem wieder angewöhnt: die Wetter-App links liegen lassen und selbst das Wettermännchen machen, kurz den Arm, das Bein oder sich selbst raushalten. Aus dem niedrigen, grauen Schneehimmel kommt nichts heraus, er gibt nur einen schmutzig gelben Schimmer wieder vom Arbeitslicht der Stadt. Die herabhängenden Äste sind schwer von schmelzendem Schnee. Der Wind schmeckt säuerlich. Na ja, soso, denkt er. Vielleicht trotzdem mal eine Runde rausgehen.

Als er aus der Haustür tritt, rennt er fast eine um. Ein junges Mädchen, siebzehn oder achtzehn, Mutant aus Kindergesicht und Sexbombe. Ihm bleibt die Luft weg, Schultern und Brust sinken ein, ihm klappt die Kinnlade runter, es haut ihn von den Socken. Im Bruchteil einer Sekunde entfacht sie in ihm eine brutale Gier, zehn Milliarden Neuronen feuern zeitgleich, die innere Sekretion arbeitet auf Hochtouren, die Ionenkanäle sind offen wie Scheunentore.

«Oh, Entschuldigung», sagt er leise.

«Macht nichts», erwidert das Mädchen, ohne ihn anzuschauen. Sie weiß um ihre Wirkung, dass sie seit neuestem, in der *Blüte ihrer Jugend*, einschlägt wie eine Bombe. Sie beschleunigt ihren Schritt, nach ein paar Metern dreht sie sich um. Fühlt sie sich von ihm verfolgt, bedroht? Als sich ihre Blicke treffen, lächelt er. Freundlich, harmlos, väterlich soll es ausfallen, doch sein Lächeln verunglückt, er spürt, dass er eine Idiotenfratze zur Schau stellt. Ein panischer Zug tritt ins Gesicht des Mädchens. Er hebt die Hand zu einer Art, ja, was denn, beschwichtigender Geste, dass alles okay mit ihm ist. Sie wendet sich ab und setzt ihren Weg fort. Was für ein *anmutiger* Gang, denkt er, die schwebt ja mindestens zehn Zentimeter über dem Bürgersteig. Schon wieder das Gangwerk, das die Spreu vom Weizen trennt. Die einen schweben, bei den anderen gibt der Bürgersteig nach. Er glotzt ihr hinterher, bis sie hinter der nächsten Biegung verschwunden ist.

Zu Fuß nach Hause sind es etwa zwanzig Minuten. Tauwetter hat eingesetzt, pockennarbiger Schneematsch, der die Gegend in Streifen überzieht wie ein Spinngewebe. Regenwolken kommen in langen Schüben über den Himmel gewälzt. Aus einem Hauseingang springt ein großer schwarzer Hund mit gelben Augen und bellt ihn an. Er zuckt zusammen. Von wegen immer nach vorne schauen, vielleicht sollte man öfter mal *beiseite*schauen, dorthin, wo die anderen nicht hinschauen, wo die Hunde und Gespenster lauern. Der Hund knurrt ihm hinterher, vom Besitzer keine Spur. Schon mal was von Leinenpflicht gehört?

Wieder mal hat er vergessen, ein Fenster gekippt zu lassen. Die Wohnung riecht nach altem Staubsauger, es ist stickig und dunstig. Er reißt das Fenster auf, hält seinen Kopf hinaus und zählt bis hundert. Die Fenster der Wohnungen auf der anderen Straßenseite sehen aus wie schmuddelige Laken, die man an die Wand genagelt hat, Wände und Dächer und Häuser und Fenster, grau in grau in grau in grau. An einer Scheibe klebt ein Rentnerpaar wie aufgespießte Schmetterlinge. Auch grau, reglos. Die müssen nie mehr im Leben arbeiten, denkt er, die dürfen den lieben langen Tag aus dem Fenster starren. Von einer Ecke zur anderen gehen. Von einer Ecke zur anderen gehen und dabei pfeifen. Von einer Ecke zur anderen gehen und dabei Rülpskonzerte veranstalten. Oder irgendwas ganz anderes; die ruhige Freude derer, die ohne Hast und schlechtes Gewissen ihre Zeit verplempern.

Er ist immer noch völlig groggy. Wenn seine Kraft für die Arbeit nicht reicht, könnte er sich Alltagsverrichtungen zuwenden, leichten, anspruchslosen Tätigkeiten, die sich aber auch nicht von selbst erledigen. Mit Hilfe eines Ceranfeldschabers Kerzenwachs vom TV-Möbel kratzen beispielsweise. Die permanent auslaufenden Kerzen sind ein Ärgernis, das nicht in den Griff zu bekommen ist. Im Nebenhaus hat es kürzlich gebrannt. Vermutlich Verwahrlosung, Alkohol, Drogen, glühende Kippen, zusammensackende Kerzen; der Wohnungsbrand als Tiefpunkt eines hoffnungslos aus dem Ruder gelaufenen Lebens.

Die Summe unlösbarer Probleme, die irgendwann zum erlösenden Brand führen. Im Suff die eigene Bude abfackeln und dann direkt in die Geschlossene, aufpassen.

Er macht sich eine Kanne Tee – an Kaffee ist mit dem Kater nicht zu denken – und rollt sich in Embryonalhaltung auf dem Sofa ein. Viele Stunden gilt es herumzubekommen; mindestens genauso schwer wie Lebenszeit zu füllen, ist, sie zu vergeuden.

Es ist noch nicht mal *früher* Nachmittag, auf den zunächst der späte Nachmittag folgt, dann der frühe Abend, die Primetime, und erst ganz zum Schluss, in unendlich weiter Ferne, der späte Abend. Und erst, wenn auch der offiziell vorbei ist, darf man zu Bett.

Ticktack, ticktack. Er hat sich zum Geburtstag eine schöne alte Wanduhr geschenkt. Das Geticke ist fast so gemütlich wie Regen, der gegen Scheiben pladdert. Ticktack, ticktack, herrlich, der Zeit dabei zuzuhören, wie sie vergeht. Die Zeit versickert in den Löchern, die er in die Luft starrt, in Wurmlöchern, schwarzen Löchern, allen möglichen unentdeckten und noch unbenannten Löchern. Ticktack, ticktack.

Es reicht, los. Er geht jetzt zur Arbeit. So ist der Mensch nun mal programmiert, irgendwann geht jeder zur Arbeit.

Am Himmel nun rosa Streifen und ein seltsames Licht. Spatzen schlittern über die Schneereste, hoppeln und hüpfen mit hängenden Flügeln davon, vor dem Habib-Grill kämpfen schmutzige und aufgeplusterte Tauben um Dönerreste. Er stellt sich vor, dass alle Leute, denen er begegnet, *ganz normale* Arbeitnehmer sind, die sich wie verrückt auf den Feierabend freuen. Vielleicht sind auch Verbrecher darunter. Ob jemand zur Arbeit geht oder von einem Raubmord kommt, lässt sich am Gang nicht erkennen.

Sein Arbeitsplatz ist achtzehn Quadratmeter groß und liegt

im Erdgeschoss einer zweistöckigen, etwas heruntergekommenen Gewerbeeinheit. Hinterhof, Nachkriegsbau, dreihundertdreiundneunzig Euro Miete inklusive. Die Toilette teilt er sich mit vier Parteien, einem Foto-, einem Ton- und zwei Graphik-Studios. Graphiker-Studios. Studios mit Graphikern drin.

Sein eigenes Studio heißt *Audio-Konzept.* Nicht sonderlich originell, aber immer noch besser als Eurovoice, Klangschmiede oder Noiseless. Jetzt ist es sowieso zu spät, den Laden umzubenennen. Außerdem weiß man gleich, was Sache ist: Hörbücher, Hörspiele, Podcasts, E-Learning, Guides, Tutorials, Telefonansagen, Interviews, Erklärvideos, Imagefilme, Voiceover für Produktvideos. AUDIO-KONZEPT – ALLES, WAS SPRACHE KANN. Er ist schnell und liefert gute Qualität zu günstigen Kursen. Das hat sich rumgesprochen, die Auslastung von Audio-Konzept hat mit den Jahren stetig zugenommen.

Zwei unbearbeitete Produktionen liegen auf Halde, ein Hörbuch und ein Hörspiel. Das Hörbuch muss geschnitten werden, heißt, Versprecher, Störgeräusche, Pausen eliminieren. *Cleaning* nennt sich das. Cleaning ist null Komma null kreativ und in etwa so langweilig, langatmig und langwierig, wie es sich anhört. Das Hörspiel muss darüber hinaus vertont werden, heißt, passende Sounds und Atmosphären auswählen und an der richtigen Stelle positionieren. Unendlich viele Geräusche gilt es einzusetzen, von sehr kurz (Lichtschalter betätigen) über kurz (Zeitung auseinanderfalten), mittel (Kirchenglocken), bis lang (Dorfplatz am Morgen / Freibad / Fußballstadion / Baustelle). In seiner Soundbibliothek finden sich allein dreizehn unterschiedliche Telefonklingeltöne. Von Ding bis Dong. Wenn in Minute siebenundvierzig das Telefon klingelt, muss er ein Signal an die richtige Stelle schieben. Reine Frickelarbeit, Millimeterarbeit, Mikromillimeterarbeit, mehr Millionstelmillimeterarbeit geht nicht. Anderes Beispiel: Eine Person betritt eine Wohnung oder ein Haus oder eine Hütte oder BEHAUSUNG, DIVERSE. Dieser Vorgang muss von einer Abfolge von Geräuschen begleitet werden, die man intuitiv begreift: Klinke drücken – Tür öffnen – erneutes Klinkengeräusch – zwei Schritte in den Raum hineingehen – Tür schließen – Schritte – Reißverschluss öffnen – Jacke ausziehen – Schritte – Schlüsselbund auf Ablagefläche legen – Schritte – Stuhlrücken – hinsetzen. Dieses aus dreizehn Einzelfiles bestehende Audiofile hat er eigenhändig erstellt, weil es in keiner Library zu kaufen ist. Sein Archiv umfasst auch *Human Standards* (den Begriff hat er sich ausgedacht) wie gurgeln, niesen, schnarchen, würgen, spucken, kratzen, mit den Gelenken knacken. Einzigartiges, überlegenes Material, denn wo sonst finden sich Files wie *Der große Pups, Eilbekpups lang, Eilbekpups kurz, Furz – groß und trocken, Furz – klein und eklig, Trompetenpups 1, Trompetenpups 2*?

Das zu bearbeitende Hörspiel für die Traditionsfirma *Achterbahn* trägt den Titel «Herr Roabarb, Frau Grump und Pongo» und zählt zur Kategorie *Hörspiel für Kinder bis zwölf Jahren.* Weitere Kategorien sind Krimi, Science-Fiction, Unterhaltung, Erotik, Bildung und Wissen, Humor, Literatur. Bislang sind nur die nackten Sprachaufnahmen im Kasten, die meisten von Schauspielern eingesprochen, ein paar Spuren auch von ihm selbst, um Geld zu sparen. Er verändert Tonhöhe und Klang seiner Stimme mit Hilfe eines Pitch-Shifters und klingt dann, je nachdem, wie ein neunzigjähriger Mann mit Bronchialkatarrh, ein kleines Mädchen oder Mickymaus persönlich. Die Technik hat rasante Fortschritte gemacht, und der Tag ist nicht mehr fern, an dem überhaupt keine Sprecher mehr benötigt werden.

Er fährt den Computer hoch und nimmt sich das Hörbuch vor. Der Sprecher hatte eine Erkältung, das hört man auch: durchgehend Magengeräusche, Räusperer, unterdrücktes Husten, von Rechts wegen müsste der noch mal kommen, um wenigstens die allerverschleimtesten Passagen auszubessern. Aber der ganze Stress und Streit, und dann verlangt der noch Nachschlag, Gott bewahre, da kämpft er sich lieber durch dieses Inferno aus Nebengeräuschen. Spuck, Sabber, Sprötzel. Qualität kommt von Qual. Definition Arbeit: Qual. Alles, was quält. Macht etwas Spaß, dann ist es keine Arbeit. Er bastelt und bastelt. Warum kann nicht das Telefon klingeln, eine dringende Nachricht oder Mail eintrudeln oder der Strom ausfallen?

Dann klingelt doch noch das Telefon. Ja, ja, ja! Es ist Frieder, Freund Frieder, sein ältester, mutmaßlich bester Freund. Ob er heute Abend schon was vorhabe. *Nicht dass ich wüsste.* Ob er Frieder zu einer Filmpremiere begleiten wolle. Nichts Weltbewegendes, Arthouse, aber trotz Low Budget sei die Produktionsfirma für High-End-Premierenfeiern bekannt. Aha, soso. Genau. «Was ist, kommst du mit?»

Wieso wird Frieder, im Unterschied zu ihm, eigentlich ständig zu Premieren, Feiern, Events eingeladen? Weil er im Unterschied zu ihm auf allen möglichen Verteilern ist. Und wie kommt man auf diese Verteiler? Gute Frage. Es ist halb fünf, und vor ihm läge eine endlose Cleaning-Strecke. Also ja, okay, aber nicht so lange, es ist schließlich Montag. Fein, sagt Frieder, halb acht vor Ort.

Auf dem Heimweg überkommt ihn große Lustlosigkeit. Vorhin hatte er sich fast gefreut, und kaum eine halbe Stunde später ist davon nichts mehr übrig. Immer diese unerklärlichen Stimmungsschwankungen; auf nichts kann man sich verlassen, am allerwenigsten auf sich selbst. Aber wenn er absagen würde, wäre es bereits der dritte Rückzieher in Folge. Ich brauche Frieder noch, denkt er, wieso, wofür und weshalb, fällt ihm nicht ein.

Drei

Die meisten Filmpremieren müssen ohne Gedöns und Fans und Presse und roten Teppich auskommen, noch nicht mal rote Läufer werden ausgerollt. Der Film heute Abend (zählt zur beliebten Kategorie Sozialdrama) ist nichts, gar nichts, das große Nichts, eine Produktion, bei der man sich fragt, wer um Himmels willen das Drehbuch durchgewinkt hat. Ein Blockbuster wird das jedenfalls nicht. Box Office, unter zehntausend Zuschauer, schätzt er. Box Office = Schalterhäuschen, gutes Wort.

Während der Vorstellung meldet sich die Blase. Es gibt nichts Unangenehmeres, als sich unter den unduldsamen Blicken der Besucher durch vollbesetzte Sitzreihen zu zwängen und zu drängen und zu schlängeln, aber es muss sein. Den Rest des Filmes schenkt er sich. Im Foyer ist es gähnend leer, es riecht nach Erdnüssen. Am liebsten würde er sich *verdünnisieren*, doch da kommt schon in bester Laune Freund Frieder. Er müsse ein dringendes Telefonat führen und bitte ihn, schon mal zur Premierenparty vorzugehen. Was gibt's denn Dringendes zu telefonieren, und wo ist *vor*? Ausgang rechts, einmal lang hingeschlagen, findest du schon.

Die Party findet in einem ehemaligen Irgendwas statt, das bis zum unabwendbaren Abriss für Events oder als Pop-up-Store genutzt wird. Das Betreten eines öffentlichen Raumes, das Eintauchen in ein soziales Spannungsfeld überfordert ihn. Er ist es auch nicht mehr gewohnt. Der Small Talk wird zur Falltür, die Blicke der Leute persönliche Angriffe, das linkische Herumstehen stößt ihn in die größte Verlorenheit. Wo bleibt Freund Frieder? Soll der sein verdammtes Telefonat doch morgen führen, eine Unverschämtheit, ihn so lange warten zu lassen. Von überall rasseln die Erbsen öder Worte, sie kommen von irgendwoher und gehen nirgendwohin, pfeifen in ewiger Gegenwart. Er hätte besser zu Hause bleiben sollen.

Endlich kehrt Frieder zurück, in den Händen zwei Mai Tai. Haben die immerhin Cocktails hier. Statt ihm Gesellschaft zu leisten, stürzt sich Frieder aufs Buffet. Endlich mal wieder satt essen. Frieder hat wenig Geld und freut sich immer wie ein Schneekönig, wenn es was umsonst gibt. Weit hat Frieder es im Leben nicht gebracht, aber das ist ihm egal, er ist der vielleicht genügsamste Mensch auf Gottes weitem Erdenrund. Seine Karriere war zu Ende, bevor sie in Gang kam, nichts Besonderes, ein ganz normales Künstler-/Musikerschicksal, *one in a Million* schafft es, der Rest bleibt auf der Strecke und muss sehen, in welcher Nische er oder sie unterkommt. Seit Ewigkeiten schon hält sich Frieder mit Jobs über Wasser. Kellnern, Promotion, Nachhilfe, Gartenarbeit, Lichtdouble, Plasma spenden, Kurierdienst. Frieder ist der mutmaßlich älteste Fahrradbote der Welt. Geschäftsidee *Methusalem-Biking*. Hält nebenbei schön schlank. Im erotischen Ranking rangieren Fahrradkuriere weit vorn. Junge, sexy Fahrradkuriere, denn ab vierzig wird's problematisch, und wer mit fünfzig immer noch in die Pedale tritt, dem ist auch nicht mehr zu helfen. Frieder hingegen könnte noch mit siebzig irgendwas austragen, ohne dass es bedürftig wirkte. Wie macht der das bloß?

Für Anlässe wie diesen hat Frieder genau einen guten, ehemals teuren Anzug, der, wenn man genauer hinschaut, ziemlich verschlissen – Frieder sagt «ramponiert» – ist, aber wer schaut bei solchen Anlässen schon genau hin. Zufrieden mit sich und der Welt schluckt Frieder Speisen und Getränke im Gegenwert von mindestens einhundert Euro weg. Wieder mal ein gelungener Abend. Zufrieden sein mit dem, was man hat, sich prinzipiell nie beklagen und stets guter Dinge sein (Julia nicht unähnlich): Frieder, ein herrliches Rätsel, Frieder, Mann im Glück.

Wieder entschuldigt sich der Freund, er habe Sowieso entdeckt, mit dem er wegen Dingsbums etwas zu bereden habe, er verspricht, es kurz zu machen.

Das Sich-behaupten-Müssen auf Partys ist ein zermürbender, stets von neuem auszufechtender Kampf. Kein einziges bekanntes Gesicht, niemand, der ihn grüßt, ihn erkennt, fragt, was er gerade so macht. Kein Wunder; wer sich selten blicken lässt, gerät schnell in Vergessenheit. Dann sieht er doch noch einen, den er noch in hundert Jahren an seinem Gang identifizieren würde. Bewegt sich wie ein Pappaufsteller, dem man Gelenke eingebaut hat, sackt nach jedem Schritt in einer Art Schonhaltung in sich zusammen. Woher er den kennt, fällt ihm nicht ein, nur, dass da irgendwas Ungutes war. Er dreht sich weg, bevor der ihn sieht, und überlegt schon mal eine Ausrede für alle Fälle. «Wegen einem Bluterguss kann ich nicht nach Galapagos», schießt es ihm durch den Kopf. «Wegen einem Bluterguss …» Ein grässlicher Ohrwurm, der ihn, wenn er Pech hat, den ganzen weiteren Abend verfolgen wird. *Die Leute quaken wie die Frösche, sirren wie Insekten, ein elendes Gequatsche.* Er wird von einer regelrechten Hassattacke heimgesucht. Dem muss er sofort einen Riegel vorschieben, denn es gibt nichts, das schwerer im Zaum zu halten ist als das Hassen. Beruhig dich, komm runter, sind doch alles nette Leute hier, die meisten sind *in Wahrheit* doch ganz lieb und harmlos und okay.

Sein Blick bleibt an einer Frau hängen.

Ein echter Hingucker. Sein Mund wird trocken, eine Ader am Hals beginnt wie wild zu pochen. Als sie unvermittelt den Kopf in seine Richtung dreht, kann er ihrem Blick nicht mehr ausweichen. Sie schaut ihn zwei, drei Sekunden an, ohne eine

Miene zu verziehen. Zwei, drei Sekunden sind eine lange Zeit. Zum Glück tippt ihr eine *bereits etwas ältere Dame* von hinten auf die Schulter. Sie umarmen sich, beginnen eine Unterhaltung. Gut, damit hat sich die Sache. Abfuhren lassen sich am besten vermeiden, indem man ihnen aus dem Wege geht. Freund Frieder kehrt mit der nächsten Fuhre Mai Tais zurück und berichtet, dass er Gunda getroffen habe.

«Wer ist das denn noch mal?»

«Die Ex von Dings.»

«Ach so, ja.»

Immer der Dings mit seinen Exen.

«Und, gibt's was Neues?»

«Allerdings. Umzug, neuer Job und ein neuer Typ, mit dem sie sogar verlobt ist. Sagt sie.»

«Verlobt, was für ein Schwachsinn, wer verlobt sich denn heutzutage noch? Das ist doch wohl …»

Der Rest des Satzes bleibt zwischen seinen Lippen hängen. Suchend blickt er sich um.

«Interessiert dich wohl nicht?», fragt Frieder.

«Doch, doch.»

«Suchst du wen?»

«Nein, niemanden.»

«Hast du jemanden getroffen?»

«Mann, red ich Chinesisch?» Sein Ton ist unverhältnismäßig scharf. «Nur der eine da mit dem komischen Gang, ach, ich weiß auch nicht mehr, wie der heißt, ist ja auch egal.»

Ein einziges Gestammel. Frieder erwidert nichts und leert seinen Drink in zwei großen Zügen.

Dann taucht sie wieder auf. Aus dem Nichts. Oder hat sie ihn gesucht? Schwer vorstellbar. Sie beobachtet ihn, gewissermaßen aus der Halbdistanz, ein verdeckter Blick, der *theoretisch* auch jemand anderem gelten könnte. Tut er aber praktisch nicht. Andere Männer würden was draus machen, er wüsste nicht, wie. Keine Routine, aus der Übung.

«Also, was ist mit Gunda, erzähl mal.»

Frieder erzählt.

Die meint ihn.

«Wo guckst du eigentlich die ganze Zeit hin?»

«Ein Uhr, die Blonde. Bitte unauffällig. Kennst du die?»

«Eieiei. Nee, keine Ahnung, nie gesehen.»

«Ach so.»

«Dann mal ran an die Buletten.»

Welche Buletten. «Sehr witzig.»

«Genau. Du, ich bin gleich wieder da.»

Schon wieder.

«Aber nicht so lange, bitte. In einer halben Stunde spätestens will ich los.»

«Sicher. Versprochen.»

Sie haben verabredet, gemeinsam zu gehen, und dabei soll es bleiben.

Die Frau schließt sich irgendeiner Runde an, Bekannte, Vertraute, Kollegen, so was. Er stellt sich vor, wie sie innerlich von zehn runtergezählt hat, und bei zwei war sie weg. Das hat er versemmelt; passiert, wenn man es an Geistesgegenwart vermissen lässt.

Die Aufregung ist vorbei, sein Adrenalin- und sämtliche anderen Spiegel fallen in den Keller, er bekommt Hunger. Das geplünderte Buffet gibt nicht mehr viel her, aber zum Sattwerden dürfte es reichen.

Da! An einem Tisch, etwa fünf Meter Luftlinie entfernt, steht plötzlich wieder: sie. Wie kommt die jetzt schon wieder *da* hin? Sie schaut ihn durchdringend an, so sieht es jedenfalls aus für ihn. Er lächelt irgendwie, aber sein Lächeln sitzt nicht. Er zuckt mit den Schultern und winkt undeutlich, weiß selber nicht, was er damit sagen will. Sie erwidert seine Geste und deutet auf die Bar. Er folgt ihr.

«Vanessa.» Ihre Stimme ist samtig und etwas rau, eine tolle Stimme.

«Was führt dich denn hierher?»

Hat er das gerade wirklich gefragt? *How low can I go.*

«Ich habe mitgespielt.»

«Ach so.»

«Ja. Hast du mich wohl nicht erkannt.»

«Ehrlich gesagt …»

«Schon gut. Meine Szene war ja auch ziemlich kurz. Ich war die von der Versicherung, an der Rezeption.»

Aha. Hatte er den Saal wohl schon verlassen.

«Weißt du?»

«Ich glaub schon.»

Schwach.

«Doch, ja», setzt er lahm nach.

«Okay, dann will ich dich nicht weiter in Verlegenheit bringen.»

«Na, rate mal!»

Ein karnickelgesichtiger Typ hält ihr von hinten die Augen zu. Erschrocken dreht sie sich um. Der Typ umarmt sie unaufgefordert. Vielleicht ein Kollege oder Bekannter, der schon lange auf sie steht und sich endlich traut. Widerwillig duldet sie die Umarmung, die etwas zu lang ausfällt. Das Karnickelgesicht, verwirrt, angetrunken, labert los, seine roten Augen zucken nervös wie Hornissen auf einem Kotelett. Vanessa dreht sich weg. Sie will gerettet werden. In höchster Not erscheint Freund Frieder.

«Sorry, störe ich?»

«Nein, nein.»

«Okay. Wenn's dir nichts ausmacht, lass bitte los», sagt sie zu dem Typ.

Frieder sieht schlecht aus. Da muss was Schlimmes passiert sein. Wird er ihm auf dem Rückweg erzählen.

«Tja, also», sagt er etwas zu leise in Richtung Vanessa.

Der Typ brabbelt ungeniert weiter.

«SO, JETZT IST GUT», herrscht sie ihn mit gar nicht mehr samtiger Stimme an. Augenblicklich verstummt das Karnickel. Vanessa schreibt Mailadresse und Telefonnummer auf eine Serviette und legt sie auf den Tisch.

«Bis bald.»

Dann ist sie weg. Das war eine kurze Begegnung.

Es hat wieder zu schneien begonnen. Die Erde ist wie ein Magnet, der Schneeflocken anzieht, denkt er und beobachtet einen Flyer, der im Wind die Straße entlangwirbelt. Frieder und er haben fast denselben Weg. Sein Freund wird von absurden Niesspasmen heimgesucht, und wenn er gerade keinen Anfall hat, lässt er sich über *Gunther* aus (Knallkopf, Schrottvogel). Gunther, Gunter, ob der sich mit t oder th schreibt oder ganz anders? Gundtha. Worum es bei der Auseinandersetzung ging, vermag Frieder nicht präzise wiederzugeben, alkoholbedingte Mitteilungsinkontinenz. Seine Ausführungen sind fesselnd wie Inhaltsangaben von Filmen, die man nicht gesehen hat, von Büchern, die man nicht gelesen hat, wie wissenschaftliche

Sachverhalte, von denen man nichts versteht. Er schaltet auf Durchzug und macht *mmh* und *ja* und *genau* und *ach so.*

«Hörst du mir eigentlich zu?», fragt Frieder und niest viermal hintereinander.

«Ja, sicher, aber ich kenne den nicht und war auch nicht dabei, wie dir möglicherweise nicht entgangen ist.»

«Werden wir jetzt ironisch, oder was?»

Er zieht es vor, nicht zu antworten. Das Gewicht seiner Arme, die schwer wie Blei sind, hängt an ihm. Er hat die Hände in den Taschen und könnte sie nicht herausziehen.

«Ergreifst du jetzt auch noch Partei für den?»

«Ich stehe wie immer auf *deiner* Seite.»

«Davon merke ich nicht viel.»

Schweigen, gehen, atmen, schnaufen. Der Schnee beißt in Nase, Wangen und Kinn, die Kälte ist rasiermesserscharf.

«Du könntest schon was sagen, du willst aber nicht.» Frieder lässt nicht locker.

«Entschuldige bitte, Frieder, aber ich bin echt müde, völlig hinüber. Und auch nicht mehr ganz nüchtern. Du ja wohl auch nicht.»

«Es tut mir leid, dass du das Geseiere eines Besoffenen ertragen musst.»

Es reicht.

«Bitte, keine Ursache.»

«Okay, alles klar.»

Noch ein paar Schritte, dann trennen sich ihre Wege. Zum Abschied umarmt er den Freund. «Trotzdem eine gute Nacht. Lass uns doch morgen mal telefonieren.»

«Manchmal frage ich mich, ob man überhaupt noch befreundet ist», sagt Frieder.

«Bis morgen.»

Im Bett liegend zerlegt er den Abend in seine einzelnen Sequenzen. Die Bilder, die im Kopf geblieben sind, kommen ihm vor wie eine Serie von Standfotos. Sie hat ihm ihre Nummer gegeben! Er könnte Vanessa noch eine Nachricht schicken, irgendwas Unverbindliches. Verbindlich unverbindlich. Allein, dass er an sie denkt, ist ja wohl verbindlich. Mit *Gute Nacht* kann man nicht viel falsch machen. Er entscheidet sich instinktiv dagegen. In der Sekunde, in der man eine Nachricht abschickt, wartet man bereits auf Antwort. Und wenn dann keine kommt, treibt es einen gleich zur Verzweiflung. Nervenzerfetzend. Deprimierend. Zermürbend; das Aufkommen digitaler Nachrichten hat die Menschen in Hysteriker verwandelt. Meine süße kleine Vanessa, denkt er, obwohl sie weder süß noch klein noch sein ist.

Kurz bevor ihm die Augen zufallen, macht es Pling. Sofort ist er hellwach, sein Herz schlägt bis zum Hals. Er öffnet die Nachricht. Ein roter Kussmund, Julias Gute-Nacht-Lieblings-Emoji. Ach herrje, Riesenenttäuschung, Was soll der Schwachsinn, denkt er, sie ist zu alt dafür, und ich bin's sowieso.

Sie braucht endlich einen eigenen Ton. Wo es doch Töne gibt wie Sand am Meer. Ein Warnton muss her. Achtung, Julia ruft an! Er scrollt durch *Klingeltöne gratis*: Ping. Pong. Pang. Peng. Alles viel zu schrill und hoch und durchdringend. Weiter: Tong. Tung. Gong. Pong. Auch nicht. Tuut. Mööt. Grööt. Fööt. Fööt ist gut! Schiffshorn. Fööt, der Dampfer sinkt. Irgendwie gemein, aber lässt sich ja jederzeit wieder austauschen.

Als er mitten in der Nacht aufwacht, ist er glücklich. Geflutet von reiner Seligkeit. So hat er sich zuletzt vor zwanzig Jahren gefühlt, *Chart Entry* Platz neunzehn, zweithöchster Neueinstieg. Auch damals war er nachts aufgewacht und hatte einfach dagelegen und an die Decke geschaut. Hätte er gewusst, dass einem Menschen während seines Aufenthalts auf der Erde vielleicht sechs oder sieben solcher Momente zustehen, hätte er den Blick nie mehr von der Decke abgewendet.

Nach vier weiteren Stunden traumlosen Schlafs, hat sich das Glück schon wieder in seine flüchtigen Bestandteile aufgelöst. Sein erster Gedanke gilt Vanessa. Und sein zweiter und dritter Gedanke und alle folgenden.

Gleich nach dem Frühstück geht er ins Studio, um sich des Hörspiels anspruchsvollen Mittelteil vorzunehmen: Herr Roabarb, Frau Grump und Pongo machen einen Ausflug ans Meer. Darunter liegt die Grundatmo *Wellen – Meer, transparent*. Ergänzt von *Möwen – Strandspaziergang (Schritte auf Sand) – Strandvolleyball – Glocke (Eiswagen)*, komplettiert von einem leise dudelnden *Kofferradio – Babygeschrei* (Strandkorb nebenan), ab und an bellt ein *kleiner Hund 1 sek*, in der Ferne *Kirchenglocken*. Frau Grump und Pongo kaufen sich ein Eis, Herr Roabarb genehmigt sich ein Sonnenbier: *THE BIERDOSE*, gebaut aus fünf Files: *Verschluss knacken – Verschluss aufreißen – Zischen – Bier einschenken – Gluckern*.

In Gedanken ist er bei Vanessa. Das hat ja richtig was Zwanghaftes, so kennt er sich gar nicht. Auf dem Nachhauseweg erledigt er seine Einkäufe: Zuckerschoten, Kurkuma, Vanessa, Zitronen, Frühlingszwiebeln, Vanessa, Ingwer, Knoblauch, Vanessa. Nervig, auch irgendwie unheimlich. *Ich schreib der jetzt 'ne Nachricht*. Eigentlich wollte er frühestens Mittwoch von sich hören lassen, aber so geht es nicht weiter.

Bist du gut nach Hause gekommen?

Ich wollte nur fragen, ob du gut nach Hause gekommen bist. Schöne Grüße.

▌**Gut nach Hause gekommen? Ich hab einen ganz schönen Kater. LG**

▌**Ich hoffe, du bist gut nach Hause gekommen. Freut mich, dich kennengelernt zu haben. Liebe Grüße.**

▌**Hallo Vanessalein, wie geht's, wie steht's? Grüßli, Grüßli!**

Alles Mist. In Gedanken verloren vergisst er, seine Waren aufs Band zu legen.

«Hallo?», quakt die Kassiererin wie zu einem verhaltensauffälligen Kleinkind. Selber schuld. Wenn er stets und immer und überall auf eines achtet, dann darauf, *den Laden nicht aufzuhalten.* Eiserne Regel: Den Laden, egal welchen, nicht aufhalten! Nie den Laden aufhalten!

▌**Liebe Vanessa, bitte entschuldige mein unmotiviertes Gestammel gestern. Hatte konditionelle Gründe, jetzt geht's schon wieder. Allerschönste Grüße.**

Und ab dafür, um genau 15.40. Wahrscheinlich arbeitet sie gerade. Ob sie ununterbrochen am Handy klebt und ihre Nachrichten checkt? Gehört sie zu denen, die sofort antworten, oder lässt sie sich Zeit? Wenn ja, wie viel? Halbe Stunde, Stunde, mehrere Stunden, einen Tag, eine Woche? Nie?

Kochen ist im Grunde genommen sein einziges Hobby. Auswärts essen kann jeder. In den dichten Ingwer-Knoblauch-Chili-Schwaden löst sich sogar Vanessa für eine kurze Weile auf. Schmeckt gut, sehr gut sogar. Drei Stunden Vorbereitung für ein Gericht, das in weniger als zehn Minuten weggespachtelt ist, die Verhältnisse stimmen nicht, aber die Verhältnisse sind längst zementiert und unabänderlich.

Sie lässt mich zappeln, kocht mich weich, lässt mich am ausgestreckten Arm verhungern. Hysterische Gedanken. Hysteriker sind Selbstdarsteller mit starkem Geltungsbedürfnis. Bekommt der Hysteriker zu wenig Anerkennung, befallen ihn Selbstzweifel. Tja, denkt er, wenn's danach geht, ist heutzutage jeder hysterisch.

Er muss sich irgendwie ablenken. Vorbereiten, ordnen, spülen, räumen, säubern, entrümpeln. Leider sind alle Belege sortiert, alle abgelaufenen Lebensmittel entsorgt, sämtliche Wäsche ist gewaschen, sogar das Tiefkühlfach ist enteist und das Gemüsefach gesäubert.

Warum antwortet sie nicht? «Liebe Vanessa, bitte entschuldige mein unmotiviertes ...» Eine Nachricht ohne Anzüglichkeiten, Fragen, Vorschläge, ergo ohne alles, was sie nerven oder in Verlegenheit bringen könnte. Dann eben nicht. Eine mehr oder weniger Unbekannte, die einem im Kopf herumspukt, verheißt sowieso nur Schwierigkeiten. Probleme. Ärger. Scherereien. Komplikationen. Wenn er eines nicht gebrauchen kann, dann sind es Komplikationen. Es hat lange genug gebraucht, Komplikationen aus seinem Leben zu verbannen. Vermeidbare Komplikationen. Unvermeidliche Komplikationen bleiben mehr als genug. Von der Illusion eines *schönen* Lebens hat er sich verabschiedet, von der eines komplikationsfreien nicht. Der Verkehr muss fließen. Ein Strang von Müdigkeit zieht sich von seinen Augen aufwärts bis zum Hirn. Bei laufendem Fernseher schläft er ein.

Pling. Kurz nach fünf Uhr morgens.

Hast du Donnerstag Zeit? Gruß, Vanessa.

Schnörkellos, ohne Umschweife, die Dame ist in aller Herrgottsfrühe schon putzmunter. *Die ist stärker als ich.* Donnerstag ist gut, nicht so aufgeladen wie das Wochenende. Glücksgefühle, Mixgefühle, Keksgefühle, denkt er im Kreis und wird wieder müde. Müdigkeit ist das schönste aller Geschenke, die das Leben bereithält.

Sein letztes Date liegt lange zurück. Was macht man denn heutzutage eigentlich so? Im Chatroom verabreden, Fotoautomaten-Hopping, Krimidinner, haha. Spaziergang, geht immer. Ein Spaziergang hat viele Vor- und praktisch keine Nachteile. Im gleichen Rhythmus einem gemeinsamen Ziel entgegen, man *kann* sich unterhalten, muss aber nicht. Das schlägt er also vor. Zurück kommt ein Smiley.

Er ist zehn Minuten zu früh. Es ist kalt und noch trüber als sonst, als hätte jemand einen riesigen Deckel über die Stadt gestürzt. Er tippelt hin und her und stellt sich dabei vor, dass zwischen seinen Füßen ein imaginäres Ei liegt. Ein Pinguin, der die Winterfinsternis hindurch unbeweglich den polaren Stürmen trotzt und dessen einzige Aufgabe es ist, das Ei warm zu halten.

Sie kommt zwölf Minuten zu spät. Zur Begrüßung reicht sie ihm die Hand, ohne ihn dabei richtig anzusehen. Umarmung, Küsschen Fehlanzeige, sie verzieht nur leicht das Gesicht, ein Lächeln sieht anders aus. Bei ihrer ersten Begegnung hatte sie auch kein einziges Mal gelächelt. Vielleicht gilt lächeln in ihren Kreisen als uncool. In welchen Kreisen sie sich wohl bewegt?

«Wo geht's denn eigentlich hin?», fragt sie und setzt ein ungesprächiges Gesicht auf.

«Immer geradeaus, bei mittlerem Tempo sind wir ungefähr 'ne Stunde unterwegs.»

Habe ich tatsächlich «bei mittlerem Tempo» gesagt?, denkt er, meine Güte, und es war noch nicht mal witzig gemeint. Er ist wirklich bis in die Bügelfalten verspannt.

Sie setzen sich in Bewegung. Nach kurzem Eingangsgeplänkel folgt Viertelpause auf Halbpause auf Dreiviertelpause und droht, sich zu einem dröhnenden Ganzschweigen auszuwachsen. Sie schaut immer *straight* nach vorn.

Ich muss das Gespräch am Laufen halten, wenn es schon nicht von selbst in Gang kommt, denkt er und muss lachen. Wenigstens das, wenigstens was.

«Ist was?»

«Nichts weiter.»

Da von ihr rein gar nichts kommt, redet er los. Er erzählt auf kurzweilige, unterhaltsame, nachvollziehbare Weise (hofft er) von der *Kunst des Hörspiels.* Er merkt, dass ihn das trotz aller Widrigkeiten immer noch selbst fesselt, und wünschte sich, dass auch sie davon gefesselt ist, aber das ist erkennbar nicht der Fall. Er kommt sich vor wie ein Alter, der sich für irgendwelches untergegangenes Zeug interessiert. Einer, der noch Modellflugzeuge zusammenklebt, während alle anderen schon Drohnen in die Luft jagen.

Irgendwann geht ihm die Luft aus. Was er sagt, klingt hölzern und auswendig gelernt, seine Worte sind wie Worte, die ein anderer spricht, die Sätze, die ihm durch den Kopf gehen, entfliehen gleich wieder. Schon wieder stockt das Gespräch. Schnell, irgendwas sagen!

«Sind dir die ganzen Brillengeschäfte aufgefallen in letzter Zeit? Warum gibt es da eigentlich so viele? Die schießen wie Pilze aus dem Boden.»

Sie schaut ihn an. Als hätte ein Behinderter eine selbst für einen Behinderten besonders behinderte Bemerkung gemacht. Nun ist es auch schon egal.

«Wie die Behindertenparkplätze. Die vermehren sich auch rasend. Direkt unheimlich ist das.»

Dann fällt ihm nichts mehr ein, und sie setzen ihren Weg schweigend fort.

«Wollen wir uns kurz setzen? Da ist gerade eine Bank frei geworden.» Das schlägt nun sie vor.

«Gute Idee.»

Wenigstens lässt sie ihr Handy in der Tasche, das ist heutzutage ja schon ein Wunder, denkt er und fühlt sich bei so viel Alter-Opa-Gedanken gleich noch mal zehn Jahre älter. Sie kramt in ihrer Tasche, wahrscheinlich auf der Suche nach Zigaretten. Er holt Streichhölzer raus. Er hat extra Streichhölzer eingesteckt, weil er diese Art des Feuergebens gentlemanlike und cool findet. Diese Überlegung war Teil seiner Vorbereitung. Veraltete Überlegungen, veraltete Vorbereitungen.

Wie gut ihr Atem riecht, denkt er, den riecht man ja noch bis hierher. Sie steckt sich eine Zigarette zwischen die Lippen und wartet. Vor lauter nadeliger Kälte in seinen Fingern kriegt er die Hölzchen nicht an, da kann er streichen, so viel er will. Sie brechen ab, entzünden sich nicht oder gehen gleich wieder aus. Eines nach dem anderen zerbirst, zerknickt, zerknirscht, zerkrumpelt, zerschmettert an der Reibefläche. Die Hand gelähmt in tapsiger Ungeschicklichkeit. So wird das nichts.

«Lass mal», sagt sie und holt ihr Feuerzeug raus.

Sie raucht mit langen, regelmäßigen Zügen, saugt den Rauch ein, lässt ihn über die Lippen und durch die Nasenlöcher ausströmen. Gut sieht das aus. Gut sieht *sie* aus. Makellose, nahezu perfekt symmetrische Züge, makelloser Teint, makellose Haltung, absolut nichts auszusetzen, ein Äußeres, das genauester Prüfung standhält. Ihr blondes Haar fällt leuchtend und dick wie Honig. Immer wieder schnippt sie die Asche auf die Bank und zerreibt sie mit der Hand. Seltsame Angewohnheit. Sie raucht und schweigt und schweigt und raucht. Vielleicht will sie beim Rauchen nicht gestört werden, will sie sich ganz dem Genuss überlassen.

Eine Taube hockt im Matsch, reglos, durchnässt. Die Taube sieht ihn an. Mach doch was, scheint sie sagen zu wollen. Er stellt sich vor, mit süßem Leim überzogen zu sein, und Vanessa würde an ihm kleben bleiben. Er lauscht dem Gespräch zweier Frauen auf der Bank nebenan. Kaum was zu verstehen, ein Flüstern und Wispern, wie Papierfetzen in den Himmel hinaufgetragen.

Sie tritt ihre Zigarette aus.

«Ganz schön kalt», sagt sie.

«Okay, dann lass weiter.»

Beim Aufstehen stolpert er über eine Baumwurzel, verliert das Gleichgewicht und fällt tatsächlich auf den Hintern. Erschrocken schaut sie ihn an, als wäre das ein Angriff gewesen, der ihr gegolten hat. «Geht's?», fragt sie. Nichts geht, das sieht man doch, denkt er wütend. Überall ist es glatt, überall dieser giftige Schnee, diese pockennarbige Schmiere. Trotzdem kein Grund, sich hinzulegen. Er kommt sich vor wie ein Straßenschild, auf das die Vögel scheißen. Ich bin falsch eingestellt, denkt er, die Kombination der Einzelteile stimmt nicht, irgend so was.

Mühsam rappelt er sich auf, und sie setzen ihren Weg fort. Der Himmel verdunkelt sich so schnell, als würde man eine Jalousie herunterziehen. Dünner Eisregen setzt ein, die einzelnen Tropfen so fein, dass sie schweben, gefangen in Schwerelosigkeit. Vanessas Zähne klappern, sie beschleunigt ihren Schritt. Wieso hat die sich auch so dünn angezogen, denkt er, eitel wie ein Pfau. In seiner rechten Hüfte hat sich ein stechender Schmerz eingenistet, er muss sich beim Sturz verletzt haben.

Was soll das Ganze eigentlich? Wieso verabredet die sich mit ihm, wenn sie ihn andauernd auflaufen lässt? Soll das eine Bewährungsprobe sein, ein Check-up, eine Prüfung? Er möchte nicht mehr geprüft werden, die Zeit der Prüfungen liegt hinter ihm, Prüfungen kommen zu spät.

ES IST DOCH GLEICH VORBEI, FRAU!

Weil sowieso alles zu spät ist, kommt ihm eine *verrückte* Idee:

«Kennst du eigentlich den Unterschied zwischen Cabrio und Roadster?» Vielleicht steht sie auf verrückte Ideen von verrückten Typen. Cabrios, die auf Behindertenparkplätzen vor Brillenläden stehen.

Sie schaut ihn an. Damit hat sie nun wohl nicht gerechnet. «Nein. Keine Ahnung.»

Dann pass mal auf, denkt er.

«Im Grunde genommen ganz einfach: Cabrios basieren auf der Coupé-Variante einer Modellreihe, und Roadster verfügen über eine eigene Karosserie.»

«Ah.»

Waren die vielen Jahre Auto-Magazine kaufen doch nicht ganz umsonst.

«Und wie kommst du jetzt darauf?»

Er kommt darauf, weil er Roadster Cabrios vorzieht, weil ihn das Thema interessiert, weil er ein Autofreak ist, ein Petrolhead, ein PS-Nerd. Er hätte noch einiges zum Thema zu sagen. *Pass auf, was passiert, wenn die Pferde bzw. Pferdestärken endgültig mit mir durchgehen.* Zuzugeben, dass man sich in der Welt der Sportauspuffe, Motoraufhängungen und Alufelgen zu Hause fühlt, ist in etwa so attraktiv, als würde man sich als Anhänger von Kreuzfahrten outen.

«Ach egal, nur so. Wahrscheinlich langweilig für dich. Sorry.»

Ein Taubenschwarm erhebt sich vor ihnen in Zeitlupe. Gleich sind wir einmal um den Pudding, dabei ging's doch nur geradeaus, denkt er und muss erneut lachen. Wieder fragt sie «Ist was?», wieder antwortet er «Nichts weiter». Ein paar Schritte noch. Dann werden sie sich *gegenseitig entlassen.* So ist das eben, wenn man nicht warm miteinander wird, die Chemie nicht stimmt, man nicht auf einer Wellenlinie schwimmt. Dies hier wird sicher keine Liebesaffäre, dies hier ist das, was man einen Irrtum nennt.

«Gehen wir noch irgendwo was trinken?», fragt sie und berührt flüchtig seinen Arm. Sofort ist er wieder da. Damit hätte er nun wirklich nicht gerechnet. *Klassische Anlaufschwierigkeiten, es braucht eben seine Zeit, bis man auftaut, welches Date geht schon von Minute eins locker über die Bühne, sie ist zurückhaltend, das ist ihre Art, ist doch besser als notorisch gut gelaunte Suppenkasper.* Und so weiter. Er fühlt sich wie ein Fähnchen im Wind, das er auch ist.

«Ja, gern.»

Das Café kennen sie beide nicht. Sie ordert ein Glas Weißwein, er hat richtig Durst und bestellt Weizenbier. Weizenbier, passt ja super. Kreuzfahrten, Verbrenner, Weizenbier, Darts, Erdnüsse, in der Reihenfolge. Jetzt checkt sie doch ihr Handy.

«Entschuldigung, aber ich muss mal eben schnell eine Mail beantworten.»

«Ja, sicher, klar.»

Willkommene Gelegenheit, aus dem Fenster zu schauen. Während sie ihre Antwort in rasender Geschwindigkeit zehnfingrig ins Telefon hackt, schaut er, vom Spaziergang angenehm erschöpft, in die Dunkelheit da draußen. Soll sie tippen und hacken oder häkeln oder stricken oder sonst was bis in alle Ewigkeit, während er einfach nur dasitzt. Der erste gute Augenblick, sein Atem fließt nun ruhig und frei. Früher in der

Schule hatte es ein Mädchen gegeben, Maja oder Mirja, die während des Unterrichts strickte und/oder häkelte, was das Zeug hielt. Wunderbar beruhigend war das gewesen.

Sie verstaut das Telefon und leert ihr Glas in hastigen Zügen. Hohe Trinkgeschwindigkeit, denkt er, immerhin *eine* Gemeinsamkeit. Wie sie an die Rolle (als Versicherungsmitarbeiterin) gekommen sei, will er wissen. Agentur. Aha, Agentur, immerhin ist sie bei einer untergekommen. Schon von Kindesbeinen an wollte sie Schauspielerin werden. Während der Schulzeit Theater-AGs, Workshops, Backstage-Gruppen, nach dem Abi habe sie es bei den staatlichen versucht, sei aber immer *haarscharf* an den Aufnahmeprüfungen gescheitert. Schließlich sei sie bei einer privaten gelandet. Seit ihrem Abschluss arbeite sie nun als diplomierte Schauspielerin. Mittelfristig wolle sie zum Film, da Theater nur noch eine geringe Reichweite habe, kaum eine Inszenierung, die überregional Beachtung fände. Wenn man Glück hat, mal eine Streifenrezension in der FAZ oder Süddeutschen, und sich dann einen Wolf spielen bis zur Dernière. Der Alkohol zeigt Wirkung, sie ist nun richtig angezündet. Auch als Sprecherin sei sie gut im Geschäft.

«Dann kannst du ja mal was für mich einsprechen», könnte er sagen, tut er aber nicht. «Wenn du mal was hast, kannst du ja an mich denken», könnte sie sagen, tut sie aber nicht. Weiter geht's: Gelegentlich spiele sie in Werbe- oder Videoclips. Zweimal in der Woche gebe sie Schauspielworkshops für Arbeitslose, eine staatliche Maßnahme, nicht gut bezahlt, dafür aber regelmäßige Einkünfte. Und sie nehme jedes Casting mit.

So, denkt er, die Lage ist also aussichtslos. Wer es als Schauspieler/in mit Ende zwanzig noch nicht geschafft hat, wird es niemals schaffen. Ausnahmen: keine. Gilt im Übrigen auch für Musiker. Ausnahme: Dixieland. Er kennt sich aus. Wenn sie wüsste, was er alles weiß, wäre viel gewonnen, sie würde ihre Schauspielkarriere an den Nagel hängen und sich, bevor ihr die Zeit endgültig davonläuft, auf aussichtsreichere Dinge konzentrieren.

Nächste Woche habe sie Premiere, im Dingstheater, kleiner Saal, ob er kommen wolle? Ja, klar, gerne. Er solle aber bitte keine zu hohen Erwartungen haben. Nein, keine Angst. Wenn sie wüsste, wie niedrig seine Erwartungen *generell* sind. Ihre Stimme ist schrill geworden, eine Kleinmädchenstimme, hoch und etwas unangenehm.

Sie berichtet von einem Drehbuch, an dem sie seit zwei Jahren arbeite. Willst du hören? Bitte nicht, denkt er, ja klar, sagt er. Es beginnt eine verworrene Geschichte um Drogen, Nightlife, sexuellen Missbrauch und Existenzen *am Rand der Gesellschaft*. Es fällt ihm schwer zu folgen, das Dickicht halb angefangener, nicht zu Ende gebrachter Sätze zu durchdringen. Ständig verheddert sie sich, unterbricht sich selbst, fängt noch mal von vorne an. Auch betrunken sollte man noch in der Lage sein, einen Plot in wenigen Sätzen zu skizzieren. Gelingt das nicht, ist der Wurm drin. Wenn sie wüsste, was er alles weiß, wäre viel gewonnen.

Die Bedienung kommt an ihren Tisch. Eine *neue* Bedienung, Schichtwechsel. Farblos wie eine Maus und massig wie ein Pudding. Als sie sich vorbeugt, riecht es nach kaltem Schweiß. Er findet sie sofort sympathisch. Herrlich, dass die hier arbeitet. «Kann ich euch was Gutes tun? Wenn ihr noch was essen wollt, die Küche schließt gleich.»

Vanessa verzieht das Gesicht, als hätte sie etwas elektrisch Geladenes berührt. Angeekelt schüttelt sie den Kopf.

Weiter geht's. Sie redet ihn an die Wand. Sie redet ihn in Grund und Boden. Ihr Redefluss ist mit einem Mal unerschöpflich. Sie ist begeistert von ihrem Drehbuch, das sie offenkundig für genial hält. Er stellt sich vor, sie zu küssen. Sie soll endlich die Schnauze halten und in seinen Armen verglühen.

Er hört die Worte nur noch undeutlich, lauscht auf die Obertöne, die Feinheiten, die kaum wahrnehmbaren Brüche und Risse ihrer Stimme. Plötzlich verstummt sie, wie ein Radio, das ins Badewasser gefallen ist, und schaut ihn an, richtig, zum ersten Mal, direkt, mitten ins Gesicht. Er erschrickt, sein Atem geht hastig und stoßweise. *Jetzt hat sie mich durchschaut.* Ihre Augen sinken für einen Moment in die seinen, sie gleichen Spiegeln, die ihm seine Gedanken in riesiger Vergrößerung zurückwerfen.

Ihr Telefon macht ein Geräusch. Gott sei Dank.

«Entschuldigung.»

Sie öffnet die Nachricht und runzelt die Stirn.

«Ich muss langsam mal los.»

Als die Rechnung kommt, schaut sie weg. Wäre gar nicht nötig gewesen, denkt er, während er einen Fünfzigeuroschein auf den Tisch legt. Sie müssen in entgegengesetzte Richtungen. Zum Abschied küsst sie ihn auf die Wange. Sie macht sich leise und federleicht und schwerelos. Sie geht beinahe in Luft auf. Sie kennt ihre Wirkung. Als die Dunkelheit sie verschluckt, spürt er eine geradezu körperliche Erleichterung. Unvorstellbar, sie nicht wieder zu sehen.

Sonntag = Pärchentag. Julia und er fahren in die Lüneburger Heide, nach Niederhaverbeck. Sie gehen zwei Stunden spazieren. Sie kehren im Landhaus Haverbeckhof ein. Dann fahren sie wieder zurück. Julia gehört zu den Menschen, die sich als Beifahrer *ausgeliefert* fühlen und deshalb niemals jemand anderen hinters Steuer lassen. Das Innere des Wagens riecht nach vergammelten Stoffsitzen, Pizza, Klebstoff, Benzin und Zauberbaum.

Er würde gerne etwas sagen, aber ihm fällt nichts ein. Wieso schweigt Julia so unerbittlich? Ahnt sie was? Das kann nicht sein. *Da sitzen wir nun lebendig begraben in einem fahrenden Sarg.* Im Rückspiegel kann er sehen, wie es in ihr arbeitet. Sie ist genervt, unzufrieden, wütend. Wütend auf alles: auf den Winterdienst, der die von ihren persönlichen Steuergeldern finanzierten Straßen nicht vernünftig streut, auf die Verkehrs*teilnehmer*, die sich nicht an die Verkehrs*regeln* halten, auf ihre alters- und PS-schwache Eierscheese und vor allem auf ihren phlegmatischen Partner mit den langen leeren Blicken und dem ganzen ausgefallenen Beischlaf. Er kann ihre Gedanken lesen. *Meine Güte, das kleine bisschen keinen Sex, das Leben ist doch schwer genug.*

«Weißt du eigentlich, wie lange wir nicht mehr miteinander geschlafen haben?»

Nein, und es interessiert mich auch nicht, müsste seine ehrliche Antwort lauten, es gibt Paare, die schlafen nur noch einmal im Jahr oder gar nicht mehr miteinander, geht auch.

«Wie lange denn ungefähr?»

«Ungefähr? Wie lange genau, meinst du wohl. Sechs Wochen.»

«Ich wusste nicht, dass du Buch führst.»

«Ich führe kein Buch. Ich weiß es zufällig, weil da mein Geburtstag war.»

«Ach so.»

Schweigen.

«Hör mal, mir fällt es genauso schwer, darüber zu reden, aber wenn ich es nicht anspreche, von dir kommt ja nichts.»

Wenn man darüber reden muss, ist es eh zu spät.

«Ja, tut mir leid, ich weiß auch nicht.»

«Es braucht dir nicht leidzutun. Nenn mir besser einen Grund. Vielleicht lässt sich ja etwas ändern.»

Da lässt sich nichts mehr ändern. Er weiß es, und sie sollte es eigentlich auch wissen.

«Tja, schwer zu sagen. Vielleicht der Stress in letzter Zeit. Und man wird ja schließlich auch nicht jünger. An dir liegt es jedenfalls nicht.»

Ausschließlich Lügen.

«Was heißt das, man wird nicht jünger? Heißt das, dass du dir Pillen verschreiben lassen musst? Ich dachte, das ist nur was für alte Opis.»

Anscheinend kennt sie sich nicht aus.

«Oder gibt es irgendetwas, was du dir wünschst?»

Nein danke. Wünsche gäbe es schon, aber die möchte er keinesfalls von Julia erfüllt bekommen. Unseliges Thema, irgendwas Gesprächsbeendendes muss her.

«Pass auf, Vorschlag, ich wollte doch sowieso mal zum Urologen, den frage ich dann mal in einem Aufwasch.»

Bitte gib dich damit zufrieden!

«Dann mach aber gleich morgen einen Termin. Zum Zahnarzt willst du auch schon seit Monaten.»

«Versprochen. Morgen als Allererstes.»

Damit wäre alles besprochen, versprochen und vereinbart, und einem gemütlichen Restsonntag stünde nichts mehr im Wege. Doch die schlechte Stimmung hat sich festgesetzt wie der Gestank des Zauberbaums. Sie setzt ihn vor seinem Haus ab.

«Hä? Fahren wir nicht zu dir?»

«Heut mal nicht.»

«Wieso das denn?»

«Ich möchte alleine sein. Außerdem muss ich noch Steuer vorbereiten.»

Immer diese Steuer! Zum ersten Mal in sechs Jahren will Julia einen Sonntag alleine verbringen. Wenn sie Schluss macht und es mit Vanessa nichts wird, bin ich ganz alleine, denkt er. Verrückt, ich ticke doch nicht mehr ganz sauber, typisch Hysteriker, die denken bei jeder Kleinigkeit sofort, dass alles aus ist.

«Steuer?»

«Das kennst du ja wohl. Macht sich auch nicht von alleine. Wir können Mittwoch ins Auge fassen.»

«Ja, müsste passen.»

«Und denk daran, einen Termin beim Urologen zu machen.»

«Ich schick dir nachher noch 'ne Nachricht. Wir kriegen das schon in den Griff.»

Sie lässt die überflüssige Bemerkung unkommentiert. Was genau sollten sie in welchen Griff kriegen? Etwas in den Griff zu kriegen bedeutet, etwas zu verändern. Das wird allerdings schwierig, denn die bestehenden Verhältnisse dauern schon zu lange an, als dass sie sich noch verändern ließen. Alles, was er sich genau in diesem Moment wünscht, ist ein versöhnlicher Abschied.

«Das sehen wir dann ja. Hab trotz allem einen schönen Tag. Mach's gut.»

Ein liebes Wort klingt anders.

«Du auch.»

Es verspricht ein langer Sonntagabend zu werden. Einer dieser tödlichen Sonntage, die sich ausdehnen, lang und immer länger werden wie ein Lasso; bis der heilige Sonntag einen schließlich eingefangen und am Lasso aufgeknüpft hat.

Das ganze liebe lange Wochenende hat Vanessa sich nicht

gemeldet. Vanessa, wo bist du, Vanessa, ich denke an dich, Vanessa, bitte vergiss mich nicht.

Montagmorgen, und es gibt noch so viel zu tun: Aus dem Nichts zieht ein Unwetter auf – *erster Blitz – Donner – Donner, schwer – Sommerregen – Regen an Scheibe – Regen auf Blechdach – Regen auf Plastikdach* (die Kombination dreier Regensounds klingt aus irgendwelchen Gründen am überzeugendsten). Herr Roabarb, Frau Grump und Pongo flüchten in ihr Wohnmobil: *Karten mischen – Würfelspiel – Taschentuchprogramm – Feuerzeug/Zigarette – Mann Hustenanfall – schäbiges Lachen zwei.*

Eine Nachricht ploppt auf.

Wie war dein Wochenende? Gruß, Vanessa

Geht so. Hoffe, deines war besser.

Hast du morgen Zeit? Lust, mich von der Probe abzuholen? 19.00.

Ja, passt, bis morgen.

Abends eine Nachricht von Julia.

Gute Nacht.

Nicht mehr, nicht weniger. Mit guten Wünschen zur guten Nacht kann man nicht viel falsch machen.

Dir auch. Denke an dich.

Glatte Lüge. Er hat den ganzen Tag kein einziges Mal an sie gedacht. Es ist ihm lästig, dass sie ihm Nachrichten schickt. Was für eine Unverschämtheit. Was für eine himmelschreiende Ungerechtigkeit.

Vier

Zu den Endproben ist das Ensemble von der Probebühne auf die richtige umgezogen. Die Luft ist verbraucht, sie riecht nach Schweiß, fettigen Haaren und nach Bratfett. Es ist gerade Pause. Die Schauspieler sitzen in Probekostümen unter käsig gelbem Licht um einen Resopaltisch, der mitten auf der Bühne aufgebaut ist, vor sich dampfende Kartons mit asiatischem Inhalt. Kurz vor der Premiere herrscht, wie an allen Theatern der Welt, *Endprobenstimmung*, eine Mischung aus Erschöpfung, Nervosität, Resignation, Angst, Aggression und sich ankündigenden Nervenzusammenbrüchen. Die depressive, schlappe, mutlose Stimmung ist eine geheimnisvolle chemische Verbindung mit den depressiven, schlappen, mutlosen Speisen eingegangen und hängt als muffige Warmhalteglocke hoch droben im zweiten Zug.

Weil er auf keinen Fall stören will, setzt er sich leise wie ein Mäuschen in den hinteren Teil des Parketts. Statt zu essen, scrollt Vanessa in ihrem Telefon, ab und an hält sie inne und hebt ihren Kopf. Unvermittelt stellen sich ihre Augen scharf. Sie hat ihn entdeckt. Diese Augen, denkt er, die rauben einem wirklich den Verstand. Sie steht auf und zwängt sich durch die engen Sitzreihen zu ihm. Anscheinend hat sie die Verabredung vergessen, und jetzt ist es ihr lästig, sich um ihn kümmern zu müssen.

«Na, hast du dich schön in die Mitte gesetzt?»

Sie macht ihm zum Vorwurf, dass er sich mutwillig statt an den leicht erreichbaren Rand auf einen schwer erreichbaren Platz gesetzt hat. *Behandelt mich wie einen Idioten, der aus dem Pflegeheim abgehauen ist und nun die Metropole erkundet.* Als er aufstehen will, um sie zu begrüßen, macht sie eine abwehrende Handbewegung.

«Bleib ruhig sitzen.»

«Ach so», macht er und schaut wie ein stummer Hund, der auf den nächsten Befehl wartet.

«Vorhin war Hauptprobe zwei. Es lief überhaupt nichts zusammen. Das dauert noch, keine Ahnung, wie lange. Tut mir leid. Entweder du wartest, aber wenn dir das zu doof ist, auch okay.»

Frechheit. Was für eine Frechheit schon wieder.

«Nein, nein, ich warte. Kann ja auch ganz *interessant* sein.»

In ihrer Gegenwart schnurrt sein Vokabular zu irgendwas nicht Nennenswertem zusammen. Missbilligend hebt sie die linke Augenbraue.

«Okay, wie du meinst. Ich kann aber für nichts garantieren. Hier ist gerade Eiszeit.»

«Das sehe ich. Aber am Ende wird's wie immer gut.»

«Ach ja?»

«Wenn man drinsteckt, kann man sich nie vorstellen, dass es dann doch ein Erfolg wird.»

Er kennt sich ganz gut aus am und im und mit Theater. Er wünschte, sie würde sich für seine Erfahrungen interessieren. Tut sie aber nicht.

«Werden wir sehen. Also, bis später.»

Sie geht raus, wahrscheinlich eine rauchen. Da könnte sie ja fragen, ob er sie begleiten möchte. Auch das tut sie nicht. Vielleicht isst sie heimlich, denkt er. Er hat sie noch nie essen sehen.

Die Verzweiflung hat sich im Raum ausgebreitet wie giftiger Nebel. Niemand wird diese Premiere überleben, so viel ist klar. Statt Standing Ovations setzt es was. Das Ensemble wird geschlossen von der Bühne geprügelt, des Theaters verwiesen und aus der Stadt gejagt. Endprobenphantasien.

Eine dürre Rothaarige rümpft die Nase. Sie kann den Geruch der erkalteten Speisereste nicht mehr ertragen, sagt sie. Tatsächlich riecht es so penetrant, faul und stechend, dass es die Kehlen wund schabt. «Noch jemand am essen? Nein? Können wir dann bitte den Müll entsorgen?» Die eine Hälfte reagiert nicht, die anderen schieben ihre Schalen in die Mitte des Tisches, als befände sich dort ein imaginärer Müllschlucker. «Okay, dann nicht!» Ihre Stimme ist schrill und aggressiv, das Gesicht vor Wut weiß und glatt und abgeschmirgelt wie Büttenpapier. Sie stakst auf dünnen Beinen und noch dünneren Absätzen von einem zum anderen und räumt ab. Es sieht aus, als würde sie auf einem Seil laufen. «Wenn ihr schon nicht helft, dann macht wenigstens Platz», herrscht sie zwei Typen an, die schlaff und teilnahmslos vor sich hin hocken. Die Männer ducken sich. Der eine ist groß und besteht aus Beinen, der andere ist klein und besteht aus Oberkörper. Untenrum vs. Obenrum. Nebeneinandersitzend sind sie etwa gleich groß. Bein und Rumpf, Rumpf und Bein, da ließe sich choreographisch doch was draus machen. Wer weiß, vielleicht explodieren die auf der Bühne. Schließlich erbarmt sich ein unauffälliges, lieb aussehendes Pummelchen. Sie legt ihren mitgebrachten Donut weg und hilft der Roten. Vom Essen hat sie einen Schokoladenring um den Mund. Wahrscheinlich wird sie für die komischen Parts besetzt.

Aus der Tiefe der Bühne schält sich eine Gestalt. Der Regisseur, den gibt's ja auch noch. Er bewegt sich mit mechanischen, energisch rudernden Schulterbewegungen, wie kleinere Menschen eben gehen. Seine Proportionen wirken seltsam aufgeblasen und viereckig, wie vom Paketdienst geliefert.

«So», sagt der sprechende Karton. *So*, das Wort, mit dem für gewöhnlich eine Aktion eingeleitet wird. Er verteilt Kopien.

Die neue Fassung. Nicht selten bricht kurz vor der Premiere regelrecht Panik aus, der Regisseur streicht, ersetzt oder schreibt Szenen um. Eine Dramaturgin oder einen Dramaturgen, die das übernehmen könnten, kann sich die Produktion nicht leisten.

Der Regisseur knackt den Aluminiumverschluss seiner Bierdose. Außer ihm trinkt niemand Alkohol. «Ben, du fängst an. Seite drei oben.»

Ben, ein junger, elastischer, gutaussehender Mann, verändert seine Sitzhaltung und atmet tief und lange aus, als Vorspiel zum Sprechen. Immer diese Schauspieler mit ihrem theatralischen Gehabe. Vanessa huscht unter den strafenden Blicken des Regisseurs auf ihren Platz. Ben legt los.

«Nun, liebes Herz? Warum so blaß die Wange?
Wie sind die Rosen dort so schnell verwelkt?»

Der Schokoladenring antwortet:

«Vielleicht, weil Regen fehlt, womit gar wohl
Sie mein umwölktes Auge netzen könnte.»

Ach du Schreck, der «Sommernachtstraum». Wie kann man nur auf die Idee kommen, dem mausetotesten aller mausetoten Klassiker eine weitere überflüssige Inszenierung hinzuzufügen. Noch dazu, wenn es an Geld für ein anständiges Bühnenbild fehlt. Die Kulisse sieht aus, als wäre sie aus Bringdienstkartons gezimmert.

Die Schauspieler lesen die neue Strichfassung. Alle paar Sätze bricht irgendjemand in Gelächter aus, in das dann alle einstimmen. *Aufhören, bitte aufhören!* Was soll an diesem fünf

Millionen Jahre alten Text witzig sein? Anscheinend einiges. Der Regisseur, dem die enthusiastischen Reaktionen Beweis für seine genialen Striche sind, ist begeistert, sein eigenes Gelächter schraubt sich bis in höchste Höhen, die Schauspieler passen ihre Lachsalven denen des Regisseurs an.

«Okay, fein, sehr gut», sagt der, «weiter auf Seite vierzehn, die Handwerker.»

Bein und Rumpf legen los, Bein beginnt.

«Sind wir alle beisammen?»

«Aufs Haar; und hier ist ein prächtig bequemer Platz zu unserer Probe. Dieser grüne Fleck soll unser Theater sein, diese Weißdornhecke unsre Kammer zum Anziehen, und wir wollen's in Aktion vorstellen, wie wir's vor dem Herzoge vorstellen wollen.»

«Was sagst du, lieber Sappermentszettel?»

«Es kommen Dinge vor in dieser Komödie von Pyramus und Thisbe, die nimmermehr gefallen werden. Erstens: Pyramus muß ein Schwert ziehen, um sich selbst umzubringen, und das können die Damen nicht vertragen. He! Was wollt Ihr darauf antworten?»

«Potz Kuckuck, ja! ein gefährlicher Punkt.»

«Ich denke, wir müssen am Ende das Totmachen auslassen.»

Sehr witzig. Er müsste mal zur Toilette, will jetzt nur nicht stören. Könnte er doch nur einmal seine Höflichkeit und Rücksichtnahme ablegen! Aber gegen gute Erziehung ist kein Kraut gewachsen. Irgendwas schmerzt am Po. Die münzpralle Brieftasche drückt gegen seine linke Hinterbacke. Leute mit vielen Münzen im Portemonnaie sind ähnlich ordinär wie Leute, die volle Plastiktüten durch die Gegend schleppen. Die Rothaarige zippelt kleine Fetzen Nagelhaut von ihren Fingern und steckt sie sich in den Mund, Vanessa bewegt beim Mitlesen die Lippen. Die Rothaarige ist dünn, aber nicht so dünn wie Vanessa. Die ist dünner und schärfer.

> «Nicht ein Tüttelchen; ich habe einen Einfall, der alles gutmacht. Schreibt mir einen Prolog, und laßt den Prolog verblümt zu verstehen geben, daß wir mit unsern Schwertern keinen Schaden tun wollen; und daß Pyramus nicht wirklich tot gemacht wird; und zu mehr besserer Sicherheit sagt ihnen, daß ich, Pyramus, nicht Pyramus bin, sondern Zettel, der Weber. Das wird ihnen schon die Furcht benehmen.»
>
> «Gut, wir wollen einen solchen Prologus haben, und er soll in Acht- und Sechssilbern geschrieben sein.»
>
> «Nein, nehmt zwei mehr, laßt's Achtsilber sein.»
>
> «Werden die Damen nicht auch vor dem Löwen erschrecken?»

Von der Seite Geschepper, Geschapper, Geschleife. Da kommen welche angeschlurft. Dünn, krumm und käsig, mit Instrumenten behängt. Die Musiker. Aha, Musik gibt's auch. Eine Indieband, die sich *erste Sporen* am Theater verdient. Shakespeare und Schrammelmusik. Der Regisseur, genervt, überfordert: «Ich dachte, ihr seid schon gegangen. Proben wird heute nichts mehr.» Die Musiker stehen unschlüssig da mit ihren Pickeln und Hosen. «Okay?» Lange Leitung bei den Herrschaften. «Es reicht, wenn ihr zur Generalprobe 11.00 auf Stand-by seid.»

«Meister, Ihr solltet dies bei Euch selbst überlegen. Einen Löwen – Gott behüt uns! – unter Damen zu bringen, ist eine greuliche Geschichte; es gibt kein grausameres Wildbret als so'n Löwe, wenn er lebendig ist; und wir sollten uns vorsehn.»
«Derhalben muß ein andrer Prologus sagen, daß er kein Löwe ist.»

Als er seine Sitzhaltung verändert, rutscht ihm die Geldbörse aus der Hosentasche, und etwa 9000 Münzen scheppern, klötern und rollen durchs Parkett.

«Hallo?», blafft der Regisseur in den Saal. «Ist da jemand?»

«Ja.»

«Und wer, wenn man fragen darf?»

«Der gehört zu mir», meldet sich Vanessa.

«Das war nicht abgesprochen», sagt der Regisseur.

«Ich dachte, das wäre okay», sagt Vanessa.

«Das ist eben nicht okay», erwidert der Regisseur.

«Keine Angst, ich geh schon.»

Bloß weg hier.

«Warte doch im *336*, fünfzig Meter auf der linken Seite. Nach der Probe komme ich nach.» Ruft sie ihm hinterher. Er winkt doof.

«Ja, okay, bis später, viel Erfolg noch.»

Er ist der einzige Gast in der *Bar 336.* Halb neun, ein Wunder, dass die überhaupt schon geöffnet hat. Ohne die Karte einzusehen, ordert er einen Mai Tai. Mai Tai geht immer. *Aber nur einen!* Der unwirklich schöne Barkeeper mixt ihm seinen Drink, dann wendet er sich wieder dem aufgeklappten Laptop zu, virtuelles Online-Casino, Book of Ra. Bei diesem Spiele-

Klassiker warten Schätze in den Tiefen der Pyramiden darauf, gehoben zu werden. Auf der Politur des Tresens haben Cocktailgläser ihre Ringe hinterlassen. Ein etwas weniger attraktiver Bartender würde die wegmachen, aber der hier nicht, der ist zu schön fürs Fleckenentfernen. Er sieht wirklich und wahrhaftig aus wie ein Bartender aus einem Hollywoodfilm, cool, makellos, überirdisch, einer, der allein durch seine Anwesenheit das Selbstbewusstsein anderer Männer beschädigt. Jeder, ausnahmslos jeder, wünschte sich, so auszusehen. Ein traumhaftes Leben muss der führen. Angehimmelt von den Mädchen, gehasst von den hässlichen Geschlechtsgenossen, schöpft sexuell aus dem Vollen, wählt am Ende seiner Schicht spontan aus, welche er vom Tresen pflückt. Niemals verliebt, niemals bedürftig, niemals notgeil. Der King of Cocktails schaut irritiert auf: Er ist es nicht gewohnt, auch von Männern angestarrt zu werden. Schwul wahrscheinlich, ganz klar, schwul.

Mai Tai ist leer, einer geht noch. Er ordert einen Old Cuban, ebenfalls ein Cocktail auf Rumbasis. In der Zubereitung anspruchsvoller als der prollige Mai Tai, soll der Hübsche mal zeigen, was er draufhat, außer keine Flecken wegmachen.

Sie kommt und kommt und kommt nicht. Er macht den Fehler und bestellt noch einen Zombie. Ein Zombie besteht aus mindestens drei unterschiedlichen Sorten Rum, da kann man nicht viel falsch machen. *Ein Zombie macht den Abend rund, wenn der alle ist, hau ich ab, Unverschämtheit, mich hier bis in alle Ewigkeit warten zu lassen.*

Um elf kommt Vanessa hereingestürzt, abgehetzt, aufgelöst, fertig mit den Nerven.

«Na, wie war es noch», lallt er. Unwillkürlich weicht sie zurück.

«Was hast du denn schon alles intus?»

«Entschuldigung, aber ich habe mir die Wartezeit versucht zu verkürzen.» *Versusuvaküsn.* Er ist kaum zu verstehen, es klingt wie das Grunzen eines Schweines, dem man gerade die Kehle durchgeschnitten hat.

«Willst du in die Karte schauen, oder weißt du schon?»

Fragt der schöne Max.

Sie schüttelt den Kopf. «Danke, ich möchte nichts. Wir gehen.»

Mit gestrengem Blick: «Bringst du mich nach Haus?»

Und ab zum Ausgang. Völlig benebelt trottet er hinter ihr her. Hat er das gerade richtig verstanden? Er soll, nachdem er stundenlang auf sie gewartet hat, jetzt ein Taxi für sie rufen, das selbstverständlich er zu bezahlen hat. Anschließend darf er so lange vor der Haustür warten, bis im Treppenhaus das Licht ausgeht und sie in Sicherheit ist.

Genauso kommt es dann auch.

Die Premiere ist nicht ganz ausverkauft. Das Parkett ist mit Freunden, Sympathisanten und Angehörigen voll besetzt, der erste Rang wurde nicht geöffnet. Als Vanessa ihren Auftritt als Hermenia hat, geht ein Raunen durch den Saal. Ihr Anblick verschlägt den Leuten den Atem. Ein Feuerwerk!

«Ich bitt Euch, gnädger Fürst, mir zu verzeihn.
Ich weiß nicht, welche Macht mir Kühnheit gibt,
Noch wie es meiner Sittsamkeit geziemt,
In solcher Gegenwart das Wort zu führen;
Doch dürft ich mich zu fragen unterstehn:
Was ist das Härtste, das mich treffen kann,
Verweigr ich dem Demetrius die Hand?»

Doch dann geschieht etwas Seltsames: Mit jeder Minute, die sie auf der Bühne steht, schwindet ihre Strahlkraft. Eben noch alles illuminiert, gleich schon wieder erloschen. Sie kann ihren ersten Aufschlag nicht halten und schnurrt, Schönheit hin, Sexyness her, zu dem zusammen, was sie ist: schauspielerisches Mittelmaß.

Beim pummeligen Schokoladenring ist es genau umgekehrt: Mit jeder Minute auf der Bühne gewinnt sie an Präsenz, ihr Spiel wird immer glänzender, fesselnder. Ein uraltes Gesetz – Charisma und Standing lassen sich ebenso wenig erlernen wie Sympathie. Wäre die Spielstätte nicht so unbedeutend, die Inszenierung so schlecht, die Musikbegleitung so dilettantisch und das Bühnenbild so billig, könnte man meinen, dass hier gerade ein Star geboren wird. Das Votum des Publikums ist dann auch eindeutig: Beim Schlussapplaus wird Vanessa wohlwollend beklatscht, der Schokoladenring erntet Jubel und Bravorufe. Und das Publikum hat bekanntlich immer recht.

Aus Kosten- und/oder sonstigen Gründen findet die Premierenfeier in der Theaterkantine statt. Da es nichts zu gratulieren gibt, würde er sich am liebsten verdrücken. Das freundliche Lügen liegt ihm nicht. Aber er möchte in ihrer Nähe sein, er wünscht sich, in ihrem Leben eine Rolle zu spielen, und sei sie noch so klein. Er stellt sich vor, ihr in einem Abstand von zehn Metern zu folgen. Oder fünfzehn Meter, soll sie den Sicherheitsabstand, die Bannzone festsetzen, er würde sich daran halten. Ihr tagsüber unauffällig folgen und am Abend ab und zu neben ihr sitzen. Mit ganz wenig wäre er zufrieden.

Da er niemanden hier kennt und auch niemanden kennenlernen will, verzieht er sich an einen Katzentisch in der hintersten Ecke. Wenn sich der Trubel gelegt hat, wird Vanessa sich bestimmt auch mal um *ihn* kümmern. Momentan ist sie allerdings noch umringt von einer Schar Gratulanten, besser: männlicher Fans und Verehrer. Das kann dauern. Er legt sich für nachher was zurecht; Nullsätze, Phrasen, Wortgeklingel, leeres, wohlklingendes Zeug, mit dem er durchzukommen hofft.

Mitternacht, die Reihen haben sich gelichtet. Schokoladenring und die meisten anderen Schauspieler sind gegangen, vielleicht woanders hingezogen, der Regisseur ist jetzt schon besoffen. Peinliches Schauspiel. Eben noch großer Zampano, jetzt Alkoholleiche, um die alle einen Bogen machen.

Drei Kerle stehen im Halbkreis um Vanessa, man kann den Alkohol förmlich durch ihr Blut rauschen hören. Eine junge Frau und drei junge Männer, attraktiv, vital, in Partylaune, bis zum Anschlag voll mit ekelhafter Lebensenergie. Der eine könnte nebenberuflich Model sein, der andere Arzt im Praktikum, der dritte Start-upper. So was. Wahrscheinlich kommt's sogar hin. Woher kennt sie solche Typen? Ist sie mit denen befreundet? Arzt trägt ein auffälliges Retrohemd, Paisleymuster, Slim-Size, wirklich schick, wenn man reinpasst, und der passt rein. Model trägt sein Haar im *Granny Hairstyle*, was ziemlich affig aussieht, Start-up hat keine besonderen Kennzeichen.

Was wohl passieren würde, wenn er sich dazugesellte? Irritation, Befremden, Ratlosigkeit. Einer, der den Partypeople ihren Spaß verdirbt, der eine Aura des Überflüssigseins verströmt, einer, der *Hallo, ich bin dann auch schon wieder weg* sagt, und tatsächlich auch schon wieder weg ist. Besser, er bleibt auf seinem Platz. Nach Sekt und Wein ist er jetzt bei Bier und Wodka. Hoffentlich hat er seine Artikulation noch unter Kontrolle. Um herauszufinden, ob er lallt, müsste er mit jemandem reden, aber das will er nicht.

Die Typen drüben belauern sich. Die Frage steht im Raum, welcher Bewerber am Ende den Zuschlag erhält. Oft verblüffend einfach: Das Rennen macht derjenige, der am wenigsten betrunken ist. Zeit für ihn zu verschwinden. Er gehört nicht dazu. Sollen die mal machen.

Er schraubt sich aus seinem Stuhl, um sich zu *verdünnisieren*, und hat es fast nach draußen geschafft, als ihm jemand von hinten auf die Schulter tippt. Vanessa guckt komisch, abwesend, wenig erfreut, ganz anders als gerade noch mit den Typen. Am liebsten würde er förmlich «GUTEN TAG» sagen. Und einen kleinen Diener andeuten.

«Du bist noch da?»

Genau. Einer, von dem man den Abgang erwartet, der sich aber immer noch rumdrückt, ein unheimlicher *Schleicher*, der plötzlich aus dem Nichts auftaucht und die Leute erschreckt.

«Hallo. Du bist ja die ganze Zeit beschäftigt, da wollte ich nicht stören.»

«Du störst nicht! Komm einfach dazu.»

«Ich kenn die doch alle nicht.»

«Dann lernst du sie eben kennen. Die sind netter, als du denkst.»

So? Wirklich? Die sehen aber nicht so aus.

«Pass auf, ich wollte gerade zur Toilette, bleib mal hier, ich bin gleich wieder bei dir.»

Und weg ist sie.

Gleich ist sie schon wieder da.

«Und, wie fandest du es?»

Er hat sich ein paar wirklich gute Sätze zurechtgelegt. Jetzt ist alles weg, in seinem Kopf springen abgenutzte Zahnräder von ihren Achsen, er kämpft gegen die aufsteigende Panik.

«Ihr habt ja noch ganz gut die Kurve gekriegt.» Oh Gott, was stammelt er sich da schon wieder zusammen?

«Wie meinst du das?»

Er müsste den Satz aus der Luft wieder herausnehmen, doch dafür ist es zu spät.

«Ich meine im Unterschied zu der Probe neulich. Also, wenn man das damit vergleicht.»

«Da haben wir nur gelesen. Du hast doch gar nichts *gesehen.*»

Stimmt, denkt er, aber *gehört.* Oft genügt es zu hören, Spiel und Sprache bilden ja eine Einheit. Was nicht gut *klingt*, sieht in der Regel auch nicht gut aus. Wie dem auch sei, irgendwas Nettes muss her.

«Du hast wirklich eine beeindruckende Bühnenpräsenz.»

Sie schaut ihn prüfend an. «Danke schön. Dann vielleicht bis später. Ich muss mich mal wieder bei den anderen blicken lassen. Bleibst du noch?»

Er würde sehr gerne bleiben, und noch lieber würde er sie später nach Hause bringen, ohne alles natürlich, aber wie es aussieht, wird das nichts.

«Ja, klar, bis später.»

Granny Hair hat sichtlich Mühe, das Gleichgewicht zu halten; die Lippen eisern zusammengepresst, starrt er glasig vor sich hin. Auch Start-up kämpft gegen die Trunkenheit. Nur das Retrohemd ist halbwegs gut beisammen. Von irgendwoher kommt ein Tablett mit Wodkashots angeschwebt. Hemd und Vanessa lehnen ab, Scary Hairy und Startloch greifen zu. Das hätten sie nicht tun sollen, denn ihr Verfall vollzieht sich jetzt in Überschallgeschwindigkeit. Granny unternimmt einen letzten Versuch, er schaut Vanessa an, kneift, ein erbärmliches Zerrbild ironischer Überheblichkeit, die Augen zusammen, von wegen «wir zwei beiden». Dann will er was sagen, aber es kommt nichts. Er kriegt *keinen einzigen Satz* mehr heraus, keinen ungraden und einen graden schon gar nicht. Damit kann Vanessa nichts anfangen, damit kann niemand mehr etwas anfangen. Sie wendet sich den beiden anderen zu. Aus Granny entweicht die Restluft, und er watschelt grußlos davon, die Arme seltsam weit vom Körper entfernt, wie ein Bodybuilder ohne Muskeln. Start-up hält mit letzter Kraft die Stellung. Er ringt nach Worten, doch auch ihm fällt keins mehr ein.

Vanessa und Retroman wechseln einen kurzen Blick, dann verschwinden sie Richtung Toilette. Start braucht ein paar Sekunden, um zu checken, was hier gerade passiert, danach verzerrt sich sein Gesicht, ein verrücktes Flammen und Flackern, die Schleimhäute produzieren wässrigen Schleim, der ihm aus der Nase stiebt. Ach Gott, ach Gott, alles umsonst, schon wieder alles umsonst, eine verpasste Gelegenheit, der er wieder nur noch hinterheronanieren, seinen Schmodder hinterherspritzen kann.

Vergeblich versucht er, sich seine Jacke überzustreifen. Start! Up! Up! Up! Rechter Arm in rechten Ärmel, dann ziehen, schlüpfen, ist doch ganz einfach. Von wegen. Schließlich nimmt er die Jacke in die Hand und torkelt davon, die Bewegungen so langsam, als würde sich ein Erfrorener bewegen. Sommernachtstraum, sechster Aufzug, Reprise, Trauerspiel.

Er holt sein Handy raus und startet die Stoppuhr. Offenbar ist er *genau jetzt* verrückt geworden. Eine Minute verstreicht, zwei Minuten, fünf Minuten, sieben. Was geht da gerade ab, auf der Toilette? Bilder flackern auf, verschwinden, kommen wieder, bleiben kleben, wieder weg, so geht das hin und her. Die Gedanken fressen ihm das Hirn aus dem Schädel. Zehn Minuten. Er muss verschwinden, bevor etwas Schlimmes passiert.

Im Treppenhaus wird gesaugt. Wie spät ist es? Er fühlt sich, als wäre er mitten in der Zeit ausgesetzt. Als er aufzustehen versucht, ist es, als würde ihn etwas Unsichtbares mit einer Gewalt ins Bett drücken, der er nichts entgegenzusetzen hat. Er schließt wieder die Augen. Sein Kopf ist zu eng, die Augen wollen aus dem Schädel heraus.

Als er noch klein war, galt es als streng verboten, bei hellichtem Tag im Bett zu liegen, obwohl er oft, selbst in den Ferien und bei strahlendem Sonnenschein, nichts lieber getan hätte. Mit unerbittlichem Schwung hatte seine Mutter die Vorhänge aufgerissen, die Fenster geöffnet, ihm schmerzhaft durch die Haare gewuschelt und die Fingerspitzen in die Kopfhaut gebohrt. Wenn er nicht spätestens dann freiwillig aufgestanden wäre, hätte sie ihn sicher an den Haaren aus dem Bett gezogen. «Willst du dem lieben Gott den Tag stehlen?» Gute Frage. An den hatte er geglaubt, und den Satz hatte er daher wörtlich genommen. Wenn jemand einen vom Herrgott in seiner unbegreiflichen Güte geschenkten Tag im Bett verludert, fügt derjenige dem Herrn sowie seinem Sohn Jesus Christus und der Jungfrau Maria und den Jüngern, ja, der gesamten Gemeinschaft der Gläubigen nicht wiedergutzumachendes Unrecht zu. Er dreht den Kopf zur Seite. *Ich warte einfach, bis sich das Blatt von allein zum Besseren wendet.* Er beschließt, so lange liegen zu bleiben, bis man ihn aus dem Bett schneidet oder fräst.

Alles verkorkst, verkommen und räudig. Räudig, ein gutes, passendes Wort: DAS RÄUDIGE TIER WIRD ZUM ABSCHUSS FREIGEGEBEN, UM IHM LÄNGERES LEIDEN ZU ERSPAREN. EIN RÄUDIGES TIER VERDIRBT SEINE UMGEBUNG DURCH SEINEN SCHLECHTEN EINFLUSS.

Fööt, fööt. Huch? Ach so, Julias neuer Klingelton. Ihre Stimme ist friedlich, freundlich und beruhigend. Keine Fragen, keine Vorwürfe. Erkundigt sich nach seinem Befinden. «Na ja, geht so», sagt er.

«Sehen wir uns am Abend?»

Die Aussicht erscheint ihm plötzlich wie die Rettung aus höchster Not. Die liebe Julia. «Ja, unbedingt, irgendwas Kleines, Ruhiges.» Als ob sie schon jemals etwas Großes, Unruhiges unternommen hätten.

«Lass uns doch mal wieder kochen.»

Das Einzige, was heute noch in Frage kommt: in der Wohnung verschanzen, Bolognesesoße aus mindestens einhundert Zutaten zaubern, früh zu Bett. Vielleicht kann er gar das Versäumte nachholen und sie *beschlafen.* Dann wäre für eine lange, eine sehr lange Zeit wieder Ruhe im Karton. Vorbereitend Pornos gucken, mit etwas Glück lässt sich ein klein wenig Geilheit in den Abend hinüberretten.

«Okay, prima. Sieben?»

«Passt.»

Gerade als er das Telefon wegstecken will, blinkt auf dem Display eine Nachricht.

Hast du heute Abend Zeit und Lust auf eine kleine, private Premierenfeier? Gruß, Vanessa.

Das Herz schlägt ihm bis zum Hals. Es klopft ihm in den Ohren, es klopft bis in die Augen, über die Lider direkt ins Hirn. Die Frau macht mich wahnsinnig, denkt er, ich bin dem nervlich nicht gewachsen. Nicht gewachsen und gleichzeitig Wachs in ihren Händen. Er schreibt zwei Nachrichten.

Ich kann so ab 21.00. Wo?

Er könnte auch schon früher, aber rund um die Uhr verfügbar sein macht keinen guten Eindruck. Die andere Nachricht:

Ich glaub, mich hat's erwischt, irgendwas mit Magen-Darm. Lass bitte auf morgen verschieben.

Welche Charakterlosigkeit, was für ein Verrat.

Offenbar ist das 336 ihre Stammbar. Zu seiner Zeit hätte man so was Popper- / Yuppieschuppen oder irgendwas mit Schickimicki genannt. Heutzutage Szeneladen. Im Zweifelsfall Szeneladen.

Sehr gut besucht heute. Trostlos und feindselig alles. Aber das empfindet nur er so, alle anderen fühlen sich pudelwohl. Von Vanessa keine Spur, war ja klar. Er fügt sich an den letzten freien Platz an der Theke, wie eine Batterie ins Batteriefach. Irgendwie hat er eine eigentümliche Empfindung im Mund und am Gaumen, etwas Pelziges, Stumpfes, so als sei ihm die Zunge eingeschlafen. Immer ist irgendwas.

Dann steht sie plötzlich vor ihm, aus dem Nichts, wie von einem entfernten Planeten hierhergebeamt. Wie schön sie ist. Er wusste gar nicht mehr, *wie* schön, vom unablässigen An-sie-Denken vergisst er immer wieder, wie sie aussieht. Was er noch so gemacht habe, fragt sie, sie habe ihn *aus den Augen verloren.* Doofe Kuh, denkt er, «ich dich auch», sagt er, und: «Ich dachte, du wärst mit dem Typen verschwunden, der mit dem Hemd.» Der mit dem Hemd, ach je, besser wird's nicht.

«Und du hast gedacht, da würde was laufen?» Jetzt bringt sie ihn schon wieder in Verlegenheit.

«Nein, nein.»

Er hätte fast *Geht mich ja auch nichts an* hinterhergeschickt, aber das stimmt nicht.

«Florian ist ein ganz alter Freund», sagt sie. «Wir sind zusammen zur Schule gegangen, er wollte auch Schauspieler werden, aber dann hat er aufgegeben und Pharmazie studiert. Jetzt ist er Apotheker, mit eigener Apotheke.»

Hat er also beinahe richtiggelegen. Er ist unendlich erleichtert.

Das Stück sei richtig gut angekommen, erzählt sie nun. Der Regisseur verhandele bereits wegen Gastspielen. Soso, denkt er, glaube ich nicht, ich war dabei. Sie redet wie ein Wasserfall. Sie quatscht mich in Grund und Boden, ohne Rücksicht auf Verluste, denkt er, und: Wir ticken komplett unterschiedlich, wir haben *nichts* gemeinsam. Trotzdem ist er verrückt nach ihr, oder gerade deshalb.

«Bringst du mich nach Hause?», fragt sie unvermittelt.

«Jetzt sofort?»

«Ja. Am besten sofort. Ich merke gerade, wie fertig ich bin.»

Gestern mit dem Giftmischer bis in die Puppen gefeiert und wer weiß was noch, jetzt schnelle Druckbetankung, und dann darf der stumme Diener sie nach Hause geleiten. Als das Taxi vor ihrem Haus hält, weiß er nicht, ob er aussteigen oder sitzen bleiben soll.

«Er kommt gleich», sagt sie zum Fahrer. Aha, kommt er also gleich. Vor der Haustür zündet sie sich eine Zigarette an.

«Ich hab ganz kalte Hände, magst du sie ein bisschen wärmen?»

Ihre Hand in seinen Händen ist das Romantischte und Schönste und Aufregendste, was ihm je passiert ist. Es wiegt alles auf. Sie raucht runter bis zum Filter. Er wünschte, sie würde mit dem Stummel gleich die nächste Zigarette anstecken und so weiter, bis der Morgen graut, und so vergehen dann die Tage und die Nächte.

«Okay», sagt sie.

Was meint sie? Soll er jetzt ins Taxi steigen? Oder was?

Sie legt ihre Hände um seinen Hals und küsst ihn. Der Kuss geht durch die Lippen und Nerven, durchdringt seinen Körper, bis ins Blut, bis in die Eingeweide. Ihre Zunge ist groß und fest und schmeckt wunderbar.

«Komm gut nach Hause und schlaf gut, Baby.»

Lächelt sie? Nein, da täuscht er sich, da wird er sich noch etwas gedulden müssen. Baby, lange ist's her, denkt er, als er im Taxi sitzt. Wie gut das tut. Jetzt hat sie ihn. Und, seltsamer Gedanke: Wären sie doch schon mit allem durch, wie auf einer Spielkarte vereint.

Am nächsten Morgen ist ihm schlecht. Die Eingeweide flattern, der Magen fühlt sich prall und aufgebläht an. So geht's nicht weiter! Eine Entscheidung muss her. Heute. Gleich. Jetzt. Sofort. Er hat sich oft schon gefragt, ob es möglich wäre, sein Leben mit einer einzigen Entscheidung, einer einzigen Maßnahme wieder in die Spur zu bringen, ihm eine neue Richtung zu geben. Ein Reset, ein Restart.

«Hallo.»

«Ach, der Herr meldet sich auch mal. Geht's wieder?»

«Ja, alles okay so weit. Ich wollte fragen, ob ich in einer Stunde vorbeikommen kann?»

«So früh? Ich dachte, wir sehen uns erst abends. Gibt's irgendwas Besonderes?»

«Das sag ich dir dann.»

«Also was Schlimmes.»

«Wie gesagt, sag ich dir dann.»

«Hat es was mit uns zu tun?»

«Mensch, Julia. Nicht am Telefon. Passt es in einer Stunde?»

«Also es hat was mit uns zu tun.»

«Ich bin in einer Stunde da.»

«Bitte anderthalb.»

Der Schnee ist getaut, wieder gefroren und dünn überkrustet. Tauen, frieren, frieren, tauen, bis in alle Ewigkeit wird das wohl noch so gehen. Er läuft wie ein Spielzeug, dass aufgezogen wurde, beobachtet seinen eigenen Schatten, wie der vor ihm herläuft und immer größer wird. *Bald werde auch ich von meinem Schatten verschlungen werden.*

In einer Stunde ist es vorbei, macht er sich Mut, und beschleunigt seinen Schritt. In genau einer Stunde ist die Beziehung Vergangenheit. Er ruft die Sätze ab, die er in Gedanken geübt hat. Der Innensaum seines rechten Hosenbeins löst sich. Ausgerechnet jetzt, lästig, sehr lästig. Noch einhundert Meter. Er atmet tief durch. Die Zeit verlangsamt sich, die Fahrstuhlfahrt in den vierten Stock vergeht mit der Geschwindigkeit radioaktiven Zerfalls.

Als er die Wohnung betritt, fällt ihm wieder auf, wie sauber alles ist, geklärt und abgestaubt und spiegelblank, hell und freundlich, jeder Gegenstand auf seinem vorgesehenen Platz. Nur die Bilder hängen zu hoch. Die meisten Leute hängen ihre Bilder zu hoch, weiß der Deibel warum. Er wollte sie schon immer mal darauf aufmerksam machen, aber jetzt ist es zu spät.

Julia hat ihre Wohlfühlklamotten an, Stretchhose, Hoodie, Hauslatschen. Zu dick für schicke Sachen, denkt er. Wenn sie dünn wäre, wäre sie zu alt für schicke Sachen. Irgendwann ist jeder zu dick und zu alt und zu krumm und zu schief für schicke Sachen, ist doch auch tröstlich.

«Willst du was trinken?»

«Eigentlich nicht.»

«Was heißt *eigentlich nicht.* Du hast noch nie nichts getrunken. Ich hab extra Kaffee gekocht, tu mir den Gefallen und trink einen mit.»

Sie trinken aus den Bauernmalereibechern, aus denen sie immer ihren Kaffee getrunken haben. Nach dem ersten Schluck herrscht langes, müdes Schweigen. Das Grau von draußen sickert durch die Fenster. Los, fang endlich an! Lieber ein Ende mit Schmackes als ein Scheiß ohne Ende. Vielleicht sieht sie alles haargenau so wie er, macht unter jedem Punkt ein Häkchen. *Stimmt, hast recht, schön war's trotzdem, tschüs.* Ob je eine Trennung so verlaufen ist?

«Also dann.» Sagt sie.

Als er Atem holt für den ersten Satz, spürt er, dass er ein Haar im Mund hat. Unangenehm, sehr unangenehm. Erst der Saum, jetzt das Haar. Wie, bitte schön, soll man mit einem Haar im Mund die passenden Worte finden. Mit einem Haar im Mund kann er sich nicht konzentrieren, mit einem Haar im Mund kann sich niemand konzentrieren.

Ihn verlässt der Mut, und er flüchtet sich in Allgemeinplätze, Nullsätze, abgebrauchte Formeln, wie aus Trennungsratgebern entliehen. Die Wörter kommen dünn und körperlos hervor, man *hört* schon, wie er sich herauswindet. Er redet und redet und redet. Er redet, bis seine Worte nichts mehr bedeuten, nichts mehr etwas bedeutet. Wie feige. Er schämt sich in Grund und Boden. *Hoffentlich habe ich mich irgendwann genug geschämt, dass ich sterben darf.* Das Haar ist schuld. Wenn nur das Haar nicht wäre. Aber jetzt ist es zu spät. Ich habe fertig, denkt er und hält endlich die Schnauze. Es wird still. Die Stille ist unbeweglich und legt sich eng um seinen Kopf.

«Dann ist das eben so», sagt Julia. Sie hat genug. Widerstand zwecklos. Sie ergibt sich. Er blickt auf. Die Tränen strömen über ihr Gesicht, ohne dass sie sie wegwischt; sie kommen wie durch eine durchlässige Stelle in einer Membran.

Aus Verlegenheit trinkt er noch einen Schluck Kaffee. Lauwarm, an der Grenze zu kalt. Er guckt unauffällig auf die Uhr. Tatsächlich, genau eine Stunde.

Julia, weinend: «Nimm mich doch noch mal in den Arm.»

Er umarmt sie, streichelt ihren Rücken, versucht, sich, falls das denn möglich ist, ihrer Traurigkeit anzupassen. Er sucht mit seiner Zunge das Haar. Weg, verschwunden, aufgelöst, verschluckt. Endlich steht das Haar nicht mehr im Weg, er könnte noch mal von vorne beginnen! Da löst sie sich aus der Umarmung, steht auf und macht ein paar Schritte in den Raum. Sie torkelt, schwankt, er springt auf, um ihr zu helfen, aber da hat sie sich schon auf den nächsten Stuhl gesetzt.

«Bitte entschuldige», sagt sie. «Mir war nur etwas schwindelig.»

Er, tumb und hilflos, läuft in die Küche und kommt mit einem Glas Wasser wieder, wie der Teilnehmer eines Erste-Hilfe-Kurses.

«Gut. Ist gut.» In ihrer Stimme ein Schlussstrich. «Dann gehst du jetzt mal besser.»

«Wenn du meinst. Wie du willst.»

So, denkt er, Bahn frei, jetzt wird's ernst.

Zweiter Teil
Das sich entfaltende Geschehen

Fünf

Jetzt ist Julia also aus seinem Leben verschwunden. Sie schickt keine Nachricht, schreibt keine Mail, einen Brief schon mal gar nicht, und ruft auch nicht an. Als ob nie etwas gewesen wäre. Durch irgendein Versehen hatten sie sich zusammengetan, und nun haben sie, in beiderseitigem Einverständnis, erkannt, dass das ein Fehler war. Wenn er an sie denkt, fühlt er so etwas wie Zuneigung. Die Liebe geht, die Zuneigung, immerhin verwandt mit der Liebe, kommt. War alles ganz einfach. Würden nur alle Trennungen so verlaufen; vernünftige Darlegung der Gründe, heftig aufflammender, aber auch ebenso schnell wieder vergehender Schmerz, keine enervierenden Diskussionen, Vorwürfe, Nachfragen. Vorbildlich.

Man sollte sich nur noch mit *Personen* einlassen, von denen man sich komplikationslos wieder trennen kann. Ein wenig fürchtet er natürlich noch etwaige Nach- und Nebenwirkungen. In den Tagen und Wochen nach einer Trennung überwog stets die Erleichterung, doch irgendwann holt einen die Beziehung noch mal ein. Wenn es dann abends regnet, krampft sich das Herz zusammen, und man weint leise vor sich hin. In Beziehungsratgebern steht zu lesen, dass man etwa die Hälfte der Zeit, die eine Beziehung gedauert hat, braucht, um die Trennung vollständig zu verarbeiten. Na ja, eine Faustregel, und wie das mit Faustregeln so ist: ungenau. Faustregeln, Vorhersagen, Horoskope – stimmen hinten und vorne nicht.

Er war neunzehn, Mareike ein Jahr jünger. Mehr als Mareike ging nicht, Augen so blau wie der Weltraum, blonde lange Haare, lange Beine ohne Haare, vollkommene Zähne – ebenmäßig und gerundet und weiß – und, das Allerbeste: abstehende Ohren. Er hat so etwas wie eine angeborene Schwäche für Frauen mit abstehenden Ohren. Mareike war lustig, charmant und für eine so schöne junge Frau – die in der Regel zur Arroganz neigen – ausnehmend herzlich. Eine perfekte Mischung aus Mädchen und Lady. Es kam einem Wunder gleich, dass sie aus Gründen, die er sich nicht erklären konnte, seine Freundschaft gesucht hatte, an etwas *anderes* hätte er nicht einmal zu denken gewagt, verhärmt, verbogen und verpickelt, wie er damals noch war. Bis es eines gesegneten Tages zwischen ihnen zum *Austausch von Zärtlichkeiten* gekommen war.

An einem herrlichen Julinachmittag, wolkenloser, glänzender, blendender hoher Himmel, einer der Tage, an denen die Sonne nie mehr untergeht, hatten sie auf ihre Initiative hin einen Ausflug ins Grüne unternommen. Mareike hatte sich von ihrer Frau Mutter Micra und Picknickkorb geliehen. Allein dass sie Auto fahren konnte, war Grund genug, sie zu vergöttern. Mareike hatte an alles gedacht: Baguette, Nudelsalat, Käseauswahl, nur die Flasche Sekt hatte sie wohl zu Hause vergessen.

Während der Rückfahrt braute sich in der Tiefe des Himmels etwas zusammen. Alles stand still, als wollte das Unwetter jeden Lufthauch aus der Erde saugen, bevor es losbrach. Er hat immer noch den süßlichen, nussartigen Duft in der Nase, der die Luft kandierte. Als sie ihn zu Hause absetzen wollte, klatschten die ersten Regentropfen aus dem Himmel herab, riesig, lauwarm, verlangsamt. Wie choreographiert kullerte der vergessene Sekt unter dem Beifahrersitz hervor. Den musste der Himmel zusammen mit dem Unwetter geschickt haben. Wenige Augenblicke später versank die Welt hinter Donner, Blitzen, Windböen und Sturzbächen von Regen.

Mareike drehte das Radio an, ließ den Korken ploppen, und sie tranken immer abwechselnd einen Schluck. Er stellte sich vor, wie sich der Sekt mit Mareikes Speichel mischte und er mit jedem Schluck auch etwas von Mareike in sich aufnahm. Als die Flasche leer war, lag eine leise zitternde Erregung in der Luft. Und plötzlich, aus dem Nichts, küsste Mareike ihn. *Absolut phantastische Aktion*, war sein erster, überrumpelter Gedanke. Blieb bis heute hängen, diese doofe Formulierung.

Himmlische eineinhalb Stunden saßen sie eng umschlungen und küssten sich, was das Zeug hielt, der altersschwache Micra erfüllt von Flüstern, Umarmungen, halb ausgesprochenen Worten, kleinen Seufzern. Nie zuvor hatte er im Herzen eines weiblichen Wesens so was wie Leidenschaft hervorgerufen. Es war der glücklichste Moment seines Lebens.

Die Hoffnung, dass sie jetzt ein Paar wären oder wenigstens auf dem Weg dorthin, zerschlug sich allerdings auf brutale Weise. Das nächste Treffen verlief, als wäre absolut nichts vorgefallen; zur Begrüßung Küsschen links, Küsschen rechts, Mareike freundlich und herzlich, aber von etwas anderem keine Spur. War er also offenbar wieder auf Kumpelniveau zurückgestuft und zurechtgestutzt. Aufgrund einmaliger, sich zufällig ergebender Umstände hatte sie Lust gehabt ein bisschen rumzuknutschen, passiert öfter mal, wenn man jung und schön und lebendig ist.

Aber irgendetwas musste doch hinter diesem Feuerwerk des Begehrens gesteckt haben! Er wusste damals noch nicht, dass, wie immer, natürlich nichts dahintersteckte.

Er wartete und hoffte und betete, dass es mit Mareike zu einem *Afterburn-Effekt*, wie er das für sich nannte, kommen, dass sie eines schönen Morgens aufwachen und erkennen würde, er, und nur er, sei der Richtige. So was in der Art, lächerliche Phantasien eines Spätpubertierenden. Stattdessen stellte sie ihm kurze Zeit später ihren *Freund* vor. Max. Einer aus ihrer Liga, groß, blond, sportlich (Hockey, auch noch *Hockey*), weiße

Zähne, enganliegende Ohren (Segelohren bei Typen sind nicht süß, sondern doof), einer, gegen den er chancenlos war. Hatte er im Bruchteil einer Sekunde erkannt und sich in seine Niederlage gefügt. Was für ein Idiot er gewesen war. Wie hatte er glauben können, dass sich eine wie Mareike ernsthaft mit einem wie ihm zusammentun würde. In der Liebe hat sich freiwillig noch nie jemand verschlechtert. Die Schönen tun sich zusammen. Die Dicken tun sich zusammen. Die Krummen tun sich mit den Schiefen zusammen. Und eine Jüngere ist noch nie wegen einer Älteren sitzengelassen worden. Es bedarf schon außergewöhnlicher Umstände, dass sich Dicke mit Schlanken, Schöne mit Hässlichen, Junge mit Alten zusammentun. Der tumbe, unsportliche Junge mit den morschen Knochen landet unweigerlich bei dem grauen, dürren Mädchen mit der schlechten Haut. So geht es zu in der Welt. Vielleicht, eines Tages in ferner Zukunft, einer Science-Fiction-Zeit im nächsten Jahrtausend, werden sich die Verhältnisse ändern, aber dann ist es zu spät für Mareike und ihn. Sein dünner Lebensfaden hatte sich für einen kurzen Moment aus Versehen mit ihrem verheddert, mehr nicht.

Er hatte damals große Angst davor, von nun an mit dem Gedanken an das eine Mädchen weiterzuexistieren, das damals nichts von ihm gewollt hatte; dass Mareike für immer die Einzige bleiben würde, die gezählt hatte. Wie dem auch sei, mit dieser Erfahrung hatte sich ihm das Wort *Sektlaune* in seiner vollen Bedeutung erschlossen.

Und jetzt steigt wieder eine unerreichbare Frau zu ihm hinab, und er droht verloren zu gehen.

Er verbringt den Tag im Studio. Herr Roabarb, Frau Grump und Pongo zu Ostern. Arbeitstitel: *Ostern, Fest des Eis.* Albern, aber wenn es Herrn Sowieso (er vergisst dauernd den Namen und muss dann immer nachschauen) nicht gefällt, dann soll er doch einen besseren Vorschlag machen.

Vanessa hat sich wieder mal auf Tauchstation begeben. Vor zwei Tagen und, Moment, zweiundzwanzig Stunden hat sie ihn «Baby» genannt. Vielleicht war es nur eine Laune, eine Kapriole, ein Fehler, den sie bitter bereut.

Am Abend ruft Frieder an. Freund Frieder, den gibt's ja auch noch. Einziger Freund, einziger Mensch. Und heute streng aufgelegt –

«Ich will mich ja nicht beschweren, aber kommt von dir eigentlich überhaupt noch mal was?»

«Ich weiß, Entschuldigung.»

«Robuste Freundschaften halten der Prüfung des Schweigens stand, oder wie sehe ich das?»

«Ich hätte mich heute gemeldet. Ich schwöre. Du glaubst nicht, was alles passiert ist.»

«Du brauchst nicht dauernd zu schwören.»

«Ich schwöre nicht dauernd. Lass uns treffen. Am besten heute noch.»

«Aha, du glaubst wohl, ich bin durchgehend auf Stand-by.»

«Mensch, Frieder, es tut mir leid. Ich suche höflich um einen Termin an.»

«Okay, dann Taverna Plaka.»

Die Taverna Plaka ist eine Reminiszenz an frühere Zeiten, als sie, damals noch begeisterte Fleischesser, *immer* zum Griechen gegangen waren. Korfuplatte, Hellasteller, Kretaplatte, Plakaplatte spezial; die herrliche Taverna Plaka mit ihren extragroßen Fleischplacken. Freundinnen, die sie mit einer Knoblauch-, Hack- oder Ouzofahne hätten abschrecken können, gab es nicht.

Während er berichtet, wird Frieders Gesicht lang und länger.

«Ich glaube, das wird nichts.»

«Wieso denn nicht?»

«Hör dir doch mal selber zu.»

«Wie meinst du das?»

«Na, immerhin bist du Julia los.»

«Sehr einfühlsam. Hast du die ganze Zeit so gedacht?»

«Ehrlich gesagt schon, aber das darf man ja nicht sagen. Außerdem gilt Vorteil-Nachteil-Denken als spießig.»

«Dann mal keine falsche Rücksichtnahme mehr.»

«Mit der Ehrlichkeit ist das so eine Sache. Dauernd wird sie eingefordert, aber wenn man wirklich mal mit der Wahrheit rausrückt, wird's einem verübelt.»

«Und du glaubst, dass es mit Vanessa nichts wird?»

«Nein.»

Das Essen kommt. Hellasteller, Kretaplatte, wie eh und je.

Wahrscheinlich hat Frieder recht. Außenstehende mit ihrem für Außenstehende typischen Außenblick haben so gut wie immer recht. Andersrum wäre es genauso. Nach einer halben Flasche Ouzo ist er angenehm betrunken. Ich trink Ouzo, was trinkst du so, denkt er im Kreis und wieder von vorn und in alle Richtungen. Ouzo, Frieder und die Taverna tun ihm gut. Frieder liegt goldrichtig: Ohne Vanessa hätte er sich nie von Julia getrennt, denn wem gelingt schon eine im Grunde anlasslose Trennung aus dem Stand. Er sollte Vanessa dankbar sein, so muss man es sehen. Bald schon wird sie vergessen sein, er muss nur ein Weilchen die Zähne zusammenbeißen.

Er hat ziemlich einen im Kahn. Der Mond steht klein und erfroren am schwarz lackierten Himmel. Er stolpert über die letzten Reste von vermatschtem Schnee durch die große, leere

Nacht und denkt so lange so fest an Vanessa, bis er ihr auf Wolke Ouzo eine Nachricht schickt:

Hoffe, es geht dir gut und alle Vorstellungen sind ausverkauft. Bei mir so weit alles in Ordnung. Morgen mal wieder zum Zahnarzt. Endlich! Gute Nacht.

Den Zahnarzt hat er sich spontan ausgedacht; eine interessante Info, die eine SMS rechtfertigt. Eine geschlossene Nachricht nennt man eine Nachricht, die keine Antwort einfordert.

Und auf die auch keine kommt.

Einschlafen, aufwachen, Blick aufs Telefon, nichts. Jedes Mal, wenn er sieht, dass sie noch nicht zurückgeschrieben hat, ist er enttäuscht und zugleich erleichtert. Keine Nachricht ist zumindest keine schlechte Nachricht. Jetzt heißt es abwarten und Tee trinken. Nach einer ganzen Kanne ohne Antwort geht er laufen. Zum eigenen Schutz lässt er das Telefon auf der Ladestation. Ein hilfloser Trick ohne Wirkung, denn er denkt an sie, wie er sowieso die ganze Zeit an sie denkt, weil er an nichts anderes denken kann. *Ich denke an sie und kann immer weniger an irgendetwas anderes denken. Was soll ich bloß tun?*

Er zieht das Tempo an, läuft so schnell er kann, als wollte er sie abhängen, doch er kann rennen, wie er will, seine Gedanken kleben an ihr. Warum sind die eigentlich so quälend? Wenn man verliebt ist, fühlt es sich doch schön an, an den anderen zu denken.

Es kommt ihm vor, als sei er geradezu verpflichtet, an sie zu denken, als würde sie sofort spüren, wenn seine Konzentration nur ein klein wenig nachließe, und dann würde etwas Schlimmes passieren. *Ich habe den Strom meiner Gedanken nicht unter Kontrolle. Disziplin bedeutet, die Gedanken, die mir durch den Kopf gehen, nicht an mich heranzulassen; also reiß dich endlich zusammen.*

Er dreht eine zweite Runde und, auf dem letzten Loch pfeifend, noch eine dritte.

Und kaum ist er wieder zur Haustür hinein, geht sein Telefon. Ding, ding. Vanessa.

Bei mir läuft alles so weit. Wie sieht es am Wochenende bei dir aus?

Gut, gut, gut!

Ich hab noch nichts weiter vor.

Der Tag ist gerettet, ein Glück, ein Glück!

Okay, dann Samstag. Wann und was genau, sehen wir dann.

Heute ist Mittwoch. Jetzt heißt es Tempo rausnehmen und die Korrespondenz auf höchstens eine Nachricht am Tag beschränken. Er muss nie länger als eine Stunde auf Antwort warten. Beruhigend, sehr beruhigend. Ruhe kehrt ein, für ein Weilchen, ein kleines Weilchen.

Was machen wir denn Schönes? Und wann? Nachmittags? Da soll das Wetter gut sein.

Gerne. Wieder Spaziergang?

Gut. Gleiche Zeit und gleicher Ort, wie beim letzten Mal. Ich freue mich.

Spazieren gehen, ein vertrautes Ritual.

Ich freue mich auch.

Lässt sich an das letzte Treffen anknüpfen? Küssen sie sich zur Begrüßung auf den Mund? Lächelt sie ihn an?

Lässt sich nicht, tun sie nicht, tut sie nicht. Sie klagt über *kaputte Füße*, ein *Gewaltmarsch* sei mit ihr nicht möglich. Gewaltmarsch! Was ist denn das schon wieder für eine Ansage? Und überhaupt, kaputte Füße, was soll das heißen? Weshalb lässt sie sich mit kaputten Füßen überhaupt auf einen Spaziergang ein? Und wieso klingt alles schon wieder so vorwurfsvoll?

Fremde oder Freunde, wie wird alles sein?
Wieder unzertrennlich, oder ganz allein?
Du und ich zusammen, was auch kommen mag,
Zwei auf verschiednen Wegen in den neuen Tag.

Das kommt ihm in den Sinn. Ein alter Schlager. Von Howie, Howard Carpendale.

Fremde oder Freunde, die Frage ist gestellt,
Und wir müssen wissen, wie nun der Würfel fällt.
Du nur kennst die Antwort, du und nicht der Wind,
Ob wir von nun an Fremde oder Freunde sind.

Richtig. Genau. Exakt. Die meisten Schlagertexte stimmen, ob man's wahrhaben will oder nicht. Schweigend gehen sie nebeneinanderher, das gebrochene Eis ist bereits wieder zugefroren. *Warum müssen wir jedes Mal wieder von vorne beginnen?* Wie ihre anderen Dates wohl verlaufen? Sie trifft sich bestimmt auch mit anderen Männern. Macht doch jeder, ständig, immer.

«Da kommt gerade ein Bus. Wollen wir den nehmen?»

«Ja.»

Das pneumatische Zischen der Bustür klingt wie ein Aufatmer.

«Der fährt fast bis vor die Tür.»

Welche? Seine? Ihre?

Gemeint ist leider die Tür des 336. *Dieser grunddumme Laden! Können wir nicht mal woandershin?* Anscheinend nicht. Als er seine Jacke aufhängt, hat er das Gefühl, sein Selbstbewusstsein gleich mit abzugeben. Er setzt sich so umständlich auf den Barhocker, als hätte er ausgedehnte Verbrennungen am Hintern. Dem Ungeschickten ist die ganze Welt ein Hindernis.

Mehr Wurm kann man nicht sein. Seine Sätze reihen sich unbeholfen aneinander, das Gespräch stockt, stottert, verliert an Fahrt. Als er etwas besonders Nichtiges sagt, begreift er mitten im Satz die Sinnlosigkeit und bricht ab. Stille.

Los jetzt, zusammenreißen, Fahrt aufnehmen: kuppeln, schalten, ERSTER, kuppeln, schalten, ZWEITER, kuppeln, schalten, DRITTER, VIERTER, FÜNFTER, und dann Gas geben. Von wegen. Schaltfehler! Leerlauf! Fehlzündung! Ölverlust! Sand im Getriebe! Es gelingt ihm nicht, das Pedal durchzudrücken, kaputt, auch *seine* Füße sind kaputt. Ist er wohl mal wieder mit null Punkten durch die Prüfung gerasselt. Halb neun erst. Wie den Abend noch retten, retten, was nicht mehr zu retten ist? Wenn doch nur die erlösenden Worte kämen. *Es hat einfach keinen Zweck mit uns.* Sagt sie aber nicht, und er sowieso nicht.

Ein Ortswechsel muss her, weg von dem todbringenden 336!

«Wollen wir vielleicht irgendwo was essen? Hier gibt's ja alles Mögliche in der Nähe.»

Danke, nein, sie habe schon gegessen.

«Was Kleines! Salat, Suppe, Vorspeise?»

Nein, wirklich nicht. Schon der Gedanke an Essen scheint ihr Übelkeit zu verursachen. Um Zeit zu gewinnen, verschwindet er auf der Toilette. Wie weiter? Ihm fällt nichts ein, ihm fällt nichts ein, ihm fällt schon wieder nichts ein.

Als er zurückkommt, ist sie wie ausgewechselt. Ihre Augen haben einen irgendwie sinnlichen Ausdruck. Verlangend. Verführerisch. Oder bildet er sich das ein? Hat sie was *genommen*? Sie schlägt vor, in eine der Sitzecken zu wechseln. Sie setzt sich neben ihn, rückt so nah, dass sich ihre Schenkel berühren, und legt ganz beiläufig die Hand auf seinen Oberschenkel, knapp oberhalb des Knies, als wäre das Bein die Armlehne des Sofas. Himmlisch ist das, wunderbar, einfach so sitzen und darauf warten, dass die Moleküle in Bewegung geraten und sich miteinander verbinden. Er müht sich nach Kräften, seine Unruhe zu verbergen und den Drang, sie zu berühren. Schweigen, endlich *angenehm* schweigen. Der Musik lauschen, Leute beobachten, an den Drinks nippen. Als sie seine Hand nimmt, ist er im siebten Himmel.

Ob sie nach Hause *gehen* wollen, fragt sie. Ich dachte, deine Mauken sind im Eimer, denkt er, «Ja klar, gute Idee», sagt er. «Wieder zu mir?»

«Nein, heute mal zu mir.»

Das Herz klopft ihm bis zum Hals, sein Puls schlägt schneller. Zum ersten Mal wird er ihre Wohnung zu Gesicht bekommen, das hat was zu bedeuten, vielleicht ist das der Durchbruch.

Ihr Gang ist so leicht, als schwebte sie über dem Bürgersteig und könnte noch tage- und nächtelang weiterlaufen. Von kaputten Füßen keine Spur. Das Gangwerk trennt die Spreu vom Weizen, denkt er wieder. Nach einer knappen Stunde stehen sie vor ihrem Haus. Er wartet darauf, dass sie die Tür aufschließt. Stattdessen steckt sie sich eine Zigarette an. Es beginnt zu regnen, Nieselregen, so fein, dass er fast wie Nebel wirkt. In der Dunkelheit glüht ihre Zigarette wie ein Leuchtkäfer, erlischt fast, blüht wieder auf. Sieht toll aus, wie sie raucht. Dabei ist ja alles, was eine Frau wie sie tut und macht, per se faszinierend.

«Ich hab morgen ganz schön viel zu tun.»

Ach so. Hat sie es sich *spontan* anders überlegt. *Ich hätte auch einiges zu tun, verschiebe es deinetwegen aber gerne.* Alle denken, sie hätten zu viel zu tun. So ein Schwachsinn, die eine Hälfte der Menschheit hat zu viel zu tun, die andere zu wenig. Sie schnippt die Zigarette weg.

«Außerdem sieht es schlimm bei mir aus.»

Das fällt ihr aber früh ein. Was ist das jetzt schon wieder für eine schwachsinnige Aktion, denkt er, «Ach so, ja, verstehe, dann hol ich mir ein Taxi», sagt er. Selbst bei der Kälte kann er spüren, wie ihm die Hitze ins Gesicht steigt.

«Vielen Dank fürs Bringen.»

Dafür nicht, wäre ihm fast herausgerutscht. Sie küsst ihn zum Abschied auf die Wange. *Die Alte macht mich fertig, die macht jeden fertig.* Er ist fast erleichtert, nicht mehr mit nach oben zu müssen, wer weiß, was dort Schreckliches passiert wäre. Während er aufs Taxi wartet, beobachtet er den Regen, der die Stadt einnässt. Wie sie von der Feuchtigkeit funkelt!

Als er den Abend später in seine einzelnen Sequenzen zerlegt, ihn in allen Einzelheiten Revue passieren lässt, erscheint ihm alles viel besser, als es war. War doch gar nicht so *schlimm*, denkt er, und gleich darauf: schön aber auch nicht. Wieder kein einziges Mal gelacht. Gab wohl nichts zu lachen.

Auch die folgenden Treffen verlaufen in der bekannten Reihenfolge: Selbstbewusstsein an die Garderobe hängen, Prüfungsunterlagen hervorkramen, vordackeln, nebenherdackeln, hinterherdackeln. Er ist stets pünktlich, sie ist immer zu spät. Kommt sie dann endlich angetanzt, steht er auf wie ein Schüler, wenn der Lehrer das Klassenzimmer betritt. Die Befangenheit will sich einfach nicht lösen, er ist keinen Augenblick er selbst. Er weiß nicht, was erlaubt ist, was er sagen soll und wann er lachen darf. Er sehnt die Treffen herbei und ist heilfroh, wenn er sie glücklich bzw. unglücklich hinter sich gebracht hat. Er denkt an sie, wie man nur an jemanden denken kann, denken, denken, denken, bis zur Erschöpfung, bis das Gehirn nicht mehr denken kann, sich kurz abschaltet, aber nur für Augenblicke, dann geht es weiter, gnadenlos. Die Gedanken haben keinen Kern, sind flüchtig, ziellos, sie führen zu nichts. Ich muss es durchdenken, kaputtdenken, zehntausend Mal in Dauerschleife, bis sich etwas in Luft auflöst. Aber was?

Er nickt kurz ein, eine Minute, vielleicht zwei. Beim Aufwachen ein Vakuum, Stille, ein ungläubiges *da war doch was*, aber vielleicht ist es weg. Nichts da, der Motor springt an, läuft warm, bis er auf Hochtouren ist. Manchmal küsst sie ihn, manchmal nicht. Wenn sie nicht zusammen sind und er an sie denkt, ist er glücklich, wenn sie zusammen sind, steht er derartig unter Strom, dass er unglücklich ist.

Nach wie vor ist unklar, was ihr gemeinsamer *Status* ist. Er hat nie das Gefühl, dass ihr Herz schneller schlägt, wenn er auftaucht. Empfindet sie wie er? Die Anspannung, das Ringen um Worte, die Schwere, den fehlenden Humor? Die Unsicherheit macht ihn rasend. *Ich ticke doch selber nicht ganz sauber. Zu allem gehören schließlich immer zwei.* Als er einmal versucht, sich betont locker zu geben, durchschaut sie ihn sofort: «Du brauchst dich nicht zu verstellen.» Auch diese Unverschämtheit nimmt er unwidersprochen hin. Einmal erzählt sie von ihren Freunden, berichtet von *unwahrscheinlich lustigen* Abenden. Aha, interessant. Scheint also an ihm zu liegen. Wahrscheinlich auch der Grund, weshalb sie ihn mit ihren Freunden nicht bekannt macht. Was sie mit den Freunden wohl so unternimmt? Geht sie mit *denen* essen, kochen sie zusammen? Oder findet die normalste Sache der Welt bei ihr generell nicht statt?

Magersucht, Ess-Brech-Sucht sind ihm Begriffe, von einer Essstörung, die keinerlei Nahrungsaufnahme vorsieht, hat er noch nicht gehört. Er macht sich schlau. Binge-Eating, Pica-Syndrom, Orthorexia nervosa, Anorexia athletica. Die Psychologie mit ihrem unermüdlichen Begriffeschinden. Vielleicht ist sie auch *Pranierin*, so nennt man Menschen, die sich von Licht ernähren. «Zu den vielen Wundern, die ein Mensch vollbringen kann, gehört auch das Leben ohne materielle Nahrung.»

Er kreiert den Begriff «Leichtköstlerin». Leichtköstlerin, gutes Wort.

Dass man ihr eine große Freude macht, wenn man sie für ihr Gewicht lobt, hat er schnell spitzgekriegt. Als ihm einmal rausrutscht, sie sei *dünn wie ein Sperling*, huscht fast so was wie ein Lächeln über ihre Züge, aber eben auch nur fast. *Nur noch Haut und Knochen* wäre wahrscheinlich das größte Kompliment, das man ihr machen könnte. Sie ist besessen von ihrem Gewicht. Wobei der Körperbau ihr Problem auf dem Weg von der Larve zum Schmetterling ist. Genauer gesagt, die Knochen: zu groß, zu breit, zu lang, zu schwer. Wenn nur die Knochen nicht wären, könnte sie weit in die papier- und lufthauchdünnen Bereiche vorstoßen. Aber mit solchen Knochen kann sie hungern und fasten und sich übergeben und Sport treiben, bis sie schwarz bzw. gallegrün wird. Das mit dem Sichübergeben vermutet er natürlich nur.

Dann, als er die Hoffnung schon fast aufgegeben hat, schlafen sie zum ersten Mal miteinander.

Es ist unbeschreiblich. Er weiß nicht, wie ihm geschieht, ein noch nie dagewesenes Gefühl, das ihn mit unvorstellbarer Macht überwältigt. In seinen Ohren pocht das Blut, dass Herz wummert, ein starkes Rauschgeräusch im Kopf, so als würden Wassermassen das Gehirn fluten und die Gedanken wegschwemmen. Herz und Schwanz schwellen vor Entzücken. Es fühlt sich so an, als erlebte er einen einzigen, nicht enden wollenden Orgasmus. Obwohl er dauernd kurz vor dem Höhepunkt ist, gelingt es ihm, sich zusammenzureißen. Was geht hier vor sich, wie *macht* die das? Nichts macht sie, jedenfalls nichts, was sich beschreiben ließe. Was ist es dann? Geruch, Bewegungen, Geräusche? Er kommt nicht drauf, rein *technisch* gesehen ist es Blümchensex. Fest steht nur, dass sie ihn verrückt macht.

Die bringt mich um den Verstand, denkt er, die macht mich wahnsinnig, die macht die Typen verrückt, die macht *alle* Typen verrückt. Er kann sich jedenfalls nicht vorstellen, dass es irgendeinen Mann gibt, der nicht verrückt an ihr wird.

Hinterher kann er sich minutenlang nicht einkriegen. Sie versucht ihn runterzubringen, streichelt ihn, redet leise auf ihn ein. Sie scheint derartige Reaktionen bei Männern zu kennen. Als er sich endlich beruhigt hat, plappern sie ein wenig; wie man es nach dem Sex tut, wenn der Kopf angenehm leer ist. Er zieht ihren Körper an sich, als würde er ohne sie zerfallen. Ganz neu und weich ist sie, wie aus einer alten, harten Schale hervorgebrochen. Jetzt zeigt sie ihr wahres Gesicht, denkt er, wenn das ihr wahres Gesicht ist, möchte ich mit dieser Frau sein.

Sie geht zum Fenster, eine rauchen. Sie schaut hinaus, als erblickte sie eine grenzenlose Aussicht. Wie toll das aussicht. *Ein schöner Rücken kann auch entzücken.* Er kann immer noch nicht fassen, dass sie gerade Sex hatten. Ach was, Sex, für das, was er gerade erlebt hat, müsste man ein neues Wort erfinden.

Das war der Durchbruch, die Zeit der Erprobungen ist nun endgültig vorbei. Er musste zunächst die eine oder andere Prüfung ablegen, einen regelrechten Prüfungsmarathon, so eine fällt einem schließlich nicht in den Schoß. Ihn fluten Wellen von Müdigkeit an. Sie steckt sich die nächste Zigarette an, und ohne sich umzudrehen, sagt sie: «Nicht einschlafen.» Die sieht auch alles, denkt er, «Keine Angst», murmelt er, während ihm die Augen zufallen.

Sechs

Das Zimmer ist vom Sex aufgeheizt. Sie legt den Kopf auf seinen Bauch und erzählt ihm etwas Kleines, Ruhiges, Friedliches. Es ist schöner, als man sich das vorstellen kann.

«Sag mal, ich wollte mal mit dir über was reden.»

Ach je. Schon ist es wieder vorbei mit Ruhe und Frieden.

«Was denn?»

«Ich würde mir wünschen, dass du wieder Musik machst.»

«Was meinst du?»

«Wir hatten doch gesagt, dass wir keine Geheimnisse voreinander haben.»

Du hattest das angeordnet, denkt er, ich weiß gar nicht, ob es eine so gute Idee ist.

«Wir haben doch auch keine Geheimnisse», sagt er. «Also *ich* hab dir zumindest nichts verschwiegen.»

«Hast du doch. Du hast nie von früher gesprochen, also von der Musik.»

Kein Wunder, wie auch, wenn man nie zu Wort kommt.

«Ach so.»

«Ja, nun sag doch mal.»

«Das spielt keine Rolle mehr. Ist auch schon so lange her, dass ich mich selbst kaum noch dran erinnern kann.»

«Das glaube ich dir nicht.»

«Kannst du aber. Ich hätte es dir erzählt irgendwann.»

«Da bin ich mir jetzt nicht so sicher.»

«Es ist alles noch ganz neu mit uns, und ich bin oft aufgeregt und vergesse dann die Hälfte.»

«Aufgeregt? Davon merke ich nicht viel.»

Eben. Das ist ja das Problem.

«Wird sich schon noch legen.»

«Na dann. Aber das ist ein anderes Thema. Ich finde jedenfalls, dass du unbedingt wieder mit der Musik anfangen musst. Du bist ein begnadeter Musiker.»

«Erstens bin ich nicht begnadet, und zweitens frage ich mich, woher du das überhaupt wissen willst. Damals bist du doch noch in die Grundschule gegangen. In dem Alter hat man DJ Bobo gehört.»

«Sehr witzig.»

Pause.

«Kennst du einen Sebastian?»

«Sebastian. Wahrscheinlich ja, mir fällt nur gerade keiner ein. Meinst du jemand Bestimmtes?»

«Euer Lichttechniker hieß so.»

Woher weiß sie das?

«Basti, ja, stimmt. Den habe ich aber bestimmt seit fünfzehn Jahren nicht gesehen.»

«Kein Wunder, er lebt schon lange in Wien.»

«Vanessa, bitte, nicht so kryptisch. Was hast du mit dem zu tun?»

«Sebastian ist mein Vater.»

«Was?»

«Er war ja nicht nur euer Lichtmann, sondern auch euer größter Fan. Deshalb bin ich quasi mit deiner Musik aufgewachsen.»

Als hätte er irgendwas Bedeutsames geschaffen, mit dem aufzuwachsen sich gelohnt hätte. Aber Vanessa scheint das sehr ernst zu nehmen.

«Er hat mich ein paarmal mitgenommen. Auch backstage.»

«Kann ich mich nicht dran erinnern. Wann war denn das?»

«Die genauen Daten weiß ich jetzt nicht mehr. Aber ich war schwer beeindruckt. Das waren meine ersten Konzerte überhaupt.»

Hat sie ihn bei ihrem ersten Treffen nur deshalb angesprochen? Er verdrängt die Frage.

«Wie alt ist Sebastian denn jetzt?»

«So alt wie du, siebenundvierzig.»

«Und wieso ist er nach Wien gegangen?»

«Er hat es mit unserer Mutter nicht mehr ausgehalten, er ist quasi geflohen. Wien war wohl weit genug weg.»

«Warum hat er es mit ihr nicht ausgehalten?»

Vanessa antwortet nach kurzem Zögern.

«Sie ist chronisch krank. Das geht jetzt schon zwanzig Jahre lang. Halbes Jahr Klinik, dann wird sie für ein paar Monate nach Hause entlassen, bis sie wieder eingewiesen werden muss, ein einziges Hin und Her. Sebastian hat das irgendwann nicht mehr gepackt.»

«Nimmst du ihm das übel?»

«Nein. Er hat ja sein Bestes gegeben, über viele Jahre. Aber irgendwann konnte er nicht mehr.»

«Und, macht er immer noch Licht?»

«Er hat jetzt einen eigenen Verleih. Ganz erfolgreich.»

«Und wieso kommst du dadrauf, dass ich beinahe zwanzig Jahre später da wieder anknüpfen kann? Es hatte schon seinen Grund, dass ich aufgehört habe.»

Er war eine *vielversprechende Hoffnung*, mehr allerdings auch nicht. Eine von vielen Hoffnungen, die im Sande verlaufen, vom Winde verweht, vom Pech geschlagen, von der Muse in den Arsch getreten. Am Talent hatte es nicht gelegen, es ist ein Irrglaube, dass sich die größten Talente durchsetzen. Meist setzen sich diejenigen durch, die es am meisten *wollen*. Er hatte seine Chance, und er hat sie nicht genutzt, verschlafen, verdaddelt. Vielleicht hatte auch das Fünkchen Glück gefehlt, hätte er den Nerv treffen müssen, den *Zeitgeist* – was auch immer das sein mag. Viele sind berufen, wenige nur auserwählt. Er hat genug Ohrfeigen eingesteckt, genug Absagen bekommen, genug Nieten gezogen, er braucht das nicht mehr. Die ruhmreichen Tage, sie währten nur kurz, und sie führten zu nichts.

«Du hast zu früh aufgegeben.»

«Zu früh? Wohl eher zu spät. Bis zweiunddreißig hab ich durchgehalten. Obwohl immer schon die Regel galt, dass man es in der Popmusik bis spätestens Mitte zwanzig geschafft haben muss.»

«Es gibt genügend Musiker jenseits der fünfzig oder sechzig oder siebzig, die total erfolgreich sind.»

«Die waren dann aber auch schon mit zwanzig erfolgreich. Wer wie die Stones zu Beginn der Karriere gleich elf Nummer-1-Hits in Folge landet, der kann auch noch mit hundert in den Arenen und Stadien dieses Planeten sein Best-of-Programm abspulen. U2, Pink Floyd, Metallica, AC/DC, Bon Jovi, R.E.M., Coldplay: Die Abmelkmaschinen für Besserverdienende sind alles Dinosaurier.»

«Dafür, dass du angeblich mit dem Thema abgeschlossen hast, regst du dich aber ganz schön auf.»

«Ich reg mich nicht auf. Ich halte mich nur an den einen entscheidenden Satz: Popmusik ist Musik *für* junge Leute *von* jungen Leuten.»

Weil der Satz so gut ist, sagt er ihn gleich noch mal.

«Verstehst du? Populäre Musik wird gemacht *von* jungen Leuten *für* junge Leute.»

«Jaja.»

Das Lampenlicht lässt ihr Haar in verschiedenen Farben aufleuchten – kupferrot, rotgolden, rotblond, blond.

«In anderen Disziplinen hilft Lebenserfahrung, in der Popmusik verhält es sich genau umgekehrt. Es gibt so was wie das Pop-Gen, und das ist flüchtig wie Kohlensäure. Glaub mir, ich weiß, wovon ich rede.»

In den späten Neunzigern hatte seine Band die typische Rohrkrepierer-Laufbahn hingelegt: langsames Abschmieren nach verheißungsvollem Start. Die erste Single ihres Debütalbums entwickelte sich überraschend zum Radiohit, sie galten als cooler Geheimtipp, dem, darüber herrschte Einigkeit, mit dem zweiten Album der Durchbruch gelingen würde. Pustekuchen. Fürs Nachfolgealbum brauchten sie drei Jahre, im Popgeschäft eine Ewigkeit. Das astronomisch teure Video schaffte es weder bei VIVA noch MTV in die Rotation, auch im Radio kam der Titel auf keine Playlist, es gab lediglich *Handeinsätze* in Spartenradios. Inzwischen war er siebenundzwanzig, und die nächste Generation Geheimtipps stand in den Startlöchern: jünger, cooler, fresher.

Die Plattenfirma versuchte sie immer unverhohlener zu einem Auflösungsvertrag zu bewegen, aber sie wollten auf Teufel komm raus das vereinbarte dritte Album machen. Wieder verstrichen vier Jahre endloser Studiosessions, Gefrickele, Gewerkele, Gefriemele, mit unterschiedlichen Produzenten, erschwert von zermürbenden Richtungskämpfen. Eine Fraktion wollte was *Cooles* machen – was immer das bedeutete –, die anderen wollten den Charterfolg. Sie nahmen Hunderte Spuren auf und löschten sie wieder, tauschten beliebige Sounds gegen noch beliebigere aus, Bridge gegen Chorus, Mittelteil gegen Strophe, schrieben Texte, verwarfen sie, schrieben sie um und wieder um, bis nichts mehr übrig blieb. Das Album war bereits am Erscheinungstag veraltet. Eine Totgeburt.

Aufgrund miserabler Vorverkäufe musste die Tour bis auf zwei Konzerte in der Region abgesagt werden, und als der Schlagzeuger ausstieg, löste sich die Band pünktlich zum zehnjährigen Bestehen auf. Zufällig am Tag seines zweiunddreißigsten Geburtstags. Ohne Abschiedskonzert, ohne Meldung, und Instagram gab es auch noch nicht. Eine Band verschwindet, wie Hunderttausende vor ihr, nicht von der Bildfläche (auf der sie nie aufgetaucht war), sondern in der Versenkung, als hätte es sie nie gegeben. Mehr Versenkung geht nicht.

Er nahm dann noch ein Soloalbum auf, das sich Pi mal Daumen vierhundertmal verkaufte. Das Mini-Label, auf dem es erschien, war berüchtigt als Auffangbecken abschreckender Beispiele, die den Zeitpunkt für einen würdevollen Abgang verpasst hatten. Spinner, Trottel, arme Irre, davon überzeugt, dass ihrem dilettantischen Geklimpere, Gezupfe und Gewurschtele etwas Geniales innewohnt, Ausgelutschte, die keine Energie mehr haben, ihr Instrument richtig zu stimmen, keine Konzentration, neue Songs zu schreiben, und keinen Anlass, auf ihr Äußeres zu achten. Ein Heer abgewrackter Möchteimmernochgerns, die sich mit irgendwelchen Jobs über Wasser halten und alle paar Jahre auf selbst finanzierte *Revival Tour* durch versiffte Miniclubs gehen, um dort vor ein paar Dutzend mit ihnen alt gewordener Fans zu spielen. *Weiße Welle* nennt man das Seniorenpublikum in Stadttheatern, die popmusikalische Entsprechung sind *Rockopas* (bzw. -omas), die vielleicht traurigste Spezies, die das Menschengeschlecht je hervorgebracht hat.

«Wie nennt man eigentlich das Comeback eines Erfolglosen?»

«Du bist verbittert.»

«Eben gerade nicht. Ich hab nur eingesehen, dass es vorbei ist.

Es gibt nichts, was so rasch vergessen ist wie der heiße Scheiß von gestern.»

«*Ich* habe dich nicht vergessen. Musik ist deine Berufung.»

Was für ein Wort. Aus ihrem Mund. Er hat keine Berufung. Niemand hat eine Berufung. Die Erkenntnis, frei von Berufungen zu sein, ist ungemein erleichternd. Vanessa will ihn davon überzeugen, dass er besser ist, als er denkt. Er ist es aber nicht.

«Man braucht vielleicht keine elf Nummer-Einsen, um auf Oldiefestivals und Stadtfesten und so was okaye Gagen abzurufen, aber wenn noch nicht mal *ein* Top-Ten-Hit dabei war, irgendein Song, der sich ins Gedächtnis gebrannt hat, wird's eng.»

«Es gibt Ausnahmen.»

«Ach ja? Welche denn? Nenn mir nur eine einzige. Ich bin bald fünfzig und habe mich zehn Jahre lang nicht ernsthaft mit Musik beschäftigt. Es existieren Milliarden von Songs, die nichts taugen, Schrott für Idioten, Lieder aus Zement. Ich habe dem nichts hinzuzufügen. Es ist vorbei.»

Er hat die Niederlagen akzeptiert und sich an die Ungerechtigkeit der Welt gewöhnt, wenn es denn überhaupt ungerecht ist.

«Und wie sieht es bei *mir* aus? Nach deiner Rechnung wäre es für mich auch schon zu spät, oder?»

Auch beim Schauspiel werden die Stars in der Regel jung geboren, so viel weiß er, und: Ab dreißig ist Charakterfach.

«Von Theater rede ich doch gar nicht. Aber du weißt ja selber, wie die Aussichten für freischaffende Künstler allgemein sind.»

Der verlogene Begriff Künstler. Für ihn sind Schauspieler, von wenigen Ausnahmen abgesehen, lediglich Kunst*hand*-

werker. Immer wieder hat er sich die Frage gestellt, warum so viele untalentierte Menschen sich ausgerechnet künstlerischen Berufen, bevorzugt der Schauspielerei, zuwenden. *Actors* stehen bei der Allgemeinheit hoch im Kurs, kaum eine andere Spezies wird bewundert und vergöttert wie Hollywood-Stars. Die Fans glauben, dass sich die genialen Schauspieler wochen- und monatelang mit ihren Figuren auseinandersetzen, ihre Rollen intellektuell durchdringen und *leben*, gegebenenfalls vierzig Kilo ab- und fünfzig wieder zunehmen, sich Körperteile amputieren oder wieder annähen lassen. Alles Quatsch. Oftmals begreifen sie nichts von dem Text, den sie gerade aufsagen. SCHAUSPIELER MÜSSEN IHRE ROLLE ÜBERZEUGEND SPIELEN. Das kann man, oder man kann es nicht. Nennt sich auch Schauspieltalent. Die Leute suchen immer nach den Geheimnissen hinter dem Spiel, doch das Geheimnis liegt darin, dass es kein Geheimnis gibt. Er weiß das alles, behält es aber für sich.

«Dein ununterbrochenes Bombardement negativer Äußerungen macht mich fertig.»

«Sorry, war nicht so gemeint.»

«Ich schaffe es irgendwann.»

«Dann ist doch gut.»

«Glaubst du nicht?»

«Doch.»

Er lügt ihr offen ins Gesicht, um den Augenblick erträglicher zu machen. Hoffentlich schafft sie den Absprung, bevor es tragisch wird. Er kennt genügend Schauspieler, die zu spät gekommen sind, die vor zehn Jahren vielleicht gerade noch so durchgegangen wären, jetzt aber nichts weiter sind als öde Komparsengesichter. Einmal zu oft falsch abgebogen und auf ein Feld gewagt, das zu groß ist für sie.

«Ich hab doch auch nur von mir geredet. Ist doch schrecklich, ein in die Jahre gekommener Ex-Indiemusiker mit Autofahrerbäuchlein. Ab vierzig wird der Grat zwischen Rocker und Tanzmucker schmal.»

«Du hast keinen Autofahrerbauch.»

«Ach ja, danke. Ich hol uns noch was zu trinken.»

«Okay. Aber so schnell lass ich nicht locker.»

Ist schon klar, dass du nicht schnell lockerlässt, du weißt ja auch gar nicht, wie das geht.

Sieben

Sie reden viel über ihre Vergangenheit, über frühere Beziehungen. Am glücklichsten, sagt Vanessa, sei sie mit Vincent gewesen; an seiner Seite habe sie ausruhen und durchatmen können. Ein sanfter, mitfühlender, etwas verträumter Mann, der liebste Mensch überhaupt. Ihre Augen füllen sich mit Tränen, als sie über ihn spricht. So schön *normal* sei alles gewesen, Kino, Spazieren, Ausflüge, selbst ihre Essstörung sei so gut wie verschwunden; sie hätten zusammen gekocht und als gemeinsames Hobby das Tanzen entdeckt. Sie hätten Kurse belegt, sogar an Meisterschaften teilgenommen. Nie fühlte sie sich von ihm unter Druck gesetzt, niemals habe sie vor ihm, im Unterschied zu *allen* anderen Männern, Angst gehabt. Sex spielte keine große Rolle, sie hätten nur selten miteinander geschlafen, und wenn, dann ganz zärtlich.

Selten, was heißt denn selten? «Wie oft habt ihr denn im Schnitt miteinander geschlafen?»

Peinliche Frage, aber das hat sie davon, wenn sie bedingungslose Offenheit einfordert. Statt auf den Deckel gibt's tatsächlich eine Antwort: Zu Beginn vielleicht einmal im Monat, später alle sechs bis acht Wochen. *Aha. Na, da kann ich mich mit meinen bisherigen paar Malen ja nicht beklagen.*

Und wenn es so schön war, warum ist es dann auseinandergegangen? Wegen Carlo. Carlo? Ja, Carlo. Ihre Stimme wird wieder hart und quäkig. Schon bei der ersten Begegnung habe sie gewusst, was auf sie zukommt. Zukommt? Halt, stopp, denkt er, das ist doch *mein* Text! Sie habe gleich gespürt, dass eine harte Prüfung vor ihr liege. *Harte Prüfung, das bin ja schon wieder ich.* Und was hatte der, was hatte dieser Carlo, dass sie sich von ihm prüfen ließ?

Die Kraft, die sie bei Vincent gesammelt habe, habe sie in

den zweieinhalb Carlo-Jahren restlos verbraucht. Sie sei an seiner Seite verhungert, im wörtlichen wie im übertragenen Sinne. Wenn die Vincent-Reservetanks nicht bis oben hin gefüllt gewesen wären, hätte sie Carlo nicht überstanden. *Wie, was, nicht überstanden?* Ihm ist ganz elend zumute.

«Was meinst du denn damit, ihn nicht überstanden zu haben?»

Er ahnt schon, was jetzt, *bedingungslos ehrlich, voll transparent*, kommt: geiler, manischer, hemmungsloser, besessener Sex. Da hat er ins Schwarze getippt. Vom ersten bis zum letzten Tag ihrer Beziehung hätten sie dreimal täglich gefickt, zu jeder Tages- und Nachtzeit, überall und nirgends. Zum ersten Mal sagt sie *gefickt.* Dreimal täglich! Jetzt ist es raus! Nicht zu fassen!

«Wir haben gevögelt, bis wir nicht mehr konnten; wir haben es in seinem Büro getrieben, während die Sekretärin im Vorzimmer telefonierte.» Er stellt es sich in allen Einzelheiten vor. Die Gedanken prasseln auf ihn nieder wie brennende Flugzeugteile.

«Wenn wir ausgegangen sind, haben wir uns regelmäßig auf die Toilette verzogen. Einmal sind wir während eines Fußballspiels heimlich in die Spielerkabinen gegangen.»

Selbst im Sitzen ist ihm schwindelig, er hat Mühe, das Gleichgewicht zu halten. Es kommt ihm vor, als würde er vom Stuhl quellen oder regelrecht runterfließen.

«Alles in Ordnung?», fragt sie.

«Ja, natürlich.» Eine kalte Woge der Verzweiflung reißt ihn mit sich. *Verrat mir mal, was ich machen soll, wie ich mich verbiegen muss, damit du mit mir fickst. Dreimal in der* Woche *würde schon reichen.* Irgendeinen Trick scheint es ja zu geben, man muss nur darauf kommen und ihn dann auch anwenden. Dreimal täglich mal dreihundertfünfundsechzig Tage mal zweieinhalb Jahre sind roundabout dreitausend Ficks. Der Himmel auf Erden muss das für diesen Carlo gewesen sein. Carlo, was für ein bescheuerter Name schon wieder.

«Jetzt fragst du dich sicher, wie es so weit kommen konnte?»

Allerdings fragt er sich das, wenn er sich eines fragt, dann das.

«Ich kann es mir auch nicht mehr erklären. Gerade ich mit meiner Vergangenheit. Was meinst du, wie ich mich geschämt habe. Der hat irgendwie die richtigen Knöpfe gedrückt, besser kann ich's grad nicht ausdrücken.»

Ich mit meiner Vergangenheit. Was meint sie jetzt damit? Er traut sich nicht nachzuhaken. Wie hat Carlo denn ausgesehen? Der sieht immer noch aus, korrigiert sie ihn und zeigt ihm im Netz Fotos. Aha. Keine besonderen Kennzeichen. Sportlergesicht, eines der besseren: Bergsteiger, Surfer, Skater, Wintersportler (ausgenommen Rodeln). Aber Sportlerfresse bleibt Sportlerfresse. Womöglich bieten die in Leistungszentren Kurse an, in denen Athleten so ähnlich wie möglich werden, auch äußerlich.

Er schaut ein Foto etwas zu lange an. «Vergleichst du dich mit ihm? Ich weiß genau, was du denkst.» *Jaja, immer weißt du, was ich denke, zum Kotzen ist das, meine Mutter wusste auch immer, was ich denke.* Nur mühsam gelingt es ihm, seine Wut zu unterdrücken. Wenn es ihm nur gelänge, die Wut in Testosteron zu verwandeln, in etwas sexuell Unwiderstehliches. Die Carlos dieser Welt nehmen sich, was sie wollen, während Träumerchen Vincent und er sich mit milden Gaben begnügen dürfen oder am besten gleich ganz in die Röhre schauen.

Wir haben es in seinem Büro getrieben, immer, überall. Die Worte hallen in ihm nach. Carlo, Wundermensch und Drecksau. Nicht nur Carlo, alle Männergeschichten aus der Vergangenheit machen ihn verrückt, die Männer vor ihm, gegen die er nichts mehr machen kann. Solche Gedanken kennt er gar nicht, hatte er noch nie.

Sie beugt sich über ihn und küsst ihn auf den Mund. Ein richtiger kleiner Überfall, denkt er, gab's ja noch nie, und los geht's. Schon wieder vollkommen irre, der Sex. Währenddessen versucht er herauszufinden, wieso *genau* es so geil ist. Schwer zu sagen, ganz schwer zu sagen, rein *technisch* ist dem nicht beizukommen. Hinterher liegen sie ewig herum, ohne ein Wort zu sagen. Die Stille ist so tief, dass sie fast ein leises Summen sein könnte. Sie nehmen zusammen ein Bad, liegen in einem knisternden Gebirge aus Badeschaum und trinken eine Flasche Rosésekt, der nach Aluminium schmeckt. Wie zwei im flachen Wasser nebeneinander ruhende Wale, denkt er, schöner geht es nicht. Sie spielt mit dem Sektkorkendraht, knetet ihn zu einer schiefen Drahthaube. Er holt die alten, halb verrotteten Badewannentiere heraus. So ist das also, denkt er, sie musste erst die Sache mit Carlo loswerden, um endlich ungehemmt losvögeln zu können.

Am nächsten Morgen fährt sie zum Flughafen, eine Freundin abholen, die von einem halbjährigen Amerikatrip zurückkehrt.

«Sehen wir uns dann heute Abend?»

«Nein, kann ich nicht machen. Übermorgen.»

«Ach so. Schöne Grüße an die Freundin unbekannterweise. Wie heißt die denn eigentlich?»

«Anna-Victoria.»

Überspannter Name, denkt er, und: Schade.

«Wie war es denn mit der Freundin?»

«Mit Anna-Victoria», korrigiert sie ihn.

«Ja, entschuldige.»

«Schön, schön war's. Soll ich erzählen?»

«Klar.»

… New York, dann weiter im Mietwagen … Abstecher nach Montreal zu ihrem Onkel, Edgar, Ernst oder so … Dort hat es ihr so gut gefallen, dass sie ihren Aufenthalt um eine Woche verlängert hat … ein Backpacker-Pärchen aus Karlsruhe kennengelernt, Maike und Stefan … mit denen ist sie dann nach Vancouver …

Und so weiter. Selten einen so langatmigen Reisebericht gehört. Entfesselte Nichtigkeit. Welches Wohlgefühl mag es ihr bereiten, die Reiseerlebnisse anderer Leute aufzubereiten? Anna-Victoria wird ihm zunehmend unsympathischer. Liegt es an Anna-Victoria selber oder an dem, was Vanessa daraus macht? In Amerika war er noch nie, und er will da auch nicht hin, das behält er aber aus taktischen Gründen für sich.

Vanessas Telefon klingelt. Er schaltet seins auf stumm, wenn sie zusammen sind, Vibrationsalarm aus, alles aus, Flugmodus. Höflich wie die Maurer. *Ring, ring, ring.* Es klingelt nicht, es schreit. Sie schaut aufs Display. «Die Agentur, da muss ich ran.» Mit einem Blick bedeutet sie ihm zu bleiben; aus Gründen, die er sich nicht erklären kann, wünscht sie, dass er Augen- und Ohrenzeuge des Telefonats wird. Es geht offenbar um eine kleinere Rolle bei einer TV-Produktion. Sie stellt lauter überflüssige Fragen und spricht lauter als nötig. Wäre ich der Agent, würde ich auflegen, denkt er.

Das Telefonat dauert bereits fünfzehn Minuten, und kein Ende in Sicht. Es ist ja nicht so, dass er nichts zu tun hätte. Als er aufsteht, zieht sie die Augenbrauen hoch. «Wo willst du hin?», flüstert sie. «Toilette», antwortet er. «Kuss», sagt sie. Er tut wie geheißen und dackelt ab. Dackelt in die Küche. Dackeln ist ab jetzt meine Art der Fortbewegung, denkt er. *Sockentrollis* nannte man solche Typen früher. Er räumt den Kühlschrank aus, macht ihn sauber und räumt ihn wieder ein.

Aus dem Wohnzimmer, vorwurfsvoll: «Halloooo???»

Wenn er etwas sensibler wäre, hätte er gespürt, wann sie fertig ist mit Telefonieren. Er dackelt zurück, sein für den heutigen Abend einziger Wunsch: von Anna-Victorias Reisenichterlebnissen verschont zu bleiben.

«Wo war ich stehengeblieben?»

«Montreal.»

«Genau, danke. Du hast ja sogar zugehört.»

Er hat nicht mehr als einen Stecknadelkopf von der Welt gesehen, und das reicht dicke. Die Krankheit, möglichst viel erleben zu wollen, hat er nie verstanden. Besichtigungen *zerbröselnder* Bauwerke, noch im Bau befindlicher *künftiger* Bauwerke, Sehenswürdigkeiten aller Art und achte Weltwunder interessieren ihn einen feuchten Kehricht, noch dazu, wenn man umgeben ist von mottenhaften Asiaten, denen nichts einen Schauer über den Rücken jagt.

Wenn sie wüsste, was ihm gerade durch den Kopf geht, das Ausmaß an Befremdung wäre kaum auszudenken.

… von Montreal in die Südstaaten, New Orleans. Dort habe sich Anna-Victoria mit einem weiteren deutschen Pärchen angefreundet, Berit und Malte. Berit und Malte, Malte und Berit, er versucht, sich Berit und Malte vorzustellen, kommt nichts Spannendes dabei heraus. Berit, Malte und Anna-Victoria. Ja, so ist das, denkt er, solche Leute finden zueinander, stets, immer und überall. Moment mal. Vanessa vergisst, wo sie gerade stehengeblieben war, und erzählt zum zweiten Mal vom

Besuch eines Footballspiels. Hä? War Anna Dings nicht auch schon in Montreal in einem Footballstadion? Vielleicht war das auch ein Baseballspiel in einem Baseballstadion. Er kommt sich vor wie in einem Film, in dem nach einer Werbeunterbrechung die letzten zehn Sekunden wiederholt werden. Jetzt ist sie bei Las Vegas.

«Stell dir vor, sie hat gewonnen!»

«Ach. Wie viel denn?»

«Zweihundertsiebzig Dollar!», antwortet Vanessa mit leuchtenden Augen. Das ist ja gar nichts, mir wäre es peinlich, so einen Spatzengewinn überhaupt zu erwähnen, denkt er, «Da hat sie ja richtig Glück gehabt», sagt er. Zweihundertsiebzig Dollar Gewinn! Das muss der Höhepunkt, die Pointe, der Knaller sein, auf den alles zugesteuert hat. Schöner wird's nicht, und die Reise ist an dieser Stelle zu Ende.

Von wegen. Weiter geht's bis L.A.

Einmal um den Pudding ist wie einmal um die Welt. Alles gesehen, nichts begriffen.

«Hast du mir überhaupt zugehört?» Offenbar ist sie, warum auch immer, eingeschnappt. Was für eine Psychoscheiße.

«Natürlich höre ich dir zu. Mir ist nur was zum Thema eingefallen.»

Vanessa, überrumpelt: «Aha, na dann erzähl doch mal.»

«Ein Schulfreund von mir ist mit neunzehn einmal quer durch Australien gereist.»

«Ja?»

Genau, denkt er, jetzt wird's richtig langweilig.

«Ich fand das unheimlich mutig, ich hätte mich das jedenfalls nicht getraut. Marco war immer ein bisschen öde. Und ich dachte natürlich, dass ihn so ein Abenteuer verändern würde. Als wir uns dann wiedergesehen haben, war er fast noch langweiliger. Marco, der Name ist Programm, Reiseprogramm.»

«Reiseprogramm?»

«Die hauptberuflichen Weltenbummler nehmen überhaupt nichts mit von ihren Erlebnissen. Ich hab mich schon oft gefragt, was die von ihrer ununterbrochenen Reiserei eigentlich haben. Den Abstand zwischen sich und der Welt verkleinern? Außerdem kann man in seinem Leben sowieso nur eine begrenzte Anzahl Eindrücke sammeln.»

Die reine Provokation. Marco und Anna-Victoria sollten sich zusammentun und gemeinsam auf Reisen gehen. Weltreise in Endlosschleife, nach jeder Umrundung geht's wieder von vorne los.

«Warum erzählst du mir das? Willst du deinen öden Freund mit Anna-Victoria vergleichen?»

Ganz genau, warum nicht.

«Hör mal zu, Vanessa, ich habe das nur so erzählt, weil es mir gerade einfiel. Wieso drehst du mir eigentlich aus allem und jedem immer gleich einen Strick?»

Ihr Gesicht entgleist.

«WAS SOLL ICH MACHEN? DIR EINEN STRICK DREHEN? WEISST DU EIGENTLICH, WAS DU DA REDEST?»

«Vanessa, ich kann nicht mehr. Bitte hör auf.»

Rote Flecken brennen auf seinem Gesicht. Ich kann nicht mehr, bitte hör auf. Das hat er gerade gesagt. Er hätte auch sagen können: Du hast so viel Macht über mich, ich will noch nicht sterben. Ihre Stimme wird sanft und tief: «Willst du mir nicht sagen, was mit dir los ist?»

Das ist *die* Chance, aus der Nummer rauszukommen. Er berichtet (zum ersten Mal) von seinem zwei Jahre jüngeren

Bruder Boris, der mit elf in einem schwedischen Ferienlager tödlich verunglückt ist. Im See zu weit rausgeschwommen, Kräfte verlassen, abgegluckert. Als ihn die Nachricht erreichte, hatte er nichts empfunden, und er hatte sich nicht mal geschämt dafür. Er mochte Boris nicht, und der mochte ihn nicht, soll vorkommen unter Geschwistern, so was. Doch jetzt gerät er außer sich, er steigert sich rein, als hätte er den Verlust nie verkraftet, weint, schluchzt, zittert. Vanessa hat keine Ahnung, dass er nicht den Bruder, sondern *sich* und seine aussichtslose Lage beweint, dass er mit dem Rücken an der Wand steht, dass er keine Kraft mehr hat.

Sie nimmt ihn in den Arm. «Du musst was machen.»

«Was meinst du?»

«Es gibt Leute, die dich wieder heile machen können. Das sind Profis.»

Heile machen, das hat noch gefehlt. Wer ist denn hier die Verrückte.

Er nickt.

«Versprich mir, dass du mal darüber nachdenkst.»

«Ja.»

Er würde gerne schlafen, schlafen, schlafen, nur noch schlafen, nie mehr reden. Doch dann macht er einen Fehler.

«Als du von Carlo erzählt hast, hast du was gesagt von wegen *ich mit meiner Vergangenheit.* Ehrlich gesagt weiß ich gar nicht, was du damit gemeint hast.»

Acht

Der ersten Konfirmandenstunde, kurz nach ihrem vierzehnten Geburtstag, hatte sie monatelang entgegengefiebert. Aufgewachsen im unerschütterlichen Glauben an Gott, den Allmächtigen und Schöpfer aller Dinge, gehört der sonntägliche Gottesdienstbesuch zu ihrem Leben wie das Morgen-, das Tisch- und das Gutenachtgebet. Es besteht absolut kein Zweifel an der Existenz eines lieben Gottes. Die Konfirmation, davon ist sie überzeugt, wird ihren Glauben festigen und darüber hinaus ein wichtiger Schritt auf dem Weg zum Erwachsenwerden sein.

Sie ist die Jüngste in einer Klasse von elf Kindern. Lehrer ist Diakon und Kantor Lars, gerade mal achtundzwanzig, ein lockerer Kumpeltyp in Jeans, Holzfällerhemd, Holland-Clogs und einem Vollbart wie der Heiland persönlich. Ein ganz anderer Schlag, eine ganz andere Generation als der alte, schon etwas klapprige Pastor.

Mehr Freund als Autorität, einer, zu dem man jederzeit mit seinen Sorgen und Problemen kommen kann und den man sogar duzen darf. Nicht nur über Glaubensfragen wird diskutiert, sondern auch über ganz weltliche Themen; was Lars zu Politik, Sexualität und Ökologie zu sagen hat, ist neu und aufregend. Von der ersten Stunde an ist sie Feuer und Flamme für ihn; bald schon getrieben vom Ehrgeiz, seine beste Schülerin zu sein, wünscht sie nichts mehr, als ihm zu gefallen. Merke: Nicht für die Schule, sondern für den Lehrer lernen wir! Der Konfirmationsunterricht ist der ersehnte Höhepunkt der Woche; wenn Lars den Raum betritt, schlägt ihr Herz schneller und sie bekommt weiche Knie. Als er ihr einmal über das Haar streichelt, zieht sich ihre Kopfhaut mit eisig-wohligem Schauder zusammen.

Immer öfter nimmt er sie nach Unterrichtsende beiseite und redet mit ihr, wie noch kein Erwachsener mit ihr geredet hat. Seine Hände heben und senken sich dabei, als würden sie die Worte einrahmen. Süß ist das. Er hat die Gabe, sich in sie hineinzuversetzen, auszusprechen, was sie denkt und wofür sie selbst noch keine Worte findet. Wenn sie abends im Bett liegt, schließt sie ihn in ihre Gebete ein. Manchmal beginnt sie, überwältigt von Zärtlichkeit, zu weinen. Es kostet sie große Mühe, ihrer Mutter ihr Glück zu verschweigen.

In den großen Ferien der *wunderbare Höhepunkt im Leben eines heranwachsenden Jugendlichen*, die Konfirmandenfreizeit am schleswig-holsteinischen Brahmsee. Eine ganze Woche lang wird sie ihm nahe sein! Zunächst der Schock, dass Lars von seiner Familie begleitet wird. Johann und Samuel, die sechs- und achtjährigen Söhne, Nervensägen, wie sie im Buche stehen, die sieben Jahre ältere Ehefrau Natascha, seine Jugendliebe, die er, anständig, wie er ist, geheiratet hat, als sie mit Samuel schwanger war. Die ist doch eindeutig zu alt für ihn! Noch dazu dick bis in jede Einzelheit, von den Waden bis zum Doppelkinn. Was in einem solch aufgeblasenen Doppelkinn wohl so *drin* ist? Bestimmt platzt es, wenn es eine gewisse Größe erreicht hat. Das passt doch vorn und hinten nicht mit der!

Sie schämt sich für ihre gehässigen Gedanken und bittet Gott um Vergebung, verspricht ihm, sich zusammenzureißen. Schwierig, wenn man so verliebt ist wie sie. Immer wieder ergeben sich Gelegenheiten, mit Lars alleine zu sein, und wenn es nur Sekunden sind. Sie hat das Gefühl, dass auch er ihre Nähe sucht, aber bestimmt bildet sie sich das nur ein. Lars ist einfach der Beste, auch beim Völkerball. Schnell wie Winnetou und gelenkig wie ein Entfesselungskünstler!

Der Höhepunkt jeder Freizeit ist die Nachtwanderung. Den ganzen Tag hat die Hitze gehämmert, die Luft ist erfüllt von den Aromen des Sommers. Als Lars plötzlich neben ihr läuft, fällt sie fast in Ohnmacht. Nachdem sie eine Weile schweigend nebeneinander hergegangen sind, nimmt er ihre Hand. Langsam lässt er sich, lassen sie sich zurückfallen. Ihr Herz klopft wie mit Fäusten gegen die Rippen. Sie schauen schweigend in den unergründlichen Himmel, zu den klaren Sternbildern.

Dann küsst er sie. Bestimmt eine ganze Minute, eine von tausend, von einer Million Minuten; die Zeit fließt langsam wie Öl über das Angesicht der Welt, sie verspürt eine nicht gekannte Leidenschaft. Ihre Liebe zu ihm jagt wie eine Droge durch ihren Körper, durchdringt zuerst ihre Haut, dann ihr Fleisch, bis sie ihr Herz erreicht. Das ist das Wunderbarste, was sie je erlebt hat. Es ist so schön, weil es wahr ist. Sie nehmen eine Abkürzung durch den Wald und schließen zur Gruppe auf.

Sie tut die ganze Nacht kein Auge zu. Es scheint tatsächlich die Hand Gottes zu sein, die sie zusammengeführt hat. Sie betet: *Ich habe immer wieder geträumt, dass du es bist. Und jetzt bist du es wirklich.* Sie hat das Gefühl, an der Schwelle zu einem neuen Leben zu stehen. Das Glück, dass der Erste gleich der Richtige ist, der Einzige, und es nach ihm keinen anderen mehr gibt, ist sicher das Schönste, was einem auf der Welt passieren kann. Sie überlässt sich dem Sog dieser Vorstellung, ihre Gedanken fliegen bis zu den Sternen. Als sie am Morgen erwacht, empfindet sie eine so große Liebe für Lars, dass sie laut seinen Namen ruft. Was für ein schönes, helles, rauschendes Leben!

Sie wartet den ganzen Tag auf ein Zeichen von ihm, doch er tut so, als sei nichts gewesen, er behandelt sie wie Luft. Verwirrung steigt in ihr auf, die bald in Verzweiflung übergeht. Sie hat keine Ahnung, was das soll.

Am letzten Abend die Abschlussfeier im Gemeinschaftsraum. Sie sitzt in der hintersten Ecke und wartet. Sie ist rasend vor Eifersucht auf die dicke Natascha und die dummen Mädchen, die wie schwärmende Bienen um Lars herumklumpen. Die scheiß Abschlussfete soll endlich zu Ende sein, sie betet, dass in der Reihenfolge Konfirmanden, Natascha und Pastor alle zu Bett gehen und nur Lars und sie übrig bleiben.

Genauso kommt es auch. Gott hat ihr Flehen erhört, wieder einmal.

Er küsst sie, als wollte er sie austrinken. «Mir ist noch nie eine Frau begegnet, die so ist wie du. Ich habe nicht einmal geahnt, dass es so etwas gibt.» Das ist ungefähr das, was er sagt. Er sagt tatsächlich *Frau.* Aber, er schaut sie traurig, sehr traurig an, sie dürften nichts *machen*, anderenfalls komme er in Teufels Küche. Ein guter Satz, vom Teufel persönlich, mit Bedacht gewählt.

Denn noch ist es zu früh. In der Vergangenheit hat er immer wieder den Fehler gemacht, zu schnell ranzugehen. Das darf ihm bei *der* nicht passieren. Wenn sich bei einer das Warten lohnt, dann bei *der.*

Es vergeht also ein ganzer Monat ohne Kontakt, ein Hangeln von einem toten Punkt zum nächsten. Die Traurigkeit überwältigt sie immer wieder aufs Neue, ihre unerfüllten Träume von Liebe und Glück schwächen sie. Die negativen Gedanken bleiben nicht folgenlos. Sie graben Spuren ins Gehirn. Sie schreibt ihm Briefe, die sie nicht abschickt. Es sind herzzerreißende Briefe eines Kindes, das nicht weiß, wie es sich ausdrücken soll.

So geht es hin und her. Nichtbeachtung, kalte Schulter, am langen Arm verhungern lassen wechseln ab mit heimlichen Treffen, Liebesbekenntnissen, Küssen, Streicheln. Nur noch selten gelingt es ihr, Ruhe zu finden, Ruhe, die ihr schon in der Bibel versprochen wurde.

Er möchte, dass sie Mitglied im Jugendchor wird. Nicht irgendein Jugendchor, *sein* Jugendchor, von ihm gegründet und höchstselbst geleitet, weit über die Grenzen der Gemeinde bekannt, ja berühmt, berühmter bald als die Wiener Sängerknaben. Lange kann es nicht mehr dauern, bis sie offiziell ein Paar sind, glaubt sie jetzt allen Ernstes. Sie betet zum lieben Gott, es *irgendwie* möglich zu machen. Vor Erwartung ist sie so wund, dass es ihr das Herz zuschnürt.

Dann, sie kennen sich jetzt genau ein Jahr, macht er einen Rückzieher. Den wievielten eigentlich? Er habe sein Gewissen befragt, gebetet, lange mit sich gerungen, aber sie müssten warten. Bis sie achtzehn ist. Dann, hoch und heilig versprochen, usw. usf. Aber bis zur Volljährigkeit sind es noch drei lange Jahre! Früher hatte sie Angst davor, groß zu werden. Weil sie dann eine alte Frau wäre und sterben wird. Und nun wünschte sie, wenigstens so alt zu sein wie er. Wie soll sie das nur aushalten?

Jetzt schnappt die Falle zu. Darauf hat er geduldig gewartet, ein ganzes, böses, langes Jahr. Es gibt für sie keinen Ausweg mehr vor ihm.

Wann ihre Mutter das nächste Mal Nachtdienst habe, will er wissen. Dienstag. Okay, dann Dienstag, 18 Uhr in der Hochhaussiedlung, die Nr. 12, das Haus direkt neben dem Einkaufszentrum. Du weißt schon. Sie weiß. Sie wundert sich, aber sie fragt nicht weiter nach.

Die Siedlung ist zwanzig Gehminuten entfernt. Sie klingelt bei *Bruhn*, wie besprochen. Im neunten Stock hat er eine Zwei-Zimmer-Wohnung angemietet, heimlich, seine Frau weiß nichts davon, niemand weiß davon. In der Wohnung hängt ein seltsamer Geruch.

Er öffnet eine Flasche Wein. Er will, dass sie mittrinkt. Ihr schmeckt der Alkohol nicht, und schon gar nicht der knochentrockene Riesling. Er stürzt den Wein herunter wie Wasser, sie spürt seine Nervosität; nach zwanzig Minuten öffnet er bereits die zweite Flasche. Er redet irgendwas. Einen Unfug, wie sie ihn noch nie von ihm gehört hat. Ein Strom sinnloser Worte quillt aus seinem Mund, wie Wind, der von den Sternen her über die Arktis hinweg durch sie hindurchbläst. Sie kann sich nicht konzentrieren auf das, was er sagt, und starrt auf einen kleinen, entzündeten Schnitt an seinem Hals, vom Rasieren. Ganz fremd alles, fremd und albtraumhaft.

Ob ihr der Wein nicht schmecke? Sie trinke ja gar nichts. «Doch», antwortet sie eingeschüchtert, «schmeckt gut.»

Er schaut sie an, prüfend. Sein Blick dringt mit dem Gewicht seines Körpers in sie hinein. Als wollte er sich *aufladen.* Sein Gesicht ist leer und hart, ein Gesicht, das sie nicht kennt. Seine Nasenflügel schimmern rosa und zittern vor Erregung. «Du bist so heiß», sagt er, «du weißt gar nicht, wie heiß du bist.»

Nein, weiß sie nicht. Sie fühlt sich weder heiß noch ist sie es. Sie hat Angst. Spürt er, wie die Angst sich in ihr ausbreitet, von weit her, bodenlos? Ist es *das*, was ihn anmacht? Ihr Körper erschlafft, wie Beute, die sich ergibt. Aus ihren Eingeweiden dringt ein lautes Zischen und Gurgeln. «Was ist denn nun kaputt», sagt er, und: «Egal, ich finde einfach alles heiß an dir.»

Als er sie küsst, sind seine Lippen trocken, der Atem hat einen seltsam metallischen Geruch, sein Unterkiefer hart wie ein Hufeisen. Die muskulöse Spitze seiner großen Zunge dringt bis in ihre Kehle vor. Seine Finger bohren sich in ihren Rücken, als wollte er sie entzweireißen. Sie verschwindet in seiner Raserei wie in einem Strudel, als würde sie einen Wasserfall hinunterstürzen. Danach schläft er sofort ein.

Ihr Körper noch da, aber nichts mehr darin. Sie wünscht, das Bett würde in Flammen aufgehen. Ihr Mund ist trocken und faulig. Sie ekelt sich vor dem feinen, beißenden Eisengeruch ihres Blutes. Draußen braut sich ein Gewitter zusammen, Blitze flammen, die Dunkelheit vervielfacht sich, Schicht auf Schicht.

Sie klebt am Laken wie ein benutztes Papiertaschentuch, unfähig, sich zu bewegen. Die Minuten überschwemmen das Zimmer, zehn Minuten, zwanzig, eine halbe Stunde. Das Gewitter bricht los, der Wind drückt in Böen Regen gegen das Fenster. In ihr wütet und brodelt es, die Gedärme brennen.

Als er im Schlaf seinen Arm um sie schlingt, fühlt es sich an wie Quallenfleisch. Sie kann nicht fassen, was passiert ist. Der Regen peitscht gegen das Fenster. Soll sie bleiben, oder möchte er alleine sein, wenn er aufwacht? Wahrscheinlich ja. Sie hat Angst, dass etwas Schlimmes passiert, wenn er aufwacht. Vielleicht gerät er in Panik und bringt sie um. Für die paar Meter bis zur Wohnungstür benötigt sie eine halbe Stunde. Auf dem Nachhauseweg fängt sie an zu rennen, denn sie hat Angst, dass sie, wenn sie aufhörte zu rennen, vollständig verschwinden würde.

Ein paar Tage später ruft er an. Er lässt es zweimal klingeln, dann legt er auf. Sie ruft ihn zurück, so ist es vereinbart, hat *er* es vereinbart. Er bestellt sie für den Abend in die Wohnung. Die Mutter hat wieder Nachtdienst, er weiß das. Ihr ist übel, der Puls hämmert in ihren Ohren, sie fühlt sich verdorben, schuldig und schmutzig, aber sie gehorcht. Alle Kraft ist aus ihr heraus.

Ob sie irgendjemandem etwas erzählt habe, will er wissen. Nein, hat sie nicht. Ob ihre Mutter etwas gemerkt habe? Nein, glaub nicht. Gut. Er hat Pizza mitgebracht. Zur Belohnung, sagt er. Belohnung wofür? Dass sie dichtgehalten hat, dass sie wiedergekommen ist? Der Geruch der Pizza mischt sich mit dem Gestank in der Wohnung. Während er wieder irgendeinen Mist redet, zählt sie, um sich abzulenken, seine Wimpernschläge. Er säuft zwei Flaschen Wein. «Ich brauche das», sagt er. Wofür? Um in Fahrt zu kommen? Was sagt seine Frau, wenn er in diesem Zustand nach Hause kommt? Oder bleibt er bis zum nächsten Tag in der Wohnung, bis er ausgenüchtert ist? Oder haben die eine geheime Abmachung?

Er benimmt sich noch hemmungsloser als beim ersten Mal, brutal, rasend, vom Geschlechtstrieb zerfleischt. Als wäre das Glied kein Teil seines Körpers, sondern nachträglich an ihm befestigt worden, eine Waffe, ein Mordwerkzeug. Sie schämt sich für seine animalische Erregung, das hundeartige Grunzen, Winseln, Kläffen, als es ihm kommt. *Steck doch deinen Kopf ins Wasser, dein Hirn steht in Flammen!*

Was mag er fühlen, wenn er ihren dünnen Leib begeifert und begrapscht, wenn er ihr Gesicht abschlabbert wie Wild einen Salzleckstein. So viel Speichel, so viel Abrieb! Spürt er nicht, wie ihr der Ekel aus den Achseln, den Augen, dem Mund fließt, hört er nicht ihr Herz, das wie mit Fäusten gegen die Rippen klopft? Jeder Mensch hat doch ein inneres Koordinatensystem, ein Bewusstsein dafür, was gut ist und was böse. Für das Böse muss man sich *wider besseres Wissen* entscheiden, ein erheblicher Schritt. Oder nicht, oder wie ist das?

Diesmal schläft er nicht sofort ein. Er hat Redebedarf. Will er sich bei ihr entschuldigen? Glaubt er, dass sie ihm verzeiht, wenn er nur die richtigen Worte findet?

«Der Anblick deines nackten Körpers macht mich rasend», sagt er, «da gibt es einfach kein Halten mehr.»

Ist das alles? Er geht mit baumelndem Geschlechtsteil in die Küche, holt eine Flasche Gin und labert weiter. Die Wörter rieseln wie aus einem Mehlsack, der einen Schlitz hat.

«Sag doch was! Sag doch auch mal was! Du findest mich scheiße, du findest scheiße, was wir hier machen, oder wie?»

Er starrt sie aus seinen kleingesoffenen Augen an, ein blindes Flattern in den Tiefen der Augäpfel. «Weißt du eigentlich, wie heiß du bist?» Wie viele Variationen dieses einen Satzes hat er drauf?

Er fällt ein zweites Mal über sie her. Als er fertig ist, fängt er binnen Sekunden an zu schnarchen. Er hat ihr befohlen, mindestens eine Stunde, nachdem er eingeschlafen ist, in der Wohnung zu bleiben. Sie hält sich daran, auch daran hält sie sich.

«Herr, lass dein Angesicht leuchten über mir», betet sie. «Wenn du mich liebst, dann rette mich. Wenn es dich gibt, dann rette mich. Gott, lieber Gott, wirst du mir helfen?» Jeder Tag ist ein erneutes Gebet darum, dass der allmächtige und allwissende Gott, der das Universum erschaffen hat, der die Kraft hat, Wunder zu tun, die Menschheit zu erretten, auch ihr zur Seite steht. Dabei hat er doch schon einen Sohn unter grausamen Qualen sterben lassen und noch nicht mal geantwortet, als *der* seinen Vater um Hilfe bat.

«Lass deine Stimme hören, mein Gott! Ich werde beten, bis ich eine Leiter aus Millionen Gebeten gebaut habe, die zu dir führen.»

Aber Gott antwortet nicht, denn er ist viel zu weit weg, irgendwo am äußersten Rand des sich unaufhörlich ausdehnenden Universums. Außerdem hört er nicht mehr gut. Kein Wunder, denn Gott ist dreizehn Komma acht Milliarden Jahre plus X alt, unermesslich alt ist er. Er kann sich auch nicht mehr richtig konzentrieren und hat irgendwie den Überblick verloren. Er hatte seinen Sohn auf die Erde geschickt, der das stellvertretend für ihn regeln sollte. Doch anscheinend hat der Herr Jesus irgendetwas falsch verstanden, ein Versehen, ein Missverständnis. Oder er hat beschlossen, nur noch das zu tun, was ihm gefällt. Sie betrachtet den röchelnden, schnaufenden Diakon. Herr Jesus, deine Türen öffnen und schließen sich.

Sie geht ins Bad und rammt ihre Stirn gegen den Türpfosten wie einen Hammer, mit dem man einen Nagel einschlägt. Das kann Gott, dem Herrn, doch unmöglich gefallen! Was ist das nur für ein furchtbarer Gott, sie hatte ja keine Ahnung.

Manchmal meldet Lars sich eine ganze Woche nicht, dann wiederum bestellt er sie gleich zweimal nacheinander, je nachdem, wie ihre Mutter Dienst hat. *Wenn ich ihm alle seine Wünsche erfülle, hat er sich vielleicht irgendwann ausgetobt, und es wird normal.*

Wie macht er das nur? Wie läuft das mit der Macht, der Abhängigkeit, was genau sind die *Mechanismen*, wieso fühlt sie sich immer noch, nach allem, was geschehen ist, an ihn gebunden wie ein hilfloses Kind an seine Mutter? Schwer zu sagen, gar nicht zu sagen, sein Geheimnis, das Geheimnis eines erfolgreichen Verbrechers.

Wieso wehrt sie sich nicht, wieso zieht sie niemanden ins Vertrauen, nicht die Mutter, nicht den Pastor, Mitschüler? Geht nicht. Geht nicht mehr. Sie fühlt sich schwer wie Blei oder wie der dichte, luftlose, giftige Schlamm am Grund eines toten Gewässers. Er droht jetzt immer öfter, droht, dass etwas Schlimmes passieren würde, wenn sie nur ein Sterbenswörtchen … Dabei ist das gar nicht nötig.

Es ist Winter. Sie hat gehört, Erfrieren sei stufenlos und leicht.

In den Schnee einsinken, bis sie nicht mehr da ist. Stundenlang geht sie durch eisige Straßen in irgendeinen unermesslichen Raum, bis sie sich völlig erschöpft neben einem Müllcontainer zusammenrollt. Dort, wo ich hingehöre, denkt sie.

Doch sie stirbt nicht, weil Gott es nicht will.

Jetzt kotzt sie ihm dauernd die Wohnung voll. Sie wäscht sich kaum noch, ihr Gesicht ist bläulich und ausdruckslos, zwischen ihren Zehen ein tief eingedrungener, juckender Pilz. Ihre Eingeweide rumpeln und entladen sich in üblen Blähungen, in den Extremitäten ein ständiges Prickeln, Taubheit, ein dumpfes Stechen.

Die sieht ja aus wie ein zerschreddertes und wieder zusammengeflicktes Stofftier. Der Bogen ist bis zum Anschlag gespannt. Immer weiter und weiter zu spannen, reizt ihn ungemein, aber er muss sich zusammenreißen. Er beschließt, die Sache zu beenden, und tut das dann auch zügig.

Ziemlich genau ein Jahr später hört sie, dass alles rausgekommen ist. Lars ist, wie die meisten Psychopathen, irgendwann unvorsichtig geworden, hat den Überblick verloren; er konnte auch nicht genug bekommen. In seiner Wohnung gingen zu *Stoßzeiten* ein halbes Dutzend Mädchen ein und aus, und bald merkte der Blindeste mit dem kaputtesten Krückstock, was da lief im neunten Stock. Und obwohl alle mit vereinten Kräften wegschauten, bekam der Pastor Wind von der Sache, und dem blieb nichts übrig, als seinen Diakon zur Rede stellen. Der stritt natürlich alles ab. Der Pastor beließ es bei einer Ermahnung und hoffte, der Mann würde nun zur Besinnung kommen.

Aber Lars machte weiter. Er konnte nicht anders. Es ist ja kein Zufall, dass Typen wie er eine Million Terrabyte Filme und Fotos auf ihren Festplatten horten. Wer soll denn die 25 000 Filme und 80 000 Fotos jemals sichten?

Diese Sicherheit, dass bald alles vergeben und vergessen wäre und seine Taten im stillen Meer der Zeit versinken würden! Er kommt schon so lange damit durch, dass er überzeugt ist, übernatürliche Kräfte zu besitzen oder so was. Vielleicht hat der liebe Gott persönlich seine Finger im Spiel. So wird's sein, der liebe Gott hält schützend seine Hand über ihn.

Wieder verdichten sich die Gerüchte, und wieder wird Lars zum Pastor zitiert. Und diesmal landet die Angelegenheit beim Gemeindevorstand. Der ist alarmiert. Schon einmal, in den Neunzigern, gab es einen ähnlich gelagerten Vorfall. Seinerzeit hatte man die Verjährungsfrist abgewartet und den Fall erst dann gemeldet. Verjährt ist verjährt, wieder holen ist gestohlen. Aber dieses Mal? Man entscheidet sich dafür, Lars in eine andere Gemeinde abzuschieben. Die ist zweihundert Kilometer entfernt, das sollte reichen.

Doch auch dort macht er weiter. Als er nach einem Jahr erneut auffliegt, bietet man ihm einen Deal an: Keine Konsequenzen, keine Anzeige, wenn er Deutschland verlässt. In Venezuela findet er eine Anstellung in der evangelischen Gemeinde in Caracas, wo er kurz darauf unter ungeklärten Umständen zu Tode kommt.

Neun

Nun ist alles ausgesprochen, sie haben keine Geheimnisse mehr voreinander. Das heißt, sie hat keine mehr vor ihm; umgekehrt ist es keineswegs so. Ausgeschlossen, ihr die Gedanken zu offenbaren, die in seinem Kopf herumschwirren: Ob sie den ständigen Umschlag von Intimität in erneute Fremdheit auch so beklemmend empfindet? Ob es ihr, wenn sie sich treffen, ähnlich das Herz zusammenzieht? Ob sie sich fragt, warum nichts einfach und eindeutig zwischen ihnen ist?

Offiziell sind sie nach wie vor kein Paar. Oder doch? Wie sie das wohl sieht? Einerseits fürchtet er ihre Antwort, den abschätzigen Blick, «Wie bitte, Beziehung? Du und ich?», andererseits hat er das Gefühl, dass es ratsam bleibt, diese letzte *Verteidigungslinie* zu halten. Dabei ist es für einen geordneten Rückzug ohnehin zu spät. Lieber noch ein wenig warten, dann ergibt es sich von selbst, dann ergibt sich irgendwas. Bis dahin tut er gut daran, sie mit seinen kindischen Gedanken zu verschonen. Bis dahin tut er gut daran, ihr zu verschweigen, wie sehr er sie begehrt, unaufhörlich, dass ihre Stimme, ihr Körper, ihr Hintern, ihre Zunge, ihr Geruch, ihre Bewegungen, Fesseln, Knie, Füße, einfach alles, ihn wahnsinnig machen, dass ihm unablässig überdrehte pornographische Szenarien durch den Kopf gehen, in deren Mittelpunkt sie steht. Gibt es einen Zusammenhang zwischen ihrem sexuellen Sog und dem Missbrauch? Hat sie gelernt, Lars rasend schnell aufzugeilen, damit es rasch vorbeiging? Solche Gedanken kommen ihm, und dann schämt er sich dafür.

Er besitzt kein einziges Foto von ihr. Sie haben auch noch nie ein gemeinsames Selfie gemacht. Seltsam. Er vermutet, dass sie es aus irgendwelchen Gründen nicht will, fragen mag er aber auch nicht. Wenn er ein Foto von ihr hätte (die, die er im Netz findet, sind verschwommen, undeutlich, irgendwie nicht *wahrheitsgetreu*), könnte er es anschauen, wenn sie ihm zu entgleiten droht, denn obwohl er unaufhörlich an sie denkt, erstarrt ihr Gesicht in seinem Gedächtnis, ist unscharf und undurchdringlich. Er erinnert sich an einzelne Züge, aber sie lassen sich nicht zu einem Ganzen zusammenfügen.

Immerhin gibt es inzwischen weniger Missverständnisse, ein Fortschritt. Er spart die Themen aus, die unweigerlich zu Auseinandersetzungen führen würden, wobei der Ordner mit diesen Themen so dick ist, dass wenig übrig bleibt. Die meisten ihrer Gespräche sind dementsprechend belanglos, er behält wenig außer dem Gefühl, sich einig gewesen zu sein; bereits Gesagtes wird in kleinen Variationen wiederholt.

Endlich lädt sie ihn auch mal in ihre Wohnung ein. Zwei Zimmer, Küche, Bad, schlecht geschnitten, düster. Seltsam unpersönlich und lieblos, als wäre sie gerade erst eingezogen und hätte nicht die Absicht, hier länger als ein paar Wochen zu bleiben. Übergangswohnen. Da ist es bei ihm ja gemütlicher.

Ein einziges Mal noch sprechen sie über *die Sache mit Lars*. Wie viele Menschen davon wissen? Vier. Carlo gehört nicht dazu. Vincent schon. Sie habe überlegt, es öffentlich zu machen, den Gedanken aber wieder verworfen. Zu anstrengend, zu aufwühlend, zudem nutzlos, Lars ist tot, und es weiß doch eh jeder, wie es in der Kirche zugeht: bei den Katholiken die Jungs, bei den Evangelen die Mädchen. Auch Elena, ihre Therapeutin, habe ihr abgeraten. Sie nennt ihre Therapeutin beim Vornamen, als wären sie gute Freundinnen.

Ihr anderes Problem ist Karin, die Mutter. Die litt nach Vanessas Geburt an postnatalen Depressionen, und seither blieben Depressionen ihr ständiger Begleiter. Vanessa glaubt, sie trage eine Mitschuld, habe die Depression erst ausgelöst. Schuldig qua Geburt. Die Lage ist also mehr oder weniger aussichtslos.

Die Mutter sitzt wie ein schwarzer Vogel auf ihren Schultern, bläht sich Tag und Nacht zu einem quälenden Gespenst auf, tickt als rasender Taktgeber im Hintergrund; ihr Herrschaftsgebiet erstreckt sich über die ganze Welt und greift überall nach ihrer Tochter, umzingelt sie von allen Seiten; ein unerbittlicher Nager, der Vanessas Inneres aushöhlt, Löcher in ihren Körper frisst, durch die das Gift eindringt und die Lebensenergie heraussickert. Und so weiter.

Zudem leide *Karin* an Diabetes, Bluthochdruck, Rheuma, Allergien, und schrecklich dick sei sie. Vanessa hat Angst vor einer Vergröberung und Verfettung, die sie zum Abbild ihrer Mutter machen würde, sie hat Angst davor, zu werden wie ihre Mutter und ihre Großmutter und ihre Urgroßmutter, die endlose Reihe der dicken, kranken, traurigen Mütter und Urmütter.

Wenn sie in diffusen und sich widersprechenden Versionen über ihre negativen Erinnerungen, die abweisende Mutter und Qualen der Kindheit berichtet, klingt es seltsam auswendig gelernt, als hätte sie die Sätze gemeinsam mit Therapeutin Elena geübt, um sie jederzeit abrufen zu können.

Seit nunmehr sechs Jahren sitzt sie bei Elena auf der Rüttelbank, zunächst dreimal, mittlerweile zweimal in der Woche. Also etwa sechshundert Sitzungen, rechnet er nach, puh.

«Hoffentlich bewilligt die Krankenkasse eine weitere Verlängerung», sagt sie, hoffentlich nicht, denkt er; denn dann würden noch drei weitere Verlängerungen folgen, Jahre und Jahrzehnte im grauen Nebel der Analyse verstreichen. Seine Meinung: Therapien sollten dem Vorbild von Fußballspielen folgen: reguläre Spielzeit, Nachspielzeit, Verlängerung und dann ELFMETERSCHIESSEN:

«So, jetzt raus mit der Sprache, Frau Doktor. Was ist los mit mir?»

«Wenn ich das mal wüsste.»

Er vertritt keine Weltanschauung, hängt keiner Religion an, glaubt Psychologen ebenso wenig wie Gurus, Wahrsagern oder den Sternen. Seine diesbezüglichen Erfahrungen liegen lange zurück. Er hatte mit Anfang zwanzig an einer hartnäckigen, *manifesten Angststörung* gelitten; sein Therapeut hieß Dr. Schneider. Soweit er sich erinnern kann, hatte Dr. Schneider keinen Vornamen, bzw. wenn er einen hatte, behielt er ihn für sich. Dr. Schneider benutzte die bei Psychologen beliebte Methode, den Patienten so lange reden zu lassen, bis sich der fachärztliche Rat von selbst ergab. Oder er ließ den Gestörten dessen Träume erzählen, die der Fachmann dann aber nicht etwa selbst deutete, nein, das hatte der Gestörte schon selbst zu erledigen. *Für tiefenpsychologische Bemühungen erlaube ich mir, Ihnen viel Geld in Rechnung zu stellen.* Bemühungen ist gut. Damals hatte er noch keinen Führerschein, und der Weg zu Dr. Schneider war mit dreimaligem Umsteigen verbunden. Bei der allerletzten Sitzung schlief Dr. Schneider ein, was man ihm noch nicht mal verdenken konnte, da der Traum auch wirklich besonders langweilig gewesen war. Auch diese Therapie hatte nicht damit geendet, dass der Patient als geheilt entlassen wurde, sondern dass der Patient irgendwann nicht mehr hinging.

Zehn

Bereits im dritten Jahr in Folge jobbt sie als Hostess auf der Internorga, der *internationalen Fachmesse für Gastronomie und Hotellerie*, die Fressmesse, ausgerechnet sie, ausgerechnet Internorga. Fünf Tage gilt es, Hotelmoguln, Hühnerbaronen und Tortenkönigen eine gute Zeit zu bereiten. Messehostess, Gastro, Festivals: Jobs, die okay sind, wenn man jung ist, die ab einem bestimmten Alter tragisch werden. Aber was soll er ihr raten? Die Schauspielerei an den Nagel hängen und den zweiten oder dritten Bildungsweg beschreiten? Wie viel Bildungswege gibt es eigentlich? Aber da muss sie von selbst draufkommen, und irgendwann gibt das Leben sowieso die Richtung vor.

In ihrem *Messefummel* sieht sie hinreißend aus. Sie küsst ihn auf die Stirn, flüstert, dass sie ihm nachher eine Nachricht schicken wird.

Hoffentlich erliegt sie nicht dem Werben eines hippen Fingerfoodproduzenten, denkt er, einem ohne Wampe oder Glatze, Carlo II. Eifersucht fällt ihn an wie Kopfschmerz. Was zum Teufel ist nur los mit ihm? Sie hat ihm bislang keinen Grund zur Eifersucht gegeben, eigenen Angaben zufolge ist sie *naturtreu.* Und kann sie nicht sowieso machen, was sie will?

Um sich abzulenken, geht er ins Studio. Da sollte er sowieso mal wieder öfter hin, denn in nicht allzu ferner Zukunft wird das Geld knapp, und dann ist es vorbei mit sechs Nullzwo-Gläsern Sancerre im 336, dann wird Vanessa für ihre Drinks selber aufkommen müssen. Hält sie ihn eigentlich für vermögend? Glaubt sie, dass GEMA und GVL und VG Wort immer noch halbjährlich hübsche Sümmchen auf sein Konto spülen? Es ist nach wie vor selbstverständlich, dass er für alles und jedes aufkommt; noch nicht einmal auf einen Kaffee oder eine Cola hat sie ihn jemals eingeladen. Sugardaddy bis zur Privatinsolvenz.

Unmöglich, sich in diesem Zustand mit den Abenteuern von Herrn Roabarb, Frau Grump und Pongo zu beschäftigen. Sie wollte doch eine Nachricht schicken. Wieso dauert das so lange? Das Display leuchtet wie ein radioaktives Element. Er hält es nicht mehr aus:

Hoffe, dein erster Tag läuft gut. Halte durch! Ich freu mich auf dich.

Phantasieloser geht es kaum mehr, aber was soll's.

Jetzt durchatmen, ruhig bleiben, sich ablenken: Schlag- und Uhrwerk seiner schönen alten Pendelwanduhr aufziehen. Das gleichmäßige Ticken der Uhrzeiger trennt die Sekunden ab, es klingt, als würden sie ausgestanzt, das Pendel schaufelt die Zeit vom Sofa zum Tisch und weiter zum Fenster.

Wenn er nur nicht so verzweiflungsanfällig wäre. Kein Anruf, keine Antwort, keine Nachricht. Keine Nachricht entspricht zwangsläufig einer schlechten Nachricht. *Sie hat noch nie nicht geantwortet.*

Er stellt das Telefon auf lautlos. Er versteckt das Telefon unter einer Decke. Er bringt das Telefon außer Reichweite in eine entlegene Ecke des Zimmers. Er legt das Telefon ins Gemüsefach und hofft, dass er vergisst, es dort hingelegt zu haben.

Sicher antwortet sie aus gutem Grund nicht, *kann* sie nicht antworten, denn sie hatte den ganzen Tag noch keine ruhige Minute; aber gleich ist Feierabend, spätestens dann. Vielleicht ist sie auch schon auf dem Weg zu ihm und sucht nach dem anstrengenden ersten Tag seine Nähe.

Oder sie treibt es mit dem Fingerfoodmann gleich hinter dem Fingerfoodstand, denn aus der Sauf- & Fressmesse wurde bereits an Tag 1 eine Bums- & Sexmesse. In sämtlichen Hallen toben wilde Orgien, jeder mit jedem, selbst die alten Wurst-, Schinken-, Buletten- und Salami-Typen dürfen ran. Die quälenden Gedanken kreisen in seinem Kopf wie ein Karussell, stechen wie spitze Kieselstücke in seine Stirn.

Das ist ja wie ein Liveticker aus dem Irrenhaus. Verrückt, ich bin ja völlig verrückt geworden. Werd mal wieder normal, Mensch. Komm, ich mache jetzt Musik an und trinke einen Schluck.

Er macht Musik an und stellt eine Flasche Wein (langsam) auf den Tisch, sucht (lange) nach dem Korkenzieher, setzt ihn (energisch) auf den Flaschenhals und treibt ihn (zaudernd) in den Korken, den er (mit letzter Kraft) herauszieht.

Das Telefon liegt wieder scharf geschaltet in Griffnähe. Er kombiniert Schnaps und Bier, bis er irgendwann, sturzbetrunken, auf dem Sofa landet, mehr abrutschend als liegend, mit hängendem Unterkiefer, und in den Fernseher starrt. Das Bild verschwimmt vor seinen Augen. Immer wieder schläft er ein und wird zusammenzuckend wieder wach. Ein heftiger Druck presst seine Schläfen zusammen, sein Magen ist prall und hart wie ein Basketball. Er schafft es gerade eben so ins Bad, wo ohne Vorwarnung ein gelber saurer Strahl aus seinem Rachen schießt, mit Mühe lenkt er einen Teil ins Waschbecken. Sein Mund schmeckt nach toter Maus, die Zunge ist geschwollen, als hätte ihn eine Wespe gestochen. So geht es nicht weiter. Obwohl er sich vorgenommen hat, nie mehr betrunken Nachrichten zu schreiben, kann er sich nicht beherrschen.

Diese Zeilen sind ganz ohne Hoffnung, denn was könnte ich schon tun, um dich glücklich zu machen …

Dreieinhalb Seiten larmoyantes Geschreibsel, rücksichtslos offen, bedingungslos ehrlich. Wie wird sie reagieren? Enttäuscht und wütend, einsichtig und erleichtert? Gar nicht?

Jetzt gilt es, die große Angst vor der kleinen Bewegung zu überwinden. Statt des mickrigen Zeigefingers könnte er den mächtigen Daumen benutzen, um dem Vorgang mehr Gewicht zu verleihen. Countdown. Zehn ist zu kurz, hundert zu lang. 50, 49, 48 … 44 … 33 … 21 … 10, 9, 8, 5, 4, 3, 2, 1. *Nächster Klick Freiheit.*

Guten Morgen! Tut mir leid, dass ich mich gestern nicht gemeldet habe, bin vollkommen erschöpft ins Bett gefallen. Wünsche dir einen schönen Tag.

6.56 hat sie das gesendet.

Ich habe dir 'ne Mail geschickt und möchte dich bitten, sie ungelesen zu löschen. Es sind ein paar Fehler darin, die ich korrigieren will. Ich schicke sie dir morgen noch mal, aber bitte tu mir einen Gefallen und lösch sie.

Ja, mach ich. Hast du heute Abend was vor? Ich hätte dich so gerne hier. Halle 9, Stand 33, so gegen neun?

Er könnte weinen vor Glück.

Halle 9, wo verdammt soll das sein? Es rauscht in seinen Adern, er schwitzt, er ist hungrig, er muss pinkeln, er ist erschöpft bis auf die Knochen.

Es muss doch einen Plan, einen Umgebungsplan, einen scheiß Messeplan geben. *Wenn sie die Mail doch gelesen hat, bring ich mich um.* Schritt, Trab, Galopp durch ein tückisches Labyrinth aus toten Winkeln, Sackgassen, Spitzkehren und Hinterhalten. In einer zerhackten Abfolge flirrender Bewegungen fliegen Ein-, Aus- und Durchgänge an ihm vorbei, bis er sich plötzlich, als wäre sie aus dem Boden herausgeplatzt, in Halle 9 wiederfindet.

Vanessa sieht in ihrem Outfit aus wie in einem Sex-Rollenspiel. Von Männern umringt, genau wie er es sich vorgestellt hatte, wird sie von einem endlosen Schwall an Komplimenten, Zweideutigkeiten, Grinsen und Blicken überschüttet. Sie steht mit dem Rücken zu ihm, aber er starrt so lange in ihre Richtung, bis jemand sie aufmerksam macht.

«Ich glaube, da ist er.»

Sie wendet sich um, und ihre Augen leuchten so hell auf, als hätte jemand ein Streichholz darangehalten. Wahnsinn, denkt er, zum ersten Mal sehe ich in ein strahlendes Gesicht, das ist der Durchbruch.

Der wievielte eigentlich?

«So schön, dass du da bist. Ich hab so viel von dir erzählt.»

Das stimmt, er sieht es in den Gesichtern der Männer. Was der wohl hat, um eine wie die zu kriegen.

«Hast du meine SMS bekommen?»

«Welche denn?»

«In der ich dich gebeten habe, meine Mail ungelesen zu löschen.»

«Wieso, was steht denn drin?»

«Das steht in der SMS.»

«Wieso steht in der SMS, was in der Mail steht?»

Ach Gott, ach Gott, immer diese Missverständnisse.

«Nein, egal, da sind noch Fehler drin, bitte nicht lesen, morgen kriegst du sie neu.»

Sie scrollt durch den Posteingang.

«Meinst du die hier, die mit *Liebe Vanessa* beginnt?»

«Ja, genau, kannst du die gleich löschen?»

«Was steht da denn Schlimmes drin, dass ich die nicht lesen darf?»

«Nichts Schlimmes, wirklich nicht, tu mir einfach den Gefallen.»

Sie löscht die Mail. Gott sei Dank, Gott sei Dank, Gott sei Dank. Er kommt grad nicht drauf, dass sie jetzt lediglich im Papierkorb liegt.

Sie stellt ihm die Männer der Reihe nach vor, er vergisst die Namen im Moment, in dem sie ausgesprochen werden. Nahrungs- und Genussmitteltypen, in mäßig sitzenden Anzügen und mit witzigen Krawatten vor dem Latz. Sie haben etwas Einförmiges, Blutarmes in ihren Gesichtern, als hätten sie lange unter Schichten bleichen Staubs in einer luftleeren Kammer gelegen.

Dann kommt noch einer hinzu. Ein Chef alten Schlages, das merkt man sofort, eine Autorität, einer, bei dem alles für einen Moment erstarrt und sich unwillkürlich duckt.

«Das ist Siegfried.»

Siegfried Schindel steht auf dem Namensschild. Cheftyp mit Chefgesicht, Chefanzug und Chefgebaren, Inhaber einer Großschlachterei oder Großmolkerei oder Großhotelkettenbesitzer, irgendwas GROSSES jedenfalls. Anfang sechzig, eins neunzig, der Inbegriff von *massig*, rotblonde Haare, sein wuchtiger Schädel ähnelt dem eines Schafsbocks.

«Aha, das ist er also?», sagt Schindel und reicht ihm die Hand. Sie fühlt sich nass und kalt an wie etwas, das man aus einem Teich gezogen hat.

Vanessa, stolz: «Ja, das ist er.»

«Soso», sagt Schindel und bohrt den Blick in seine Augen, als wollte er in seinen Kopf eindringen, um ihn besser analysieren zu können. Schindels Spezialität, das Geheimnis seines Erfolges: Ein kleines Loch in das Hirn seines Gegenübers bohren und mit Laserblick das Muster der Gedanken erfassen.

«Sie sind also Künstler?» Schindels Stimme hat ein intensives Timbre, das sich selbst bei geringer Lautstärke durchsetzt. Alles Übungssache. Aus seiner Krawattennadel scheint ein grelles Licht hervorzubrechen und den ganzen Raum zu füllen. Nein, bin ich nicht, würde er gerne sagen, Vanessa hält mich für einen, aber da irrt sie sich. Ich bin Toningenieur, auch ein ehrenwerter Beruf. Schindel kann den ganzen Quatsch sowieso nicht auseinanderhalten: Tontechniker, Musikverleger, Stimmbildner, Komponist, Produzent, Chorleiter, Kantor, Dirigent, Instrumentenbauer, Studiomusiker, DJ, ein einziger Nietenaufwasch. Künstler, lächerlich, Sammelbegriff für Flaschen, Schwächlinge und Versager.

«Künstler? Na ja, so was in der Art. Nicht so einfach zu erklären.»

Fehler. Schwerer Fehler.

«Was heißt das denn, nicht so einfach zu erklären?» (Subtext: *Du bist nicht in der Lage, deinen ausgedachten Hungerleiderberuf in einem geraden Satz zu erklären!? Schleich dich, du verfickte Null.*)

Er geht verschiedene Antwortmöglichkeiten durch: *Ich wohne noch bei meinen Eltern, aber wenn alles gut geht, ziehe ich nächstes Jahr aus. In meiner WG bin ich fürs Kochen zuständig. Im Sommer fahre ich kreuz und quer durch Europa, wenn es mir irgendwo gefällt, schnorre ich mich durch oder mache Straßenmusik.* Tatsächlich sagt er: «Ich betreibe ein auf Audioaufnahmen spezialisiertes Mastering- und Post-Production-Studio.»

Diese Begriffe hat Schindel noch nie in seinem Leben gehört. Er hält erst mal die Schnauze. Irgendwer bringt eine Kiste Wein. Schindel zaubert ein unbenutztes Glas auf den Messe-Steh-Bistrotisch und schenkt randvoll. *Der checkt, dass ich angeschlagen bin, und jetzt will er mir den Rest geben; ich soll mich waidwund saufen, bevor er mich abschießt.*

«So, dann wünsche ich …»

Schindels Trinkspruch geht im Lärm einer mobilen Band unter. *Mobile Marching* (der einfaltslose Name ist Programm), ein sog. Walking Act, eine Band, die ohne Strom, Kabel und

Mikrophon auskommt. Die Musiker (Posaune, Trompete, zweimal Saxophon, Bassdrum, Snare, Hihat), die ausschließlich auf extra trostlosen Veranstaltungen wie Messen, Marketing-, Motivations-, Stakeholder-Events und Produktpräsentationen engagiert werden, ziehen von einer Halle zur anderen, im Set die abgehalftertsten Gassenhauer aller Zeiten.

I CAN'T GET NO SATISFACTION.

Schindel reißt die Arme hoch und singt mit: «CAUSE I TRY AND I TRY AND I TRY AND I TRY ...»

Halle 9 birst vor schiefem, kehligem Gegröle aus allen Nähten. Schwitzende, entfesselte Spießer, die zu *kultigen Allzeit-Hits* mitsabbern und mitsprötzeln:

BORN TO BE WILD

SMOKE ON THE WATER

HIGHWAY TO HELL

BORN IN THE USA

Schindel wirft, Ausdruck von Originalität *und* totaler Einfallslosigkeit, Bierdeckel in die Luft. Tolle Idee, alle machen mit. Vanessa steht leicht belämmert da und bemüht sich um gute Miene zum debilen Spiel, schließlich muss sie mit diesen Leuten noch ein paar Tage auskommen.

NO WOMAN NO CRY.

Die Männer schauen sich wissend an. Genau! Aber *ganz* ohne Frauen wäre auch scheiße.

Wenn er nur nicht so tumb, so jämmerlich überflüssig dabeistehen würde. Schindel mustert ihn mit einer Mischung aus Spott und Herablassung: *Lach doch mal! Der einzige Musiker unter uns entpuppt sich als Spaßbremse. Wusste ich's doch, hab ich gleich gesehen, was du für einer bist.*

HOTEL CALIFORNIA

Die Stimmung ist künstlich wie Aufbackbrötchen. Je mehr

die Leute in den Abend hineinfressen und -saufen, desto widerlicher werden sie.

ICH WILL SPASS.

Das wollen doch schließlich alle! Bis auf einen. Zum Glück ist die Session jetzt vorbei, *Mobile Marching* verteilen Visitenkarten und ziehen nervtötend weiter in Halle 10.

Schindel, keine Gelegenheit auslassend, den Chef zu markieren, bläst zum Aufbruch. «Draußen warten Taxen. Los, austrinken und ab.»

«Ich muss da noch kurz mit.» Vanessa greift seine Hand. «Kommst du?»

«Bitte nicht mehr so lange.»

«Nein, nein, keine Angst, halbe Stunde oder so.»

Sie zieht ihn hinter sich her. Die Gesellschaft (elf Männer, eine Frau), verteilen sich auf drei Taxen, dann geht's ins 336.

Zum Glück ist nicht viel los. Schindel ordert, ohne zu fragen, Gin Tonic für alle und setzt sich neben Vanessa. Eine gezielte Provokation. Sie schaut zu ihm herüber. *Mach dir keine Sorgen, mit dem werde ich schon fertig, der wird sich noch die Zähne ausbeißen*, signalisiert ihr Blick. Jaja, ist ja gut. In der archaischen Welt eines Schindel gehört rammelig-brunftiges Kräftemessen zur Tagesordnung.

Er beginnt eine Unterhaltung mit dem Mann, der zufällig neben ihm steht. Michi mit i, so nennt er sich, so ist er, ein Kleinhersteller, ein Regionaler, der in Käse macht. Sein Kopf sitzt wie ein kleines Ei auf einem großen Ei. Er sieht aus wie der Schwächste aus einem Wurf, einer, der oft nicht bekommt, was er will. Immerhin ist Michi so nett und harmlos, dass er sofort beruhigend wirkt.

Die Unterhaltung mit ihm ist allerdings echter Käse. Fäden ziehend, löchrig, zu wenig Fett in der Trockenmasse, Talk auf Scheibletten-Niveau. Seine hohe, alberne Stimme klingt, als spreche er mit einer Kirsche im Mund. Ob diese Stimme jemals eine Frau in ihren Bann geschlagen hat? Einen Ehering trägt er, immerhin, wahrscheinlich ist seine Frau noch aus der Vor-Käse-Zeit. «Ich muss mal für Königstiger», sagt Michi auf Schwäbisch. Er bewegt sich steifbeinig und mit schnellen Schritten, wie ein olympischer Geher, es scheint, als würde er seine Arme nicht bewegen. So gesehen könnte er auch ein früher Roboter sein.

Schindel gibt alles, er besteht zu hundert Prozent aus Willen und Beharrlichkeit. Ein Panzer des Verlangens, für ihn ist es lediglich eine Frage der Zeit, wann er die feindlichen Linien durchbricht. Jeder zehnte Angriff etwa ist von einem Abschuss gekrönt, immer wieder trifft er auf eine junge Frau, die betrunken und unvorsichtig genug ist, sich auf ihn einzulassen.

Ob die Frau klein oder groß ist, dick oder dünn, ist ihm egal. Nur jung muss sie sein. Er bespringt grundsätzlich alles, was unter dreißig Jahre alt und über fünfunddreißig Grad warm ist und den Geruch von Östrogen verströmt; sein Sexualtrieb ist wahllos und unersättlich. Zurückweisung führt zur Besessenheit, Unberührbarkeit macht ihn rasend.

Saugend, schmatzend, bohrend, tastend rückt der Leopard unter den Großherstellern Millimeter für Zentimeter vor. Er redet und redet und redet. Nun ist er schon so alt und hat immer noch nicht gelernt, dass man Frauen wenigstens hin und wieder auch mal eine Frage stellen, wenigstens pro forma Interesse zeigen sollte. Die kahle Stelle auf seinem Kopf leuchtet vor Verlangen wie ein pochiertes Ei. Er hat längst vergessen oder verdrängt, dass Vanessa einen Freund hat, der sich noch dazu wenige Meter entfernt im gleichen Raum aufhält. Der Freund ist ja auch kein Mann, ein Konkurrent schon gar nicht, sondern ein Loser, der wahrscheinlich längst das Feld geräumt, sich in seine unvermeidliche Niederlage gefügt hat. Schindel starrt Vanessa mit dem vernebelten Blick eines von Begehren überwältigten Mannes an, ihm fallen nicht nur die Augen, sondern auch gleich die Eingeweide heraus. Wenn er sie doch nur mit den Augen umstoßen und dann vergewaltigen könnte!

Vanessa kennt das, sie weiß, dass sie Männer in Sekunden verrückt machen kann. Wenn doch nur mal einer er selbst bliebe. Im gleichen Tempo, mit dem Schindel vorrückt, rückt sie weg. Kurz bevor sie vom Sofa fällt, entschuldigt sie sich: «Sorry, ich bin gleich wieder da.»

Was ist denn nun los?, denkt Schindel. Die soll nicht abhauen, die muss hierbleiben, gleich hab ich sie. Sein Blick ist leer, Schweißtropfen kriechen ihm den Rücken hinab, einer nach dem andern, langsam wie Insekten, aus seinen kranken Drüsen treten unheilvolle Sekrete.

«Alles klar bei dir?»

«Ja, kein Problem. Der Typ ist ja echt widerlich.»

«Ja, hast recht. Aber was soll ich machen.»

«Wieso, du hast doch längst Feierabend? Die können dich doch nicht zwingen hierzubleiben.»

«Bitte. Das *verstehst* du nicht. Ich geh mit dem mal raus, eine rauchen, vielleicht beruhigt er sich ja. Kommst du mit?»

«Nein danke.»

«Okay, dann bis gleich.»

Sie gibt ihm einen Kuss auf die Wange und geht, Schindel mit deutlicher Schlagseite hinterher.

Kein Grund zur Sorge. Also, Käse-Michi, wo waren wir stehengeblieben: Hartkäse, Schnittkäse, Weichkäse, Frischkäse,

Schmelzkäse, Quietschekäse, Feta, Cheddar, Camembert … Käse-Michi, ein Mann der Träume und des Scheiterns.

Die Musik geht aus. Time to say goodbye.

«Wenn du in den nächsten Tagen noch mal kommst, deine Freundin abholen, sehen wir uns!», lallt Michi in einer Mischung aus Schwäbisch, Türkisch und Sächsisch.

«Machen wir. Komm gut nach Hause.»

An der Tür dreht sich Michi noch einmal um und winkt ihm zu. Ganz unbeholfen sieht das aus, als hätte er das noch nie in seinem Leben getan und nur mal irgendwo gesehen, dass sich Menschen zum Abschied manchmal zuwinken.

Wenn er den dringend notwendigen Gang zur Toilette nutzen würde, um unauffällig nach dem Rechten zu schauen, wäre das keine Blöße, sondern ein *natürliches Bedürfnis.* Er öffnet die Tür des 336 einen Spaltbreit. Vanessa, vor Kälte zitternd, bietet Schindel gerade eine Zigarette an (die wievielte eigentlich?), sie lässt die Zigaretten wie Orgelpfeifen in einem Schwung aus dem Handgelenk vorschnellen; toll sieht das aus, elegant, gekonnt, wie ein Zauberkunststückchen. Soll er ihr ihren Mantel bringen? Aber dann sieht das nach Kontrolle aus. Also wieder rein. Das zerstoßene Eis im Glas ist geschmolzen, der Drink schmeckt dünn und säuerlich. Er stellt sich vor – eine seiner Lieblingsvorstellungen, wenn er angetrunken ist –, wie es wäre, eine schwere Behinderung zu haben, arbeitsunfähig zu sein, verrentet; ein alter, klappriger, seniler Rocker nach überstandenem Motorradunfall.

Die Raucherpause dauert für eine Raucherpause ungewöhnlich lang, eine Kettenraucherpause ist das, von Dutzenden Zigarettenlängen. *Muss ich mir etwa Sorgen machen?* Nein. Doch. Nein. Doch. Nein. Doch. Seine Schultern sind so verspannt, als wären die Halswirbel miteinander verschmolzen. Was geht da draußen vor sich? Lässt Vanessa sich von Schindel wärmen, schüttet sie ihm ihr Herz aus, weiß Frauenflüsterer Schindel sie gekonnt zu trösten, ist *das* das Geheimnis seines Erfolges?

So, es reicht.

Schindel kann sich kaum noch auf den Beinen halten. Aus seiner Kehle dringt ein Gurgeln, als würde er gerade an seinem eigenen Blut oder an Kotze ersticken, sein Gesicht zerrissen, verformt, vergnomt, ein vor Vergeblichkeit zitternder Mann. Vanessa spricht zu ihm, wie man zu einem Kleinkind spricht.

Mama, Mama, bitte verzeih mir! Schindel möchte vor ihr auf die Knie fallen und sie bitten, sein Bedürfnis nach Liebe zu verstehen, ihn von seinen untröstlichen Begierden befreien. Soll er doch zu einer Nutte gehen, soll die sich seiner verdrehten Ekstasen annehmen. Er wühlt in seiner Hosentasche, zieht einen Fünfzig-Euro-Schein hervor, reicht ihn Vanessa und taumelt davon. «Pass auf dich auf», ruft sie ihm hinterher.

«Was war *das* denn?»

«Erzähl ich dir später.»

Obwohl er für Schindel mitbezahlt, behält sie die fünfzig Euro ein.

«Ein ganz trauriger Mann ist das. «

«Was war da denn jetzt eigentlich los?»

«So ein trauriger Mann.»

«Ich hab's ja verstanden. Erzähl doch endlich mal.»

Ins Hotel wollte er sie mitnehmen, erzählt sie, gebettelt und gefleht habe er, wie ein Kleinkind. Unbegreiflich, wie ein gestandener Mann sich so gehen lassen kann. Viel mehr ist nicht aus ihr herauszubekommen. Hat das zarte Persönchen den mächtigen Schindel niedergestreckt. Wahnsinn, was in der Frau steckt. Er ist stolz auf sie und hat Angst vor ihr.

Elf

Es wird Zeit, Vanessa mit *seinen* Leuten bekannt zu machen, ein überfälliger Schritt Richtung Normalität. Viele sind es nicht, seine sozialen Kontakte haben sich mit den Jahren ziemlich ausgedünnt. Übrig geblieben, abgesehen von ein paar *Bekannten* (es gibt nichts Schlimmeres als Bekannte), sind eigentlich nur Frieder, Julia, Frieders Freundin Svenja, Cousin Bert und Schulfreund Peter, von dem er schon ewig nichts mehr gehört hat. Reicht dicke, mehr Kapazitäten hat er sowieso nicht frei. Socialising, Networking, Meet & Greet – wer's nötig hat.

Sie sind mit Frieder und Svenja auf Frieders Wunsch in der *Gaststätte Pit Roth* verabredet, einer unaufgeregten, etwas spießigen Mischung aus Kneipe, Bar und Club. Mit Bundeskegelbahn. Früher nannte man solche Zusammenkünfte Pärchenabend; Quizduell (früher Doppelkopf), Billard, Therme, Kleinkunst, Kabarett, Weinreisen, Kräuterworkshops, alles Triste dieser Welt.

Hoffentlich hat Vanessa einen klitzekleinen Happen gegessen. Hoffentlich trinkt Vanessa nicht so viel. Hoffentlich erzählt Vanessa keinen Unfug. Hoffentlich geht alles gut! Er wird ihr ab und an Wasser einschenken und ansonsten die Daumen drücken.

Frieders Haare sind ganz zerzaust und stehen ab, als würde eine unsichtbare Hand daran ziehen. Kämmen hätte er sich schon mal können. Ansonsten: kein Gramm Fett, bewundernswert.

Svenja ist der Typ kleine pummelige Süße. Aus irgendwelchen geheimnisvollen Gründen wächst ihr Kinn und bekommt langsam etwas Schiffsbughaftes, was ihr ernsthafte Sorgen bereitet. Aber vielleicht geht es von alleine wieder weg, wie es auch von alleine gekommen ist. Svenja wurde bereits mit 32 habilitiert und ist eine der jüngsten Chemieprofessorinnen im Lande. Svenja und Frieder sind schon ewig zusammen, und so wird es bleiben, mehr Bruder und Schwester als Mann und Frau.

Frieder ist ein verlässlicher Plauderer, einer, der mit Leichtigkeit den Raum mit Worten füllt. Zum Warmwerden erzählt er, wie er als Student in einer Pizzafabrik gejobbt hatte; seine Aufgabe war es gewesen, manuell nachzubessern, wenn die Maschine weniger als acht Salamischeiben pro Pizza ausspuckte. Aha. Ja. Genau. Und bei *Böklunder* hat er auch mal gearbeitet, da mussten immer genau sechs Würste in ein Glas. So. Zehn Fischstäbchen, acht Salamischeiben, sechs Geflügelwürstchen, vier Heringsfilets, zwei Hüftsteaks. Geschichten, die sich unterhaltsam oder weniger unterhaltsam erzählen lassen. Eigentlich ist es Frieders Spezialität, langweilige Geschichten *aufzubereiten*, aber heute ist in Pizza und Wurst der Wurm drin. Acht Scheiben also … Ja, kaum zu glauben, dass die tatsächlich eine teure menschliche Arbeitskraft … Nächstes Thema:

«Habt ihr von dem irren Pinguinkidnapper gehört?»

«Nein.»

«Ich auch nicht.»

«Der hat versucht, im Tierpark einen Königspinguin zu entführen. War über den Zaun des Pinguingeheges geklettert, hatte sich eines der völlig verdatterten Tiere gegriffen und in seinen Rucksack gestopft. Er wollte den Pinguin als Haustier halten. Das hätte auch fast geklappt, doch kurz bevor er den Ausgang erreicht hatte, zappelte der Vogel in Todesangst, und aus dem Rucksack tropfte Wasser.»

«Und dann?

«Die haben ihn geschnappt, und er hat eine Anzeige gekriegt, aber die Sache verlief im Sand, weil der Typ offensichtlich einen an der Marmel hatte.»

Ach so. *Das sind also deine Freunde.* Svenja erzählt auch irgendwas, dann ist Vanessa dran. Ihre letzten Castings, die *forthcoming projects,* sie zählt Filme und Serien auf, in denen sie gerne mitspielen würde, mitgespielt hätte. Aus der Art, wie sie das abspult, hört man, dass sie das alles schon bei mehr als einer Gelegenheit gesagt hat.

«Kennt ihr eigentlich …?»

Mit aufstrebenden Schauspielern ist sie bei Frieder und Svenja an der falschen Adresse, denn die streamen nicht, und ins Kino gehen sie höchstens einmal im Jahr. Ab und an schauen sie im linearen Fernsehen Nachrichtensendungen und Tierdokus. Frieder ist irgendwann Ende der neunziger Jahre stehen geblieben. Er denkt das, was er damals schon gedacht hat, hört die *alten Sachen*, liest die Bücher, die damals angesagt waren, und er hat – tatsächlich, so was gibt es noch – eine DVD-Sammlung, die unter anderem sämtliche Louis-de-Funès-Filme umfasst. *Immer diese komplizierten Serien, bei denen man schon nach fünf Minuten nicht mehr weiß, wer wer ist und welche Figur sich gerade auf welcher Zeit- oder Metaebene befindet. Wir kommen aus der Steinzeit, aus der Welt von Bonanza, Dick & Doof und SOKO Schießmichtot, mehr ist nicht drin.*

Vanessa hat offenbar wieder nichts gegessen, und sie trinkt zu schnell. Ihre Stimme ist schrill und unangenehm geworden, sie erzählt unzusammenhängend, verhaspelt sich, fängt noch mal von vorne an, springt aus nicht nachvollziehbaren Gründen durch die Themen, wobei sie für jedes Thema einen eigenen Gesichtsausdruck parat zu haben scheint. Ihr von der Geschwindigkeit des Ausdruckswechsels fast wegfliegendes Gesicht verschwimmt. Frieder hat ein mildes, buddhaartiges Lächeln aufgesetzt, das Verstehen ausdrücken könnte, aber ebenso gut Blähungen oder ganz was anderes. Svenja denkt an ihr Kinn. Ob es wohl gerade einen Wachstumsschub erleidet? Irgendwas läuft aus dem Ruder, jetzt schon. Wenn nur Feuer ausbrechen, die Bar überfallen oder jemand einen Herzinfarkt bekommen würde.

«Was ist eigentlich euer Tarantino-Lieblingsfilm?»

«Wer?»

«Tarantino. Quentin Tarantino.»

«Name schon mal gehört, aber gesehen habe ich noch nix von dem.»

Wenn sie keine Nachrichtensendungen oder Tierdokus oder Louis-de-Funès-Filme schauen, lesen sie gern.

«Wie bitte? Nicht euer Ernst. Ihr müsst euch unbedingt *Inglourious Basterds* anschauen. Oder *Django Unchained.*»

Nach fünf Gläsern Sancerre ohne Wasabinüsse komplizierte Filmtitel, noch komplizierter auszusprechen. Ungrousbassa, Dschannaunschehn.

«Ich schick euch morgen 'ne DVD. Hat jemand was zu schreiben da?»

Keiner hat. Wie kommt sie darauf, denen was schicken zu wollen? Das Gespräch ist endgültig außer Kontrolle geraten. Dieser zerfranste Abend soll explodieren und in tausend Teile zerspringen.

«HALLO!»

Der Kellner, Bedienung, Servicekraft ignoriert Vanessas Geplärre.

«HALLO! ENTSCHULDIGUNG. ICH BRAUCH MAL SCHNELL EINEN SCHREIBER!»

«Gleich.»

«ABER NICHT VERGESSEN!»

Sie kramt in ihrer Tasche und findet dort einen Kajalstift, mit dem sie, vor sich hin murmelnd, alle Filme, die ihr gerade einfallen, auf eine Serviette krickelt. Er hat sie noch nie schreiben sehen, heutzutage schreiben die Leute ja nicht mehr. Eine krakelige, krumme Kinderschrift, die Handschrift einer Linkshänderin, die auf rechts gedrillt wurde. Krickel krackel kritzel. Ihm fällt auf, dass er ihre Telefonnummer nicht auswendig weiß. Einmal gespeichert, nie mehr erinnert. Sie könnten Goldene Hochzeit feiern und würden ihre Nummern nicht kennen.

Im Verlauf des Abends hat Frieders Körperhaltung immer mehr nachgegeben, er sitzt jetzt ganz schief und krumm und verdreht. Svenja fragt sich, wann ihr Gesicht unkenntlich ist, wenn das Kinn in dem Tempo weiterwächst.

«Keine Angst, ich bin gleich fertig.»

«Jaja», rutscht ihm raus.

«Was heißt denn *jaja*? Sag mal, bin ich dir etwa peinlich?»

Alles, was er jetzt sagen könnte, behält er besser für sich.

«AHA. ICH BIN DIR ALSO PEINLICH.»

«Ich finde, du könntest etwas netter zu deinem Freund sein.» Meint Svenja.

«Mein *Freund*? Davon wüsste ich. Mich hat er jedenfalls noch nicht gefragt, ob ich seine Freundin sein will. Wahrscheinlich bin ich ihm zu peinlich.»

«Wir müssen dann langsam mal.»

Abgang Svenja und Frieder.

Die Luft ist dick vor Verzweiflung, sein Kopf fühlt sich seltsam taub an. Am Tresen steht eine Frau, Typ XXL oder Plusmodel, mit schwerem weichem Körper, einer Bienenlarve ähnlich, das Gesicht ausdruckslos wie das einer Gefängniswärterin.

«Guck mal da, die Dicke.»

«Ja und? Was ist mit der?»

«BITTE VERSPRICH MIR, DASS DU MICH ERSCHIESST, WENN ICH JEMALS SO FETT WERDE.»

Am nächsten Tag behauptet sie, sich an praktisch nichts erinnern zu können. Das kann doch nicht sein, das ist doch gelogen! Er hatte schon öfter den Verdacht, sie würde ihn permanent anlügen, dass alles hinten und vorn nicht stimmt, übertrieben, ausgedacht, seltsam, unwahrscheinlich. Eine pathologische Lügnerin, eine, die nicht anders kann.

«Kannst du dich denn an *irgendwas* erinnern?»

«Es ging um Filme, glaube ich.»

«Genau. Filme und Serien, die die nicht kannten. Und wenn die die einzigen Menschen auf dem Planeten sind, die Tarantino nicht kennen, ist das eben so.»

«Tut mir leid. Du musst nächstes Mal drauf achten, dass ich nicht so viel trinke.»

«Oder mal ein Wasser zwischendurch. Keinen einzigen Schluck Wasser hast du getrunken den ganzen Abend.»

«Ja, ich weiß. Jetzt fällt mir noch ein, dass irgendjemand gesagt hat, ich könnte netter zu meinem Freund sein. Aber das bist du ja gar nicht.»

Zwölf

«Es ist so schönes Wetter heute, wollen wir einen Ausflug machen? Es gibt auch etwas, was ich dich fragen möchte.»

«Einen Ausflug? Wir haben noch nie einen Ausflug gemacht.»

«Ich bin eben ein verrückter Typ.»

Sie lacht. Endlich lacht sie mal über einen seiner Versuche, witzig zu sein.

«Und was willst du mich fragen?»

«Das wirst du dann schon sehen.»

«Verrätst du mir wenigstens, wohin es geht?»

«Elbhöhenweg. Schon mal gehört?»

«Aber das ist ja ein Spaziergang.»

«Eben nicht. Bei einem Spaziergang verlässt man das Haus und geht direkt los. Bei einem Ausflug muss man zunächst einmal zum eigentlichen Ausflugsziel hingelangen. Dort kann man dann alles Mögliche machen, z.B. einen Spaziergang.»

Sie lacht schon wieder. Zweimal an einem Tag, sind ca. zweihundert Prozent mehr als gewöhnlich. Es geschehen noch Zeichen und Wunder.

Ein anderes Zeichen von Wundern ist das herrliche, herrliche, herrliche Wetter. Ein elementarer Frühlingstag, ein Aufatmen nach all den düsteren Stunden, als wäre der modrige Winterhimmel aufgerissen und hätte Platz gemacht für einen neuen, blauen Himmel.

Das hohe Elbufer führt vom Falkensteiner Ufer über den Römischen Garten, Tafelberg, Puppenmuseum zum Rissener Ufer. Auf der gegenüberliegenden Uferseite die Elbinsel Neßsand, die Sietas-Werft, das Este-Sperrwerk, der Sven-Simon-Park. Das Licht strömt von allen Seiten herab, als hätte man einen Filter entfernt und einen anderen draufgesetzt. In den

Bäumen steht der Saft, Milliarden Knospen an jedem Baum, die Blätter entfalten sich zitternd. Nach einer Stunde erreichen sie das Rissener Ufer. Beim Leuchtturm Unterfeuer setzen sie sich auf eine Bank.

«So. Also.»

Sie schaut ihn erwartungsvoll an.

«Dann fang ich mal an, was?»

«Ja, bitte.»

Plötzlich ist er wieder ganz unsicher. Vor jedem Satz denkt er nach. Diese Sätze sind dann entsprechend, verunglücken, schmieren ab, laufen ins Leere, nicht sonderlich elegant.

«Du bist süß. Aber was möchtest du mir denn eigentlich sagen?»

Wenn sie mich schon süß findet, könnte sie mich auch ausreden lassen, vielleicht käme ja doch noch was Geistreiches.

«Ich möchte dich fragen, ob du meine Freundin sein willst.»

Sie küsst ihn, kramt in ihrer Handtasche und schreibt mit dem Kajalstift auf ein Taschentuch: *Aber das bin ich doch schon längst.*

Ach so. Ach doch. Ach, dann doch.

Egal. *Ab jetzt gehören wir zusammen, wir kämpfen gemeinsam, Schulter an Schulter, und nicht mehr gegeneinander. Das Warten hat sich gelohnt, erst wenn man gemeinsam so viel durchlitten hat, ist man reif fürs Glück. Vielleicht hat alles nur auf diesen Augenblick hingeführt.*

Der endgültige Durchbruch.

«Prost. Auf uns.»

«Ja, auf uns.»

Sie trinken den mitgebrachten Sekt aus Pappbechern, Vanessa raucht eine Zigarette. Sie zieht den Rauch ein, lässt ihn lange in ihren Lungen und stößt ihn seitlich wieder aus. Es sieht überzeugend aus, als machte sie Werbung für ein unbeschwertes Leben. Wenn es irgendwo ein Treppengeländer gäbe, würde er vor lauter Glück hinunterrutschen.

«Stell dir vor, wir wären Zwerge. Dann würden wir nicht nebeneinander im Bett liegen, sondern hintereinander, ich in die untere, du in die obere Hälfte des Bettes gerollt.»

«Zum Glück sind wir keine Zwerge. Ich bin erst mit siebzehn gewachsen, bis dahin war ich nur knapp über eins fünfzig. Schön war das nicht.»

Na ja. Sollte eigentlich ein Witz sein, aber drei Lacher an einem Tag sind vielleicht etwas zu viel verlangt.

«Mal was anderes: Wann gehst du wieder ins Studio?»

«Erinner mich bloß nicht daran. Ich habe es ganz schön schleifen lassen.»

«Wie viele Sprecherinnen und Sprecher hast du eigentlich?»

«Warte mal. Drei Sprecher. Vier Sprecherinnen. Wieso?»

Er kann sich denken, weshalb sie fragt.

«Du könntest doch auch mal deine Freundin engagieren.»

«Meine Freundin?»

«Hallo?! Schon vergessen? Seit etwa einer Stunde.»

«Ja. Ich bin glücklich.»

«Ich bin auch glücklich.»

Er blickt nach oben, in den unendlichen Himmel. So schön, denkt er, und sagt, ganz überwältigt: «Unser blauer Planet.»

Sie schaut ihn an, als hätte er etwas besonders Idiotisches von sich gegeben.

Der erste *Beziehungssex* dauert ziemlich genau zwei Stunden. Er weiß das, weil er auf die Uhr geschaut hat. In seinem Körper simmert jeder Nerv, er besteht nur noch aus Schwanz, einem eisenharten, mächtigen, pulsierenden Riesenteil. Penisschwenkend, ungezügelt, tatkräftig, rastlos potent. Eine solche Nummer macht drei Nummern, die sie am Tag, einundzwanzig Nummern, die sie in einer Woche, fünfundachtzig Nummern, die sie in einem Monat mit Carlo geschoben hat, doppelt und dreifach wett. *Gleich bricht ein Vulkan aus, und Tonnen weißer Lava ergießen sich über die Welt.* Wenn er mit dem Orgasmus sein Leben aushaucht, war es das wert. Wie gut sie duftet. Wie weich ihre Haut ist. Ihr Atem strömt ruhig und warm über seine Hand. Die Liebe zu ihr drückt ihm die Kehle zu.

«Ich geh mal Haare waschen.»

Haare waschen? Jetzt?

Als sie wiederkommt, geht sie zum Rauchen ans Fenster. Halbnackt auf dem Fensterbrett, wie gemalt sieht es aus.

«Sag Bescheid, wenn du nächstes Mal ins Studio gehst, dann komm ich mit.»

«Mach ich.»

Wieso fängt sie denn jetzt damit wieder an.

«Wir können ja gemeinsam entscheiden, welche Rolle die beste für mich ist.»

Bisher hat er immer alleine entschieden, welche Rollen er mit welchen Sprechern besetzt. Schon wieder ist eine Erektion im Anmarsch. Carlo würde ihr jetzt sein halbsteifes Ding gegen das Gesäß drücken. Er dreht sich auf den Bauch.

Sie legt sich zu ihm. Das große weiße Handtuch liegt weiß wie eine Schneewehe unter ihrem Kopf. Draußen gehen eine nach der anderen die Straßenlaternen an, als würde irgendwo ein Mann den Schalter anknipsen. Sie lauschen dem langgezogenen Rauschen der Autos.

«Woran denkst du?», fragt sie.

«Dass ich so was noch nicht erlebt habe.»
«Wie fühlt es sich an, dass wir jetzt zusammen sind?»
«Gut. Toll. Das wurde ja auch langsam Zeit.»
«Ja, könnte man so sagen.»
Schweigen.
«Und willst du gar nicht wissen, wie *ich* mich fühle?»
«Ach so. Ja, natürlich.»
«Ich bin glücklich.»
Ein Glück.

Dreizehn

«Weißt du was?», sagt sie. «Wir waren noch nie zusammen im Kino.»

«Stimmt.»

«Und? Wie sieht's aus?»

«Klar. Wann?»

«Heute. Jetzt.»

«Was gibt es denn?»

«Irgendwas wird's schon geben.»

Vanessa ist eine rauchen, während er nach Getränken ansteht. Es stinkt. Der junge schlappe Mann direkt vor ihm dünstet einen penetranten Geruch aus, nach Nikotin, Schweiß, ungewaschenen Füßen und Schlimmerem. Wie viele Päckchen muss man rauchen, wie viele Tage sich nicht waschen?

«Torsten?»

Eine junge Frau, offenbar seine Freundin, dreht sich zu ihm um. Stinki heißt also mit vollem Namen Torsten.

«Ja?»

Sie hat vergessen, was sie sagen wollte.

«Was ist denn?»

Ja, was ist denn eigentlich? Ihr ausgeleiertes Gesicht spielt alle möglichen Mienen durch, bis es bei einem doofen Grinsen stehen bleibt und etwas sagt, was beim allerbesten Willen nicht zu verstehen ist, lahm und tonlos, wie eingeäschert. SPRICH DOCH LAUTER, FRAU!, möchte man brüllen, und zu Torsten: WASCH DICH MAL!

Und wieso stehen eigentlich *beide* an? Normalerweise steht *ein* Partner an, während der andere die Gelegenheit nutzen könnte, sich Hände, Füße oder, in Torstens Fall, das Genital zu waschen.

Aber was hasst er sich da schon wieder zusammen. Die Leute freuen sich auf ihre Cola und ihr Popcorn und ihre Nüsse und ihre Snacks und natürlich den Film, während er schon wieder durchdreht, nur weil sich einer nicht ordentlich gewaschen hat.

Torsten erleidet einen Hustenanfall. Er japst wie ein Meeresbewohner, der in der Luft nicht atmen kann. Er sollte wirklich weniger rauchen. Vanessa kann rauchen, so viel sie will, und riecht trotzdem nach frisch gepflückten Gänseblümchen.

Wo ist Vanessa überhaupt? Er schaut sich um. Sie steht an der Rolltreppe und scrollt in ihrem Telefon. Irgendwas an ihr macht schon wieder unterschwellig Druck. Torstens Freundin bestellt zwei große Cola und eine große Tüte Popcorn. Eine große Tüte Popcorn hat 420 Kalorien. Seit er Vanessa kennt, weiß er so was.

«Was bekommst du?»

«Ich hätte gerne zweimal Nachos und Käsedip.»

Leute wie Torsten beginnen jede Bestellung grundsätzlich mit der Floskel *Ich hätte gerne.* Leute wie Torsten kommen im Leben nicht voran, weil sie nicht nur dumm, sondern auch vollkommen einfallslos sind. Nachos haben 480 Kalorien, Käsedip 260.

«Käsedip zweimal?»

«Ja. Und dann hätte ich gerne einmal Fried Macaroni and Cheese Bites und einmal gerne Crispy Fried Mac and Cheese Balls.»

«Macaroni und Cheese Bites dauern einen Augenblick.»

Torsten stellt sich brav an die Seite und wartet. So sieht der also von vorn aus: ein unterm Kinn lappiges Ziegengesicht, benommen und ausdruckslos, Haut leicht gelblich und verwaschen, sehr blass, dunkelviolette Ringe unter den Augen.

Grundzustand: kränklich-matt, auf halber Kraft laufend, empfindlich.

Nachos, Käsedip, Popcorn, Fried Macaroni Cheese Bites UND Crispy Fried Mac and Cheese Balls – das können die doch unmöglich schaffen! Haben die den ganzen Tag noch nichts gegessen? Nehmen sie ihre Hauptmahlzeiten für gewöhnlich im Kino ein?

Und wie will Torsten das alles tragen?

Plötzlich steht Vanessa neben ihm.

«Wieso dauert das denn so lange?»

Er, leise: «Der da, mit dem Ziegengesicht, hat eine Großbestellung aufgegeben. Aber jetzt die Schlange zu wechseln, bringt auch nichts, guck dich mal um. Sonst lass uns einfach so in die Vorstellung rein.»

«Ohne Alkohol halte ich das nicht durch.»

Was ist denn nun schon wieder los? Der Kinobesuch war doch *ihr* Vorschlag!

Torsten nimmt seinen 10 000-Kalorien-Schrott in Empfang und balanciert das Tablett durchs Getümmel. Man muss sich keine Sorgen um ihn machen, er hat Routine im Transport umfangreicher Essensbestellungen.

«Zwei Bier und zwei kleine Weißwein bitte.»

«Pinot Grigio oder Chardonnay?»

Vanessa ist schon wieder mit ihrem Telefon beschäftigt.

«Pinot Grigio.»

Jetzt schon der schrecklichste Kinobesuch aller Zeiten.

Wie geht es ihr, wie mag es ihr gehen, wie es ihr wohl so geht, geht's ihr gut? Die Gedanken kreisen unablässig in seinem Kopf, er kann sich kein Stück auf den Film konzentrieren. Vanessa verbreitet gereizte Ungeduld. Er nimmt ihre Hand, die sich kalt und spröde anfühlt. Dann weiß er plötzlich nicht mehr weiter. Die Finger ineinanderschieben oder nicht? Da sie keine Anstalten zu gar nichts macht, zieht er seine Hand unauffällig wieder zurück.

Trotz rasend schnell geschnittener Bilder und THX-Beschallung ist es dunkel und still wie in einer Kapelle. Wieder mal tut sich eine Kluft zwischen ihnen auf, die wächst und wächst und nicht überbrückt werden kann. Der Film hat Überlänge. Schrecklich. Ein schrecklicher, in die Überlänge gepeitschter Streifen.

Noch während des Abspanns kraxelt Vanessa über die Leute hinweg und er ungeschickt hinterher, als wären seine Knochen miteinander verwachsen. Vanessa geht im Stechschritt, raus aus dem Saal, raus aus dem Kino, in der Tiefgarage knallen ihre Absätze auf dem Boden wie Pistolenschüsse. Laut, so laut! Ihre Schuhe müssen groß wie Betonquader sein. Wieso sagt sie nichts?

Während der Fahrt bricht ein heftiges Gewitter los. *Vielleicht wird unser Auto vom Blitz getroffen, denn es ist das einzig sich bewegende Objekt in der ganzen großen Stadt, ein MOVING TARGET. Der Blitz wird sein Ziel finden, wie er immer sein Ziel findet.*

Rasend schnell beschlagen die Scheiben. Als er die Lüftung anstellt, strömt schaler Geruch aus den Gebläseschlitzen. Heute ist der Tag der schlechten Gerüche. Vanessa starrt blicklos vor sich hin. Was hat sie nur, was hat sie nur, was hat sie nur schon wieder? Als er einmal heftig bremsen muss, weil irgendetwas auf der Straße liegt, reagiert sie nicht. Wenn sie ihn doch nur rüffeln würde! Ein Königreich für einen Rüffel.

«Guck mal, die Laternen, wie die sich herunterbiegen, sieht

es aus, als würden sie uns angrinsen.» So was in der Art, was Kleines, Harmloses. Er hat eine eigentümliche Empfindung auf der Zunge, etwas Pelziges, Stumpfes, so als sei sie eingeschlafen, ohne sich die Zähne zu putzen.

Die Parkplatzsuche zieht sich. Er fährt die Straße rauf und runter, runter und rauf, kreuz und quer. Da, endlich, leuchten Scheinwerfer auf, da fährt tatsächlich jemand weg. Schnell, schnell. Sie steigt aus und läuft zum Haus, während der Wind die Regentropfen in Schrotkugeln verwandelt. Im Schutz des Hauseingangs zündet sie sich eine Zigarette an. *Ich lasse sie fertig rauchen, dann steige ich auch aus.* Bis dahin hört er dem Knacken des abkühlenden Automotors zu.

Sie hat einen anderen Mann kennengelernt. Es hat sie getroffen wie der Blitz. Es ist der Mann ihres Lebens, das Beste von Vincent und das Beste von Carlo und noch irgendwas, mal zwei oder vier. Sie wird zu diesem Mann gehen, noch heute Nacht. Sie sucht nur nach passenden, endgültigen Worten. Das ist die Erklärung.

Oben in der Wohnung geht Vanessa als Erstes in die Küche, stellt sich ans offene Fenster und steckt die nächste Zigarette an.

Ich muss dir was sagen. Besser, du setzt dich.

Der Regen draußen ist leise und dünn geworden. Der Mond hängt am Himmel wie eine Lampe, die man am Morgen auszulöschen vergessen hat. Ihm fällt nichts Besseres ein, als die Spülmaschine auszuräumen. Der Spülmaschinendampf riecht nach Erbrochenem. Aber heute riecht ja alles nach Erbrochenem und Kot und Verwesung. Sie schaut ihn an, ihre Augen sind blau und leer wie der Weltraum.

«Mensch, bin ich erledigt. War ich sehr unkommunikativ? Sorry.»

«Ach so, macht nichts, mir war auch nicht so nach Reden zumute.»

«Dann bin ich ja beruhigt.»

Vierzehn

▌**Wollen wir uns die Tage mal treffen? Nur so. Keine Vorwürfe, kein Stress, kein Jammern. LG Julia**

Vanessa ist wieder mal für ein paar Tage nach Hildesheim zu ihrer Mutter gefahren. Ginge also.

▌**Gerne. Wie wäre es gleich morgen?**

▌**Okay.**

Julia ist mindestens fünf Kilo leichter, neue Klamotten, freshes Make-up, alles Verhangene, Graumäusige, Tantchenhafte verschwunden, ihr pflegeleichter Oma-Kurzhaarschnitt ist einer raspelkurzen Trendfrisur gewichen; eine beeindruckende Veränderung in der kurzen Zeit. Er hatte mit einer in Sack und Asche wandelnden Schmerzensfrau gerechnet. Na, die Trennung muss ja ein regelrechter Befreiungsschlag gewesen sein. Da steckt bestimmt ein Mann dahinter, da muss ein Mann dahinterstecken, natürlich steckt ein Mann dahinter, es steckt schließlich immer ein Mann dahinter. Ist sie gleich losgezogen und hat sich einen organisiert. Hätte er ihr gar nicht zugetraut.

Sie ist kein bisschen aufgeregt, kein bisschen befangen, kein bisschen traurig, kein bisschen bedürftig. *Seine* Julia war die mit den gelben nassen Haaren gewesen. Die Julia, die vor ihm sitzt, ist ein anderer Mensch.

Mein Julchen.

Sie hält sich an ihr Versprechen: keine Vorhaltungen, keine Aufarbeitung, keine Diskussion – nichts, was an sein schlechtes Gewissen appelliert. Es ist, als sei gar nichts vorgefallen, alles fühlt sich leicht an, wie zu Beginn ihrer Beziehung. *Es hatte schon seine Gründe, dass wir es so lange miteinander ausgehalten haben.* Langjährige Wegbegleiterin, gute Gefährtin. Einmal berührt Julia versehentlich seine Hand, und ein Schauer läuft ihm über den Rücken. Als er sich vorstellt, wie sie nackt aussieht, erschlankt, gestrafft, gepusht, meldet sich ein leichtes genitales Zucken. Wie schnell das geht.

«Komm, wir ziehen noch woandershin.»

«Ja, gut, wohin denn?»

«Egal.»

Sie latschen los, aufs Geratewohl. Es ist kurz vor eins, normalerweise liegt er um diese Zeit längst im Bett. Prompt werden sie von einem Schauer überrascht. Die Leute huschen wie schwarze Punkte umher und suchen Schutz vor dem Regen.

«Los, hier rein», befiehlt Julia und deutet auf eine Kneipe.

«Kennst du den Laden?»

«Nein, ist doch egal.»

Eine 24-Stunden-Kneipe, schmutzig, spakig, marode, trostlos, in der Luft ein hartnäckiger Geruch nach verstopften Toiletten. Der Gestank dringt ihm in Mund und Nase und gleitet seine Kehle hinunter.

Sie setzen sich in eine Ecke, bestellen Schnaps und Bier. Das Licht ist gelb und kränklich, die Luft sirupdick. Auf dem Tisch Mandarinenschalen, in denen jemand Zigaretten ausgedrückt hat, ein Kerzenstummel ragt aus einer von Wachs ertrunkenen, überquellenden Untertasse. *Das müsste mal jemand wegmachen.* Julia steckt sich eine Zigarette an, die erste heute Abend. Rauchen tut sie also noch. Es wird sich erst füllen, wenn die umliegenden Läden schließen, zwischen Mitternacht und drei ist eine Art tote Zwischenzeit. Etwa ein Dutzend Gäste liegen, hängen oder kleben auf Stühlen, Bänken, Hockern, verstreut wie Rucksäcke am Busbahnhof, die Gesichter wie leere Teller, und niemand scheint zu atmen. Ein alter Mann, verwaschen und ausgemergelt, geht zwischen den Tischen umher und brabbelt irgendetwas vor sich hin, wie ein durch die Gänge wandelnder Pflegeheimbewohner.

«Wollen wir wirklich bleiben?»

«Ja, passt doch.»

Passen? Wofür?

Er checkt unauffällig seine Nachrichten. Vanessa: gut angekommen, alles okay so weit, schöne Grüße. Sie ist in Hildesheim. Sie wird auf keinen Fall hier auftauchen. Für den Bruchteil einer Sekunde sieht er ihr Gesicht vor sich, dann verschwindet es wieder, verdunstet, löst sich auf wie ein Teelöffel Zucker in Wasser. Grüße zurück.

Ich hab nichts nichts zu verbergen, ich verbringe lediglich einen netten Abend mit einer alten Freundin, mehr nicht. Wirklich nicht? Ja, bis eben war es noch ganz nett.

Julia schweigt nun. Sie raucht. Bestimmt kratzt der Hals, sind die Lungen wund, schmeckt der Mund nach Asche. Wieso sagt sie nichts? Es gibt nichts Schlimmeres als Frauen, die nichts sagen. Da ist was im Anmarsch. Hat ihn hergelockt, und er ist bereitwillig in die Falle getreten.

«Wie geht es dir denn eigentlich gerade?», fragt er also hilflos.

«Willst du jetzt die Unterhaltung mit deinem üblichen Arsenal an abgebrauchten Formeln bestreiten? Das ist dir ja schon beim Trennungsgespräch perfekt gelungen.»

Dann doch.

«Immer weißt du die falschen Sätze auswendig.» Julia legt jetzt los. «So viele Sätze gibt es, die dummen und langweiligen merkst du dir alle.»

Was soll man darauf sagen?

«Nur dass du es weißt: Ich habe keinen Freund, keinen Liebhaber, niemanden. Im Unterschied zu dir.»

Woher weiß sie das?

«Sag nicht, dass es nicht stimmt.»

Sein Mund ist entsetzlich trocken, er muss sauer aufstoßen.

«Hältst du mich eigentlich für total bescheuert?»

«Nein, natürlich nicht.»

«Glaubst du, du bist in die höhere Liga gewechselt? Ist dein Marktwert doch noch höher, als du dachtest? Konntest du die vertrocknete Mathetante gegen eine junge, geile *Actress* upgraden? Dann könnt ihr jetzt ja schön zusammen Scheiße hören und reden.»

Ihm fällt nichts Passendes ein. Sie schaut ihn angriffslustig an.

«Kommt nichts? Meine Güte, wenn ich an die Zeit denke, die ich durch dich verloren habe. Die verschenkten Jahre, komplett pulverisiert. Und ich habe es echt gut mit dir gemeint. Immer.»

So fühlt es sich also an, wenn man mit dem Rücken an der Wand steht.

«Hast du wieder dein Mönchsgesicht aufgesetzt, mit der ewigen Leidensmiene? Damit kommst du heute nicht durch. Mein Gott, wie mich deine Depri-Fresse anödet. Man müsste den Staubsauger auf die Löcher in deinem Körper setzen und die Traurigkeit raussaugen. Oder Entkalker. Der ganze Schmodder und Kalk müsste mal richtig weggeätzt werden. Oder Backofenspray, das ginge auch.»

Die Sätze kommen pointiert, schnörkel- und schlackenlos, sie hat ihn in der Hand, sie treibt ihn in die Enge, macht ihn fertig, zerlegt ihn nach allen Regeln der Kunst.

«Was war unsere Beziehung eigentlich für dich? Eine stinkende Grube, in die du zufällig getreten und eingesunken bist? Du Armer, du tust mir aber leid.»

Je weniger er widerspricht, desto eher ist sie fertig. Vielleicht.

«Wenn es nach dir ginge, würdest du doch den ganzen Tag auf dem Teppichboden rumkriechen, furzen und mit dem Spielzeugauto Brumm-Brumm machen.»

Da hat sie recht. Oder im Gras sitzen und Weintrauben essen. Oder Äpfel pflücken.

«Mich würde echt mal interessieren, was du jetzt gerade denkst?»

Er denkt genau das, was man in einer hoffnungslosen Lage gemeinhin denkt.

«Hat sie eigentlich genauso viel Verständnis für dich wie ich? Kann ich mir kaum vorstellen. Oder reißt du dich bei der zusammen? Wahrscheinlich. Fragt sich nur, wie lange du das durchhältst.»

Sie mustert ihn triumphierend.

«So, und jetzt bist *du* dran. Lass dir ruhig Zeit.»

Er fühlt sich so allein, so traurig, so müde, so kaputt.

«Los jetzt. Sag irgendwas.»

Da alles Wesentliche bereits gesagt ist, zählt im sinnlosen Strom der Worte jedes Wort gleich viel. Also sagt er irgendwas. Kinder. Er redet, faselt was über Kinder. Dass sie nie drüber gesprochen hätten, über gemeinsame Kinder, ob sie überhaupt Kinder, eine Familie will. Dass er nicht im Wege stehen wollte. Banales, dummes Zeug.

«Ist das dein Ernst? Du fragst mich, ob ich Kinder will? Dann pass mal genau auf, zum Mitschreiben: Ich habe nichts gegen Kinder, ganz und gar nicht. Aber sie langweilen mich, ich kann nichts mit ihnen anfangen. Ihre schrillen Stimmen rauben mir den letzten Nerv, ihr Rumgewusel macht mich kirre, es stört mich, dass sie keine meiner Interessen teilen, wie auch ich keines ihrer Interessen teile. Kinder, die noch nicht richtig sprechen können, finde ich nicht niedlich, sondern dumm.

Wenn ich Kinder hätte, würde ich mich nach der Zeit sehnen, wenn sie erwachsen sind und mich nur noch zu Weihnachten besuchen kommen. Deswegen ist es besser für mich und besser für die Kinder, dass ich keine habe. Okay? Hast du das verstanden?»

«Ich glaube schon.»

«Wie bitte? Sprötzel, Sabber, Spuck. Red mal ein bisschen lauter.»

Jetzt fallen alle Grenzen. Sie stopft ihn tiefer und immer tiefer in einen dicken, schwarzen, stinkenden, selbstschließenden Sack.

«Und jetzt setz dich mal zu mir, damit ich nicht so brüllen muss.»

Er gehorcht. Jetzt hocken sie nebeneinander auf der Bank, wie früher. Aber es ist noch lange nicht vorbei, denn jetzt folgt der zweite Teil, genannt *Tribunal der Erinnerung*, sein Gedächtnis auf dem Prüfstand. Sie weiß um sein löchriges Gedächtnis, sie wird ihm sein verdammtes Greisenhirn so richtig um die Ohren hauen.

Sie hatten am Anfang ihrer Beziehung mal zwei Tage und Nächte durchgehend im Bett verbracht, Fernsehen, Essen, Sex, wie Pärchen das eben so machen, am Anfang. Aber er kriegt es nicht mehr richtig zusammen, kann sich nur noch an Bruchstücke erinnern.

«WIE, DAS WEISST DU NICHT MEHR!?»

Tut mir leid.

Wochen, ganze Monate sind wie ausgelöscht.

«DANN SCHEINT ES DIR JA NICHT BESONDERS VIEL BEDEUTET ZU HABEN.»

Das kann man so nicht sagen.

«WIE KANN MAN ES DENN SAGEN?»

«Tja», macht er sinnlos.

«Und als ich mit dir in der Notaufnahme war? Und sechs Stunden gewartet habe?»

Notaufnahme? Wann soll das denn gewesen sein? Was war da los gewesen? Die gemeinsame Vergangenheit türmt sich höher und höher in ihm auf, ein Sperrfeuer aus allen Phasen der Beziehung hagelt auf ihn ein, vielleicht ist was Passendes dabei.

«VERSTEHE ICH ES RICHTIG, DU KANNST DICH AN PRAKTISCH NICHTS ERINNERN? SCHWACH, SEHR SCHWACH.»

Es ist, als hätte sein Gehirn einen Zugriffsfehler.

«UND BODRUM? WAS IST MIT BODRUM?»

Ihr erster gemeinsamer Urlaub, zwei Wochen Türkei, hängt verschwommen am Rande seines Gedächtnisses.

«DAS KANN DOCH NICHT ANGEHEN, DASS DER KOMPLETTE URLAUB AUSGELÖSCHT IST.»

Doch, leider. Dafür weiß er einiges, an das *sie* sich vielleicht nicht erinnern kann. Selektion des Gedächtnisses, der eine erinnert dieses, der andere jenes, wie es im Oberstübchen eben so zugeht.

«AN WAS ERINNERST DU DICH DENN, WAS ICH NICHT MEHR WEISS?»

Dies. Das. So auf die Schnelle …

«WIE KOMMST DU DARAUF, DASS ICH MICH DARAN NICHT ERINNERE? ICH WEISS NOCH JEDES DETAIL. FRAG RUHIG.»

Ach so. Er zuckt hilflos mit den Schultern.

«ABER WIE ICH HEISSE, WEISST DU SCHON NOCH?!»

Ja. Bitte, Gnade, ich kann nicht mehr.

«Hey.»

Eines der herumspukenden Gespenster lässt sich auf den Stuhl plumpsen, auf dem er gerade noch gesessen hat. Es sieht aus, als hätte es keine Arme, keine Beine, keinen Hals, ein kompakter Block aus Fleisch; Brust und Bauch zu einem Fettkübel verschmolzen. Es könnte sich um eine alte, kranke Schildkröte handeln oder um eine Krabbe, die man aus ihrem Gehäuse gezogen hat, oder um einen Sack voll Knochen, oder um eine schlaffe eingeknickte Puppe, aber wenn man sich die Mühe macht, genau hinzuschauen, erkennt man, dass es eine Frau ist.

«Wer seid *ihr* denn eigentlich?»

Kinn und Nase treffen sich vor dem eingefallenen Mund.

«Entschuldigung, aber wir haben hier gerade …»

«Wieso», unterbricht Julia ihn. «Lass die Frau doch. Die hat bestimmt mehr zu erzählen als du.»

Die Frau heißt Frauke und hat sogar eine ganze Menge zu erzählen. Werner, das Schwein, der Verräter, hat sie verlassen, gestern Nacht oder vorgestern Nacht, oder irgendwann Nacht. Alles hat er mitgehen lassen, sogar den Hund. Den Hund, muss man sich mal vorstellen, alt, steifbeinig, fleckig, hat überhaupt keinen Wert mehr.

Frauke ist eine echte Verrückte, laut, aggressiv, unberechenbar. Sie brabbelt und gähnt gleichzeitig. Sie reißt den Mund beim Gähnen so weit auf, dass ihr die Tränen über die Wangen rinnen. Ihr Gebrabbel schwillt an und steigert sich ins völlig Irre.

«Die taubstummen Könige der Apokalypse kommen, um zu fressen, bis nichts mehr übrig ist.»

Unvermittelt brechen verzweifelte Schluchzer aus ihren Lungen hervor, Schluchzer mit Widerhaken, die mehrere Anläufe brauchen, um zu entweichen. Sie steht auf und geht nach draußen, wo die taubstummen Könige schon auf sie warten. Ihre verrotteten Zähne spuckt sie einen nach dem andern in den Rinnstein, bevor sie mit ihrem Gefolge weiterzieht.

«Hoffst du, dass unser Gespräch jetzt vorbei ist wegen der armen Irren? Da hast du dich aber geschnitten. Wir machen genau da weiter, wo wir aufgehört haben. Weißt du überhaupt, wo wir aufgehört haben? Wahrscheinlich nicht.»

Und weiter geht's.

Um vier füllt es sich explosionsartig. Er müsste dringend mal zur Toilette.

«GLEICH KANNST DU PISSEN GEHEN. WENN ICH MIT DIR FERTIG BIN. ABER DIE PAAR MINUTEN HÄLTST DU NOCH DURCH!»

Irgendwann, er hat die Hoffnung schon aufgegeben, ist sie tatsächlich fertig.

«*Jetzt* kannst du pissen gehen.»

Es brennt, als wäre das Zitronensäure. Statt eines einzigen Strahls schießen mehrere dünne, schiefe aus seinem Schwanz. Er sieht seine Züge im zerbrochenen Spiegel zerfließen und wünscht sich, der Laden hätte einen Hinterausgang, durch den er fliehen könnte, aber der einzige Ausweg ist zu bleiben.

«KOMM!»

Sie nehmen ein Taxi zu ihm und ficken. Sie ficken wie vor einer Hinrichtung, ihr bester Fick ever. Dann liegen sie stumm beieinander, er darauf wartend, dass sie geht, sie darauf wartend, dass er einschläft. Und das tut er irgendwann.

Unendlich langsam taucht er vom Grund eines schwarzen Schlafes auf, Kopfschmerzen steigen in ihm auf wie Flutwellen. *Ich muss unbedingt weniger trinken. Wenn ich nicht aufpasse, werde ich enden wie der taubstumme König der Apokalypse. Vollgeschissen und vollgekotzt, krepiert an multiplem Organversagen.*

Aber da war doch noch was. In seinem Hirn stockt das Blut, eine eiserne Hand presst seinen Sack zusammen. *Das ist nicht wirklich passiert.* Liegt Julia etwa neben ihm? Er hält die Augen krampfhaft geschlossen. Kein Atmen, kein Nichts, nur die Geräuschkulisse seiner Wohnung: Knarren und Knacken der Möbel, Ticken der Uhr, der Kühlschrank brummt, die Mehlwürmer kriechen. Er hält es nicht länger aus und öffnet die Augen einen Spaltbreit. Die Sonne scheint durch das Rollo und füllt das Schlafzimmer mit schwefelgelbem Licht. Es muss irgendwas mit früher Nachmittag sein.

«Bist du wach?»

Bitte nicht!

«Komm, fick mich noch mal. Das muss man ausnutzen.»

Schon bewegt sich ihre Hand auf und ab. Er ist am Boden zerstört und zugleich geil, er kann nichts dagegen tun. Menschen und Schimpansen gleichen sich genetisch zu 99,4 Prozent, was will man machen. Als sie kommt, beißt sie ihn heftig in den Arm.

«Sorry. Das wollte ich nicht.»

Von wegen. Sie will ein letztes Mal Spuren hinterlassen. Wenigstens hat sie ihm nicht in den Hals oder Kopf gebissen.

«Ich geh mal duschen.»

Sie liest ihre Klamotten auf und geht ins Bad. Sie duscht und duscht und duscht in aller frechen Seelenruhe und hört nicht auf zu duschen. *Hau doch ab, mach das doch zu Hause alles!* Ob sie Vanessas Handtuch benutzt, Vanessas Zahnbürste, Vanessas Schminksachen? Mitgehen lässt? Zerstört?

«Also tschüs dann.»

Zum Abschied lässt sie noch mal ordentlich die Tür knallen.

Es wird hundertprozentig rauskommen. Weil immer alles rauskommt, wahrscheinlich ist es bereits rausgekommen. Oder nicht? Woher wusste sie überhaupt von Vanessa? Die Gedanken ziehen neue Furchen in sein Hirn, mit jeder Umdrehung graben sie sich tiefer. An Arbeit ist nicht zu denken, an nichts ist zu denken, es gilt, den Tag herumzubekommen, sich irgendwie in den Abend zu retten und darauf zu hoffen, dass der *Zwischenfall* bereits morgen schon halb verjährt ist. Einmal drüber schlafen – halb verjährt. Zweimal drüber schlafen – ganz verjährt. Eine Woche drüber schlafen – man glaubt selbst nicht mehr, dass es passiert ist. Wenn man sehr viel Glück hat, läuft das so.

Bis dahin gibt es einiges zu tun. Er muss sofort das Bett neu beziehen, Handtücher wechseln, die Wohnung so lange auf den Kopf stellen, bis jedes Haar, jede Schuppe, jeder Abrieb, jede noch so winzige Spur getilgt ist.

Als er aufstehen will, wird ihm so schwindlig, dass er sich am Nachttisch festhalten muss, wühlende, bohrende Kopfschmerzen pressen ihn zurück ins Bett. Er kann nicht, er kann einfach nicht, er kann jetzt gerade nicht. Zum Glück hat er noch Zeit, Vanessa kommt erst morgen zurück, vielleicht verlängert sie sogar, in ihrer letzten Nachricht klang so was an. Und übermorgen ist alles vergessen. Niemand hat etwas gesehen, niemand etwas gehört, und Julia wird dichthalten, das war eine Sache zwischen ihr und ihm.

Morgen früh, wenn er ausgeschlafen, nüchtern und klar im Kopf ist, wird er der Wohnung mit Chemiekeulen, Rohrfrei, Bleichmitteln, Chlorreinigern, Essig, Zitronensäure, Tensiden, Aluminiumoxid, Phosphaten zu Leibe rücken, nichts wird er dem Zufall hinterlassen. Übelkeit durchläuft ihn in Wellen, baut sich auf, ebbt ab und lässt ihn schlaff, am ganzen Körper zitternd zurück. Übelkeit hin, Verzweiflung her, er muss die Sachen besorgen, jetzt, gleich, unverzüglich, sofort.

Länger als jemals ein Mensch zuvor zieht er in den Gängen des Drogeriemarktes seine Kreise, fasziniert von perfekter Reinheit, erbarmungsloser Hygiene und 99,98-prozentiger Desinfektion.

«Entschuldigung, suchen Sie etwas Bestimmtes?»

Das kundenfreundliche Gesicht des Filialleiters ist glatt wie das Gesicht eines konservierten Embryos. Wahrscheinlich hat er bereits die Polizei verständigt und verwickelt ihn nun bis zu deren Eintreffen in ein Gespräch.

«Nein, danke. Ich komm schon klar.»

Erleichtert darüber, den Einkauf glücklich überstanden zu haben, schenkt er dem Verkäufer der Obdachlosenzeitung sein gesamtes Silbergeld, zehn Euro. *Der hat es gut, sitzt bei gutem Wetter vor der schönen Filiale und braucht sich keine Sorgen zu machen.* Er ist wie immer neidisch auf Rentner, Tiere und Vagabunden, die frei sind und den ganzen Tag tun und lassen können, was sie wollen.

Nachdem er alles ausgepackt und wegsortiert hat, legt er sich ins Bett. Der eigentliche *Reinigungsvorgang* folgt dann gleich morgen früh. Es beginnt zu regnen. Regen ist das Schönste, was es gibt auf der Welt, gefolgt von *vom Kalten ins Warme kommen*: bei klirrender Kälte in die ofenwarme Stube.

Regen ist ein feines, dämpfendes Geräusch, Ruhe, die sich sanft um die Welt faltet. Bald geht das Prasseln in ein Tropfenspiel über, fällt ungleichmäßig von den Ästen und Blättern. Langsam wird er müde. Wie schön. Endlich. Sobald ihm ein Gedanke in den Kopf kommt, löscht ein anderer ihn aus. Ja, ja, bitte, bitte, lass mich schlafen! Der Schlaf ist die Zeit der Gnade, die einzige.

RRIINNGGGG. Es ist so finster, dass er nicht weiß, wo er ist. Wenn Regen das Schönste ist, was es gibt auf der Welt, dann ist das Schlimmste, im Dunkeln aus dem Schlaf gerissen zu werden.

Es ist vollkommen klar, dass Vanessa vor der Tür steht. Sie hatte Streit mit ihrer Mutter und ist überstürzt abgereist, so was in der Art. Die Katastrophe ist eingetroffen, aus dem Nichts, im unpassendsten Augenblick, als er *ein einziges Mal* nicht damit gerechnet hat.

RRRINNG. Es fährt ihm durch Mark und Bein. Nach jedem Klingeln folgt eine Pause von etwa zehn Sekunden. Drei, zwei, eins: RRRINNG. RRINNG.

Noch nicht mal das Bett hat er neu bezogen, das Bett der Sünde und schwerer Vergehen. *Bitte lass sie unverrichteter Dinge wieder abziehen.* RRRINNG. *Sie weiß, dass ich da bin.*

RRRING. Unter seinen Achseln wird es eiskalt.

RRINNG. Er ist von allen Seiten umstellt.

«Hallo? Bist du da?», dringt es durch die Wohnungstür.

Sie ist es wirklich. Weiterer Widerstand sinnlos. Es bleibt nur die Frage, ob er ihr gleich die Wahrheit sagen oder darauf warten soll, bis sie ihn entlarvt hat.

«Entschuldigung, ich muss so tief geschlafen haben wie ein Stein, ich hab die Klingel echt nicht gehört. Wartest du schon lange?»

Meine Güte, ist sie dünn. *Oblatendünn*, als könnte der Wind sie umblasen. Wenn sie sich ein paar Tage nicht gesehen haben, fällt ihm immer besonders auf, *wie* dünn sie ist.

«Kann ich heute bei dir bleiben?»

Was für eine Frage.

«Was für eine Frage.»

Die Haarnadeln sitzen auf ihrem Kopf wie Miniaturbajonette.

«Sag mal, wie siehst du eigentlich aus?»

Ja, wie sehe ich denn eigentlich aus?

«Wie denn?»

«Wie einer, der durchgesoffen hat. Aufgeweicht und gleichzeitig eingeschrumpelt.»

«Ich war mit Frieder beim Griechen. War nichts los, deshalb hat sich der Chef mit 'ner Flasche Ouzo dazugesetzt.»

«Aha.»

«Ja, leider. So was passiert aber nur einmal im Jahr.»

«Irgendwas riecht komisch. Hattest du Besuch?»

Okay, das war's. Alle Farbe weicht aus seinem Gesicht, er wird kreidebleich, bleicher als bleich, bleicher als der Mond. Zum Glück ist es dunkel, und im Dunkeln sieht man nicht.

«Halloo?»

«Nein, wer soll denn da gewesen sein, wie kommst du darauf?»

«War ein Scherz.»

«Ach so. Vielleicht die Knoblauchfahne vom Griechen. Das riecht nach einem Tag nicht mehr nach Knoblauch, sondern anders, ganz seltsam.»

«Ach ja?»

«Hast du morgen eigentlich was vor?»

Hoffentlich hat sie. Hoffentlich muss sie früh hoch. Hoffentlich schaut sie dann nicht so genau hin.

«Am Nachmittag ein Casting. Wir können ausschlafen.»

«Das ist ja schön.»

Er weiß nicht mehr weiter. Ihm kommen die Tränen, ein schwaches Gepladder, eine wässrige Absonderung.

«Ich geh noch schnell Zähne putzen.»

Irgendetwas wird sie finden, denn jeder Mensch hinterlässt Spuren. Lippenstift am Handtuch, Haar in der Bürste, Ohrring am Waschbeckenrand, Strumpf auf dem Boden. Obwohl Julia die Wohnung ja wohl auf Strümpfen verlassen haben dürfte.

Als er seine glühend heißen Hände an der Bettdecke kühlen will, bekommt er etwas zu fassen. 93% Baumwolle, 7% Lycra, knallrot: Julias Höschen.

«Das tat gut. Kann ich mich noch ein bisschen bei dir anlehnen?»

Ja, gleich, müsste er sagen, ich geh mir auch noch schnell die Zähne putzen. Dann könnte er das Höschen tief im Hausmüll vergraben, und die Sache wäre erledigt.

Aber er kommt nicht drauf.

«Ja, natürlich.»

Sie kuschelt sich an seine linke Seite. In der linken *Hand* hält er das Höschen fest umschlossen. Sie bewegt ihren Kopf hin und her, wie eine Katze, die gestreichelt werden will.

«Nimm mich doch mal *richtig* in den Arm. Sag mal, du bist ja ganz verkrampft, machst du etwa eine Faust?»

«Nein.»

Er schnippt das Höschen mit Daumen und Zeigefinger weg. Es bleibt auf dem Rand der Matratze liegen, bevor es mit ein paar Sekunden Verzögerung zu Boden fällt.

Julia muss, getrieben von Rache und Vernichtungswillen, alles von langer Hand geplant haben, sie hat das röteste aller roten Höschen als Falle ausgelegt. Es kommt ihm vor, als hätte er diese Szene geträumt. Er weiß auch, was folgen wird:

«Du bist ja vollkommen durchgeschwitzt. Ist was nicht in Ordnung?»

«Doch, doch, alles okay.»

«Du wirst dich erkälten. Ich hol dir einen neuen Schlafanzug.»

«Nein, nein, das mach ich selber.»

«Bleib liegen, ich muss sowieso zur Toilette … sag mal, was ist das denn da eigentlich? Was ist das? Von wem ist der?»

Der Traum löst sich auf, zerfällt in seine Bestandteile, fügt sich wieder zusammen und beginnt von neuem in ähnlicher Form.

Wenn er nur die Nacht über so tun könnte, als sei nichts geschehen. Sein Atem geht schnell, unruhig und stoßweise. Ruhig, ruhig, bändigen, die Nerven niederpressen, nichts Unsinniges tun. Meditieren müsste man können. Entspannungstechniken beherrschen. Body Scan. Autogenes Training. Wie dem auch sei: Es gibt Dinge, die unverzüglich erledigt werden müssen. Bei jedem Wetter, unter allen Umständen! Möglichkeit 1: Sich über sie beugend nach dem Höschen angeln. Falls sie aufwacht, einen Albtraum vorschützen, laut schreiend über sie hinwegrollen und den Slip unter sich begraben. Er verwirft die Idee als so riskant wie lächerlich und in seinem Zustand sowieso nicht durchführbar. Gott, denkt er, lieber Gott. Wirst du mir helfen, fragt er. Nein, antwortet Gott, sieh zu, wie du klarkommst.

Neben ihm werden ihre Atemzüge regelmäßiger und tiefer.

Er lässt sich auf den Boden gleiten und robbt in Guerillamanier um das Bett herum auf ihre Seite. Als der Slip in Reichweite kommt, meldet sich im Hals ein Kratzen. Gegen einen Hustenanfall ankämpfend, hält er die Luft an, bis er Sterne sieht. Minutenlang verharrt er in der Stellung, bevor er seinen Arm Millimeter für Zentimeter ausfährt. Gerade als seine Fingerspitzen den Slip berühren, stößt Vanessa tiefe Seufzer aus. Er friert in der Bewegung ein und versucht seinen Atem so zu regulieren, dass er im gleichen Rhythmus atmet wie sie. Im Magen meldet sich ein brennendes Sickern. Gott, denkt er, lieber Gott, lass mich Herr über meine Eingeweide bleiben. Es liegt nicht in meiner Hand, antwortet Gott. Vanessa, vom Aufwachen nur noch durch einen hauchdünnen Schlaffilm getrennt, stöhnt, schnauft, murmelt, dreht ihren Kopf ruckartig von der einen auf die andere Seite. Sein Arm wird taub. Los! All seinen Mut zusammennehmend tritt er, das Höschen zwischen den Zähnen, den Rückzug an. Noch drei Meter, noch zwei, noch einen … Draußen heult die Sirene eines Notarztwagens auf. Jetzt oder nie. Mit einem gewaltigen Sprung hechtet er ins Bett und versteckt das Höschen unter seinem Kopfkissen.

«Hallo? Was ist denn los?»

«Die dummen Schweine haben nichts Besseres zu tun, als mitten in der Nacht Blaulicht und Sirene zu testen. Ich mach mal das Fenster zu.»

«Ja, bitte.»

Er hat das Problem gelöst, ganz allein, ohne Gottes Hilfe.

Das Kissen ist glühend heiß, als er ins Bett zurückkehrt, als strahlte das Höschen atomare Hitze ab.

«Bist du wach? Ich kann nicht einschlafen.»

«Ich auch nicht. Ich geh nach nebenan was lesen, dann störe ich dich nicht.»

«Nein, bitte bleib hier! Nimm mich in den Arm, bis ich eingeschlafen bin.»

Er tut, wie ihm geheißen. Eine Erektion ist im Anmarsch.

«Fester. Umarm mich doch mal *richtig.*»

Geht nicht, sonst wird's peinlich. Ihm platzen gleich die Eier. Bestimmt hat Julia noch anderswo Fallen ausgelegt.

HALLO. ER HAT DICH BETROGEN. GLAUB IHM KEIN WORT. MADAME X.

Mit rotem Lippenstift geschrieben, röter als das Höschen. Er müsste die Wohnung heimlich, still und leise und unverzüglich auf den Kopf stellen. Er grübelt und grübelt und grübelt, doch hat er seine ganze Kraft am roten Höschen verbraucht. Die Augen fallen ihm zu, sein Atem verlangsamt sich und wird ruhig und gleichmäßig.

«Also dann, ich muss jetzt los.»

Er fährt aus dem Schlaf hoch. Sie steht in der Tür, gestiefelt und gespornt, Mantel an, Tasche um, Haare hochgesteckt.

«Wie, los? Wohin denn?»

«Ich fahre erst zu mir, frische Sachen holen, dann zum Casting und dann weiter nach Hildesheim.»

«Schon wieder Hildesheim. Ist das dein Ernst?»

«Ich pack das gewissensmäßig nicht, sie alleine zu lassen, hab ich grad gemerkt. Ich wollte, ich könnte, aber es geht nicht.»

«Versteh ich ja. Trotzdem schade. Wollen wir ein paar Tage ans Meer oder so fahren, wenn du wieder da bist?»

«Du bist süß. Mal sehen, ob ich in der Verfassung bin.»

«Na gut. Sag Bescheid, dann buche ich was.»

«Ich hätte gestern gerne mit dir geschlafen.»

Damit kommt sie jetzt.

«Du hättest ja was sagen können. Oder andeuten.»

«Ich kann das nicht so gut.»

Ach so.

«Ich muss jetzt wirklich. Ich melde mich, sobald ich im Zug sitze.»

Jetzt kann er endlich den verdammten Slip entsorgen.

Er greift unters Kopfkissen.

Er schüttelt sein Kopfkissen auf.

Er schüttelt Vanessas Kopfkissen auf, er schüttelt die Decke auf, er zieht das Laken ab: irischgrün, so weit das Auge reicht.

Vielleicht hat sich das Ding irgendwo *verfangen*, liegt, zu einem winzigen roten Etwas geknüllt, in einem Spalt, in einer Fuge, Ritze. Doch findet sich in sämtlichen Fugen, Spalten und Ritzen nur Krumpelkram: Sand, Krümel, Haare, ein Brillenputztuch, eine Fernbedienungsbatterie.

Er schaut *unters* Bett, *in* den Schrank, *auf* das Fensterbrett. Weg, verschwunden, futschikato. Hat er das Teil schlafwandelnd entsorgt? Er durchwühlt den Mülleimer in der Küche. Den Papierkorb im Wohnzimmer. Den Kosmetikeimer im Bad.

Und wenn *sie* nun das Höschen gefunden und eingesteckt hat, um es bei passender Gelegenheit als eine Art Supertrumpf auszuspielen? Die Paranoia schläft nicht.

Bestimmt findet sich der Slip wieder an. Irgendwann, wenn man nicht mehr damit rechnet, kennt man ja.

Nachmittags dann eine SMS.

War mit Mutter beim Arzt, er empfiehlt andere Medikation, aber sie sträubt sich. Bleib heute erst mal noch hier. Jetzt Einkäufe. Vermisse dich.

Gut. Beruhigend. Mit jedem einzelnen Tag wird es unwahrscheinlicher, dass was rauskommt. Es gelingt ihm, ein paar Stunden zu arbeiten, ohne ein einziges Mal an sie zu denken.

Vielleicht hat ein Windstoß den Slip durchs offene Fenster geweht, und jetzt hängt er in einem Baum oder Strauch oder in einer Hecke. Er geht nachschauen.

Später am Abend noch eine SMS mit leichten Variationen, Mutter blablabla, wünschte, ich wäre bei dir. Er stellt sich vor, dass es so weitergeht. Täglich kurze Updates. Aus Tagen werden Wochen, aus Wochen Monate, aus Monaten Jahre: Mutter blablabla … schade, dass du nicht bei mir bist. Vanessa in winzigen Dosen, Mikroeinheiten, Spurenelementen, homöopathisch verdünnt, ein Teil auf eine Million, auf eine Milliarde Teile. Eine Fern- und Wohlfühlbeziehung, im Unterschied zur *Voll*kontakt- (siehe Kampfsportarten) eine *Leicht*kontaktbeziehung. Eine Leichtkontaktbeziehung mit einer Leichtköstlerin, passt doch. Regelmäßige Nachrichten, gelegentliche Anrufe, seltene, dann aber akribisch geplante Treffen, damit so gar nichts schiefgeht. Hildesheim: nicht zu nah und nicht zu weit. *Aus der Ferne bete ich dich an.*

Fünfzehn

Peter, sein guter alter Schulfreund (der, von dem er schon so lange nichts gehört hat), ruft an. Ob er nicht Zeit und Lust habe, ihm *in* einer Woche *für* eine Woche in Kroatien Gesellschaft zu leisten. Kroatien? Ja, Hotel sei gebucht *und* bezahlt, lediglich um die Anreise müsse er sich kümmern.

«Soso, aha. Wie komme ich zu der Ehre?»

Eigentlich, das müsse er *unumwunden* (was für eine verschwurbelte Ausdrucksweise) zugeben, wollte er mit Jessica (seiner Frau) verreisen, das habe sich jedoch unterdes zerschlagen.

«Wieso das denn?»

«Ehe kaputt.»

«Weiß ich gar nichts von, noch nicht mal, dass es überhaupt gekriselt hat.»

«Siehst du, wir haben schon viel zu lange nichts voneinander gehört. Aber die Gründe jetzt in allen Einzelheiten darzulegen, würde den Rahmen eines *kurzen* –»

«Wieso kurz? Ich hab Zeit.»

«– Telefonats sprengen, alles Weitere dann vor Ort.»

«Vielleicht kannst du mir wenigstens verraten, wohin *genau* die Reise gehen soll.»

«Opatija.»

«Nie gehört.»

«Ehemaliges Seebad aus der K.-u.-k.-Zeit, an der Adriaküste. Das Nizza Kroatiens, einmalige Architektur, wie aus der Zeit gefallen, exklusiv, mondän, atmet noch den Geruch der Donaumonarchie. Ich war schon zweimal da.»

Er fragt Peter noch, ob er es sich bis morgen überlegen könne. Dabei gibt's nichts zu überlegen.

«Hallo, Vanessa, ich hoffe, es kommt nicht ungelegen.»

«Nein. Ist irgendwas Schlimmes passiert?»

«Nichts Schlimmes. Wie geht's deiner Mutter?»

«Hab ich dir doch geschrieben. Nichts, was du nicht schon weißt. Ein ewiges Hin und Her, ganz schön anstrengend.»

«Ach so. Ja.»

«Nun sag schon, was los ist.»

«Peter, ein alter Freund aus Schulzeiten, hat mich gefragt, ob ich nächste Woche spontan mit ihm nach Kroatien fahren möchte, nach Opatija, das ist ein ehemaliges Seebad der K.-u.-k.-Monarchie, gewissermaßen das Nizza Kroatiens. Wahnsinnig schöne Architektur auch, das atmet noch den Geruch der Donaumonarchie.»

«Aha. Wer ist denn Peter eigentlich? Du hast noch nie von dem erzählt.»

«Ich hab ihn seit zwei Jahren nicht mehr gesehen, deshalb ist er ein wenig aus dem Fokus (was redet er da?) geraten. Lebt in Nürnberg. Ich würde natürlich viel lieber mit dir fahren.»

«Und was ist mit deiner Arbeit? Kannst du dir das denn leisten?»

Unverschämtheit.

«Eigentlich nicht. Ich verballer schnell noch beim Springbreak Europe meine letzte Kohle, und dann ab dafür.»

«Du bist heute ja wieder witzig. Jetzt mal im Ernst.»

«Wie, im Ernst? Ich werde doch noch mit einem Freund ein paar Tage wegfahren dürfen. Wir gehen weder ins Casino noch in den Puff, und besaufen werden wir uns auch nicht jeden Tag.»

«Ich glaube, wir beenden das Gespräch an dieser Stelle.»

«Wenn du dagegen bist, sag es. Dann fahre ich nicht.»

High Roller pokern hoch oder gar nicht.

«Wirklich? Okay, ich wünsche mir, dass du bleibst.»

Pause. Schweigen. Stille.

«Hallooo? Glaubst du etwa, dass ich das ernst meine?»

Natürlich glaubt er das. Wenn er eines glaubt, dann das.

«Nein, natürlich glaub ich das nicht.»

«Ich freu mich für dich. Ich hab etwas überreagiert, weil es hier so stressig ist. Und weil in letzter Zeit alle Castings in die Hose gehen.»

«Ja? Tut mir leid.»

«Wir können ja heute Abend noch mal telefonieren.»

Eigentlich lieber nicht.

«Klar. Gerne.»

«Lerne ich Peter irgendwann auch mal kennen?»

«Natürlich.»

«Na gut. Ich muss Mama jetzt ihr Essen machen.»

«Schöne Grüße unbekannterweise.»

«Gehab dich wohl, Liebster.»

Liebster. Hatte sie ihn schon mal so genannt?

«Das klingt aber schön. Ja, du dich auch, Liebste.»

«Ich komm mit.»

«Sehr gut, bravo, wusste ich. Hoffentlich bekommst du noch einen Flieger.»

«Ja, hoffentlich.»

«Und wenn nicht?»

«Nehme ich den Zug. Oder zur Not Auto.»

«Wir haben viel zu bereden.»

Als er morgens kurz nach elf zum ersten Mal im Leben kroatischen Boden betritt, fährt ihm die Hitze der Landebahn wie ein K.-o.-Schlag ins Gesicht. Dabei sind es noch verhältnismäßig kühle 29 Grad, morgen sollen es 32 werden, dann dreimal 33, 34, 32 und am Abflugtag abermals 32 Grad. Er hatte überhaupt nicht darüber nachgedacht, dass es womöglich eine schlechte Idee sein könnte, sich im Hochsommer in *südliche Gefilde* zu begeben. Tja, im Winter friert man, und im Sommer bekommt man keine Luft. Von Peter kommt eine Nachricht, in der er sein Eintreffen für den frühen Nachmittag ankündigt.

Die Taxifahrt vom Miniflughafen Rijeka (1 Terminal, 1 Start- und Landebahn, 1 Gepäckband) nach Opatija führt über steil ansteigende und wieder abfallende Straßen. Er schaut aus dem Fenster und versucht, sich alles genau einzuprägen, dabei gibt es außer graurötlicher Ödnis nicht viel zu sehen. Seltsame Marotte, bereits während des Transfers zu versuchen, jede Einzelheit im Gedächtnis zu behalten, als gäbe es dafür keine weiteren Gelegenheiten.

Von weitem sieht Opatija aus wie eine Ansammlung von Leberflecken, aus der Nähe wie die Miniaturausgabe einer untergegangenen Sommerresidenz eines untergegangenen Königreiches. Mondäne Villen und Hotels, verblichene Sommerhäuser und Pavillons, allein ein Sechziger-Jahre-Plattenbau-Betonklotz ragt als hässlicher Fremdkörper elf Stockwerke hoch in den Himmel. Das ist bestimmt das Hotel Ambasador, denkt er, und er hat recht.

Das Ambasador *riecht* sogar nach Beton. Das Mobiliar des Foyers besteht aus dunklem schwerem Holz, dunkelbraunen Ledersofas, dunkelbraunen Ledersitzen, dunkelbraunen, auf Hochglanz polierten Böden. In der Mitte des Foyers ist als Blickfang ein Formel-1-Bolide aus den achtziger Jahren ausgestellt. Warum auch immer.

Sein kleines, mit einer Art Eidotter oder in der Farbe von Dosenartischocken gestrichenes Zimmer liegt im neunten Stock. Es riecht nach Trockenfäule und leicht chemisch. Aus der Klimaanlage bläst in Stufe I ein schaler, lauwarmer Wind, in Stufe II ist die Lüftung laut wie eine Bohrmaschine, andere Stufen gibt es nicht. Er setzt sich auf den einzigen Stuhl und beobachtet eine schwarze, metallisch schimmernde Fliege, die brummend gegen das geschlossene Terrassenfenster stößt.

Sein Kopf ist ganz schwer. Man müsste ihn abmachen und durch etwas Leichtes ersetzen, einen Grillanzünderkarton oder, besser noch, eine Brötchentüte. Er fährt hinunter auf Ebene U 2 und bestellt an der Poolbar ein Tuna-Sandwich. Um ihn herum Heerscharen tobender, kreischender, brüllender Kinder, deren Energie in starkem Kontrast zu seiner eigenen steht. *Wartet nur ab, ihr werdet auch mal alt.*

Peter wirkt nach der achtstündigen Autofahrt vollkommen erledigt. Sein Gesicht ist hellrot verbrannt, und als er sein Käppi abnimmt, sieht man die Trennlinie zwischen der knallroten und der knallbleichen Haut. Er hat bestimmt zehn Kilo zugelegt und sieht aus wie aufgegangener Teig. Irgendwas um die Augen ist alt geworden. Außerdem scheint sein Kopf größer geworden zu sein. *Kleine Schuhgröße, großer Kopf.* Er macht wirklich keinen guten Eindruck. Nach einem etwas zu schnell abgespulten Begrüßungsritual schnarrt Peter: «Ich gehe eben aufs Zimmer, Treff in fünfzehn Minuten am Pool.»

Er fühlt sich benommen, beklommen, zerquetscht und zermatscht. Die Leute um ihn herum kommen ihm beneidenswert vor, allein schon, weil sie nicht in seiner Haut stecken. Schön wäre es, wenigstens stundenweise dazuzugehören, statt *immer* nur außen vor zu bleiben.

Ein vielleicht zehnjähriger Junge stellt sich an den Rand des Swimmingpools und nascht aus einer Tüte Lakritzschnecken. Er ist dick und fröhlich, als wäre er selbst aus Naschwerk gemacht. Überall zwischen seinen Zahnzwischenräumen steckt Lakritze, wenn er lacht, sieht er aus wie ein Halloween-Kürbis. Aus lauter Übermut wirft er eine Schnecke ins Schwimmbecken. Als hätte er genau auf dieses Zeichen gewartet, erhebt sich wie ein vorzeitliches Wasserungeheuer ein großer, schwerer Mann aus dem Pool. Der Junge fängt bei seinem Anblick an zu weinen und läuft zu seiner Mutter.

Peter hat die lange, unförmige Altherrenbaumwollhose gegen schief abgeschnittene Jeansshorts getauscht, die so eng sind, dass sie seinen Bauch über den Hosenbund quetschen. Man könnte ihn wahlweise für eine in die Jahre gekommene, gemütliche Schwuchtel oder für einen ungemütlichen Sextouristen halten. Ab einem gewissen Alter sollten Männer keine Hotpants mehr tragen. Immerhin hat er sich einen Bart stehen lassen, eine Maßnahme, durch die weniger attraktive, beleibte Männer etwas weniger unattraktiv und weniger dick wirken.

«Ich besorg mal was zu trinken und Knabberkram», sagt er. Aber anstatt etwas zu holen, bleibt er sitzen. Als der Kellner endlich das Sandwich bringt, bestellt Peter eine Tapas-Platte und ein Viertel Rotwein.

«Danke noch mal für die Einladung. Übrigens wusste ich nicht, dass das Ambasador ein auf verhaltensauffällige Kleinkinder spezialisiertes Familienhotel ist.»

«Haha, sehr witzig. Es ist doch schön, von Kindern umgeben zu sein. Gerade, wenn man selbst keine hat.»

«Was ist denn das für eine Begründung?»

«Gefällt es dir hier nicht?

«Es scheint schönere Hotels zu geben, aber ich darf mich ja nicht beklagen.»

«Eben. Einem geschenkten Gaul schaut man nicht ins Maul.»

«Herrscht eigentlich gerade eine Hitzewelle, oder ist hier es um diese Jahreszeit immer so heiß?»

«Keine Ahnung.»

«Aber du warst doch schon ein paarmal hier?»

«Einmal im Mai und einmal im Oktober. Da ging es. Also das war …»

Er verstummt wie ein Schauspieler, der seinen Text vergessen hat.

«Was war?»

Peter hat die anstrengende Angewohnheit, Sätze unvollendet im Raum stehen zu lassen, so als vergäße er beim Sprechen, was er sagen wollte.

«Weiß nicht mehr.»

In den Tapas stecken Zahnstocher, die Peter einfach auf den Boden wirft. Er bestellt ein weiteres Viertel Wein.

«Meinst du, dass das bei der Hitze eine gute Idee ist?»

«Egal.»

Nachdem sie alle gemeinsamen Erinnerungen aufgefrischt und alle gemeinsamen Freunde und Bekannte durchhaben, zerfleddert die Unterhaltung.

«Jetzt sag doch endlich, was ist.»

Die Ehe sei am Ende, legt Peter nun los, eine einzige Quälerei. Jessica und er steckten mitten im schlimmsten Rosenkrieg. Bei jeder Gelegenheit drohe sie, ihn fertigzumachen, sogar beim Finanzamt wolle sie ihn wegen Steuerhinterziehung anschwärzen. Ewigkeiten schon habe es keinen Moment der Unbefangenheit, des Durchatmens, der Freude mehr gegeben,

Sex sowieso nicht. Er mag sie nicht mehr berühren, ihm graut vor jeder Art von Zärtlichkeit, selbst eine Umarmung ist zu viel. Zwei Menschen, isoliert, sich auf den Zehen stehend, die weder einen Schritt nach links noch einen nach rechts machen können. Die Gereiztheit und Frustration einer hoffnungslos zerrütteten Beziehung, auf Dauer die Hölle. Während aus Freundschaft Glück entstünde, würde aus erloschener Liebe Frustration, Hass und Leid. Statt den Befreiungsschlag zu wagen, hätten sie alle überschüssigen Kräfte in der Aufrechterhaltung der Normalität verbraucht, denn so sei der Mensch programmiert: Veränderung bedeute oft Verschlechterung, weshalb so viele an etwas festhalten, was längst nicht mehr existiert. Jetzt wolle Jessica nicht nur die Scheidung, sondern auch *Schmerzensgeld für die verlorenen Jahre.*

«Guck mal, was für ein fettes Schwein ich geworden bin.» Er knetet seine Taillenwülste. «Es braucht mindestens ein Jahr, bis ich das wieder los bin. Vielleicht auch nie. Der Stoffwechsel wird im Alter ja auch nicht gerade schneller.»

Um gerade mal halb sieben verabschiedet Peter sich.

Wann man sich zum Abendessen treffe, will er wissen.

Heute gar nicht, meint Peter, er sei total fertig und werde was aufs Zimmer bestellen, sorry.

«Tolles Wiedersehen.»

Pünktlich zur Tagesschau eine Nachricht von Vanessa:

Wie war der Flug, blabla?

Reibungslos, blabla.

Mutter hat ... blabla. Bis morgen, vermisse dich.

Er setzt sich auf den Balkon. In der Ferne verschmelzen Meer und Himmel. Bald ist Vollmond. Schon wieder. Ewig ist bald Vollmond, fett und gelb und schwanger. Das eintönige, dumpfe Brausen des Meeres spricht vom ewigen Schlaf, der uns erwartet.

«Hallo, Peter, geht's besser? Wie hast du geschlafen?»

«Praktisch gar nicht.»

«Und nun? Was machen wir?»

«Pool.»

«Ist das dein Ernst? Du könntest ja wohl die gesamte Woche im Hotel verbringen.»

«Nichts dagegen.»

«Was ist denn mit der Stadt?»

«Da gibt's nicht viel zu sehen.»

«Wieso sind wir dann überhaupt hierhergefahren?»

«Weil es schön ist.»

So kommen sie nicht weiter.

«Einmal wenigstens musst du mir Opatija zeigen. Morgen geh ich selbständig, und du kannst im Hotel bleiben.»

«Na gut, weil du es bist. Aber es ist alles ganz leicht zu finden, *selbsterklärend*, Opatija besteht praktisch nur aus der Hauptstraße. Wenn man die durchgeht, kommt man zu einer Art öffentlichem Schwimmbad.»

«Aha. Am Strand ein Schwimmbad?»

«Strand im eigentlichen Sinn nicht. Ist eher steinig hier. Aber die Adria ist herrlich.»

«Wollen wir los?»

«Ich geh kurz aufs Zimmer. In 15 Minuten im Foyer.»

«Müssen wir in der Mittagshitze eigentlich auf der Hauptstraße latschen? Was ist denn mit dem Park da?»

«Da kann man auch durch, glaube ich.»

«Wie, du warst zweimal hier und noch kein einziges Mal im Park?»

«Nein.»

Der merkwürdig wuchernde, urwüchsige *Park Angiolina* verströmt einen süßen modrigen Geruch. Ein streunender Hund kommt ihnen mit unterwürfig schlängelnden Bewegungen entgegen, sein rosa-graues Fleisch schimmert durch das kurzgeschorene Fell. Peter macht «ksch» und «hau bloß ab», der Hund bellt und verschwindet winselnd im Gestrüpp. Sie passieren das Herrenhaus *Villa Angiolina*, gehen weiter zur Franz-Joseph-Promenade und über die Grandhotels Kvarner und Imperial Richtung Zentrum. Peter zieht das linke Bein etwas nach, seine ausgelatschten und zerfransten Sandalen lösen sich bereits auf.

«Sag mal, was ist das eigentlich mit dem Gehinke?»

«Meine Frau hat mich zusammengeschlagen.»

«Wie bitte?»

«Jessica hat mich verprügelt. Bei unserem letzten Streit hat sie den vollen Besteckkasten auf den Boden geschmissen. Als ich die Sachen auflesen wollte, hat sie durchgezogen und mich mit dem Knie erwischt.»

Er deutet auf sein Schlüsselbein.

«Prellung.»

«Das gibt es doch nicht.»

«Und als ich am Boden lag, hat sie nachgetreten. Bitte frag nicht weiter.»

In der historischen Badeanstalt Slatina verbrachten also Kaiser und Könige ihre Sommerfrische (lässt sich ein schöneres Wort denken?), gaben sich gekrönte Häupter aus ganz Europa die Klinke in die Hand, teilten sich der österreichische Kaiser Franz Joseph I. und der deutsche Kaiser Wilhelm II. ein Badetuch. Auf dem Gelände findet sich nicht ein Fitzelchen Grün, keine Liegewiese, auch kein Sandstrand. Offenbar war es seinerzeit modern, Schwimmbäder *durchzumauern.*

Sie mieten zwei Liegen inklusive Sonnenschirmen mit Blick auf die Insel Krk (heißt wirklich so). Die Liegen sind durchgesessen, die Schirme zerrissen, kaputt und verbogen. Elf Uhr, 28 Grad. Die Hitze schmilzt wie Blei auf seinen Schädel und verlötet sein Hirn mit flüssigem Magma. Peter, rot, schweißüberströmt, schraubt sich mühsam aus seiner Liege, hinkt barfuß, kurze, spitze Schmerzensschreie ausstoßend, über das glühend heiße Mauerwerk und lässt sich in einer seltsam schiefen, verzogenen Haltung ins Meer plumpsen. Er war schon immer ein schlechter Schwimmer, streckt den Kopf lächerlich weit aus dem Wasser und drischt mit steifen Armen auf das Meer ein, Kraulen soll das offenbar sein.

Nach dem Planschen holt er *Anton Tschechows Meistererzählungen* raus, tut aber nur so, als würde er lesen, bewegt die Augäpfel, als ließe er sie den Zeilen folgen, blättert hin und wieder eine Seite um. Das Buch ist zerfleddert und vergilbt, als hätte er es schon mindestens eine Million Mal gelesen. Nach ein paar Minuten legt er es wieder weg.

«Was ist denn eigentlich bei dir so los?»

«Ich dachte schon, du fragst nie.»

Nachdem er Peter *seine* Geschichte erzählt hat, zieht der die Stirn kraus.

«Das klingt nicht gut.»

«Findest du?»

«Gegenfrage: Wenn das, was du gerade alles gesagt hast, von mir käme, was würdest du *mir* raten?»

«Ach Gott, ja.»

«Also, wenn es noch nicht mal am Anfang Glück und Leichtigkeit gibt. Wenn du mich fragst: Finger weg von der Psychobraut, die macht dich fertig. Vielleicht ist sie ja auch Borderlinerin.»

«Ach Quatsch, Borderline. Heutzutage ist immer alles gleich Borderline.»

«Wie gesagt, ich würde mich abseilen.»

«Wenn das so einfach wäre. Ich steck schon viel zu tief drin.»

«Man sollte sich ein Frühwarnsystem implantieren lassen, das einen vor falschen Frauen warnt.»

«Vielleicht wird so was in der Art ja mal erfunden.»

Auf der Hauptstraße lautes Gehupe, der Autotorso einer Hochzeitsgesellschaft, flankiert von röhrenden, fauchenden, brüllenden Motorrädern. Motorräder übertönen alles, was schön ist auf dieser Welt, Lärm wie ein böses Fieber.

«Jedes Mal, wenn ich eine Hochzeitsfeier sehe, frage ich mich, warum niemand die Brautleute warnt.»

«Tja.»

«Ehen sind Glückssachen, und man sollte es besser nicht drauf ankommen lassen. Wo steht eigentlich geschrieben, dass sich Mann und Frau zusammentun sollen? In der Bibel? Im Koran? Im Duden? Bei Asterix und Obelix?»

Von hinten nähert sich das dumpfe Tapsen nackter Füße. Obwohl weit und breit alles frei ist, bezieht ein Rentnerpaar die Liegen neben ihnen. Er ist dünn und relativ groß, sie dick und relativ klein, eine Kombination, die man hier öfter antrifft. Er sieht aus, als könne er sich kaum noch auf den Beinen halten, die Augen von einem durchsichtigen, farblosen Grau, wie eine gedünstete Zwiebel, auf den eingefallenen Wangen Inseln eines weißen Stoppelbarts. Seine Haut ist auffallend dunkel und hundeartig schlaff, durchzogen von einem Labyrinth aus Falten, so tief, als wären sie aufgemalt. Richtig fertig sieht er aus. Altersverwahrlosung.

Seine Frau hingegen, rundes, freundliches Glühbirnengesicht, macht einen lebenszugewandten Eindruck: eine, die pro Jahr immer noch zweihundert Glas Marmelade einkocht. Sie holt eine deutsche Illustrierte aus ihrem Rucksack und betrachtet eingehend das Titelbild, als studierte sie eine lange Zahlenreihe, die sie auswendig lernen muss. Ihr graues Haar steht um den Kopf herum wie eine Pusteblume und sieht aus, als müsste es mal wieder abgestaubt werden.

Deutsches Rentnerglück unter sengender Sonne.

Am mittleren Nachmittag rafft Peter seine Siebensachen zusammen.

«Ich geh dann mal aufs Zimmer.»

«Wie, jetzt schon?»

«Ich muss mich hinlegen, ich bin müde.»

«Wann treffen wir uns?»

«18 Uhr zum Abendessen.»

Die drückende Hitze lastet bleischwer auf ihm, die Luft singt in seinen Ohren. Wieso verzieht er sich nicht auch aufs Zimmer? Weil er Angst vor den Gedanken hat, die sich in die Hirnwindungen schleichen, wenn man am helllichten Tag in geschlossenen Räumen vor sich hin brütet.

Nichts ist, weil nichts kommt und nichts war, alles geht immer nur weiter.

So was.

Besser liegen bleiben und aufs Meer starren. Er stellt sich vor, dass der Grund des Adriatischen Meeres mit einer dicken Schicht von gallertartigem, schlierigem Fischbegattungsschleim bedeckt ist, der unvorsichtige Badegäste und schlechte Schwimmer ansaugt und verschlingt.

Die Frau legt ihre Zeitschrift weg, Echos des Gelesenen flackern über ihr Gesicht; jetzt hat sie das Bedürfnis, ihrem Mann davon zu berichten. Als sie auf die aktuellen Entwicklungen am englischen Königshaus zu sprechen kommt, wird ihre Stimme laut und quakig. Er, peinlich berührt, macht eine beschwichtigende Handbewegung, was seine Frau als Aufforderung versteht, noch lauter zu reden. Immer diese Missverständnisse. Hilflos senkt er den Kopf und nickt wie ein Boxer, der sich die Anweisungen seines Trainers anhört. Nach einer Weile kommt er auf die Idee, ihrem Gequake ein ganz leises Sprechen entgegenzusetzen, gedehnt, bittend, brüchig, damit auch sie leiser spricht. Seine Stimme zittert wie winzige Wellen in einem Aquarium, dann wird sein Raunen zu einem Flüstern, schließlich bewegt sich nur noch sein Adamsapfel tonlos rauf und runter. Endlich verstummt auch die Frau. Das wäre geschafft. Der Mann steht auf und schaut aufs ausdruckslose graugrüne Meer, den Hängearsch im Wind.

Er packt seine Sachen zusammen. Ganz allein in der brüllenden Hitze geht er durch den Park. Er stolpert über etwas. Ein toter Maulwurf, der kleine Leichnam mit zierlicher Schnauze, wurstförmigem Körper und graublauem samtigem Pelz. Intakt, als könnte er jederzeit wieder zum Leben erwachen.

Nach der Vorspeise (Caprese, Shrimps-Cocktail, Bouillabaisse) holt sich Peter eine XXL-Portion Hüftsteak mit Bratkartoffeln und Reis und Schafskäsesalat und grünen Bohnen und Sweet-Chili-Soße und noch einer anderen Soße. Immer diese verrückten Zusammenstellungen am Buffet. Bei jedem Bissen schließt er, vom Geschmack erkennbar überwältigt, genießerisch die Augen und atmet während des Kauens laut aus. Fett und Blut des Steaks gerinnen auf seinem Teller zu einer blassen Schmiere, immer wieder fallen Bohnen hinunter und verteilen sich auf dem Boden wie grüne Strohhalme, sein ehemals weißes Hemd ist mit Soßenflecken besprenkelt.

Mein fetter, verschmierter, trauriger Peter. Er schaut dem

Freund beim Essen zu, *auf der Suche nach dem verlorenen Gesicht.* Es muss irgendwo hinter dem dicken, aufgedunsenen verborgen sein.

«Ich glaub, ich hol mir noch Kuchen.»

Der Kuchen ist kompakt, klein und rund. Als Peter ihn aufschneidet, bricht die Karamellkruste, und der Kuchen zerfällt in mehrere Teile, von denen eines sein Weinglas umwirft. Leise schimpfend versucht Peter die Sauerei mit mehreren Servietten einzudämmen, aber ein bisschen Rotwein tropft ihm doch auf die Hose. Abrupt steht er auf.

«So, Schlafenszeit. Gute Nacht.»

Sie haben nicht mehr viel gemeinsam, außer dass sie nicht sein wollen, wo sie gerade sind.

Hoffe, ihr habt eine gute Zeit.

Könnte ganz schön hier sein, wenn nur die Hitze nicht wäre. Klimaanlage funktioniert auch nicht richtig.

Immer hast du was zu meckern. Versteht ihr euch denn immer noch gut?

Blendend.

Als hätten sie nie etwas anderes getan, als Nachrichten auszutauschen. Sie könnten ja auch mal skypen, aber darauf kommt sie nicht und er sowieso nicht.

Die Tage dehnen sich in einem immer gleichen Dämmer, endlos lang, während sie verstreichen, kurz wie ein Wimpernschlag, wenn sie vorbei sind. Ausflüge, Unternehmungen, sportliche Aktivitäten, Barbesuche fallen aus wegen Peters schlimmem Bein (eigentlich Hüfte, aber er sagt immer Bein).

Bei den Alten nebenan tut sich auch nicht viel. Sie, vertieft in die Lektüre deutscher Illustrierten – InTouch, Gala, Bunte, Bild der Frau –, liest schnell, nervös, blättert durch die Seiten, als suche sie etwas, das nicht da ist. Er steht stundenlang einfach nur da, umklammert die Schwimmbadleiter und schaut, eine Zigarette zwischen die Lippen geklebt, aufs Meer. Er muss doch verbrennen unter dem Trommelfeuer der Sonne.

Das Telefon klingelt. Zweimal, viermal, sechsmal, achtmal.

«Warum gehst du nicht ran? Wer ist das?»

«Vanessa. Irgendwas ist. Die meldet sich sonst nie, ohne es vorher anzukündigen.»

«Nun mach dich doch nicht gleich wieder verrückt. Vielleicht ist es auch nur ein *Hosentaschenanruf.*»

«Glaub ich nicht.»

«Was soll denn schon sein?»

Ihr wurde das Höschen nebst anonymem Begleitschreiben zugespielt, was sonst.

«Besser, du rufst zurück, dann hast du es hinter dir.»

Ich kann jetzt nicht, ich schaffe es nicht, bitte später, vielleicht später, später vielleicht.

«Nachher. Oder morgen früh.»

«Wenn du dann noch lebst.»

Jetzt ist es endlich mal ausgesprochen.

«Ganz genau, wenn ich dann noch lebe.»

«Mensch, das war doch nicht so gemeint.»

«Ich glaube schon, dass *du* das so gemeint hast. Ist ja auch absolut richtig. Da kann man mal sehen, wie weit es mit mir schon gekommen ist. Okay, ich ruf sie jetzt an.»

Beim Abendessen stürzt er den Wein wie Wasser in sich hinein.

«Hast du sie erreicht?»

«Nein. Sie geht nicht ran, die Mailbox ist ausgeschaltet, zurückrufen tut sie auch nicht. Ich halt das alles nicht mehr aus.»

«Trink nicht so viel. Sonst steigst du wirklich noch aufs Sims. Nur Idioten nehmen sich im Affekt das Leben.»

«Mitfühlend wie immer. Vielen Dank.»

«Wenn ich dich bemitleide, wird es nur schlimmer. Ich versuche lediglich, einen klaren Kopf zu bewahren, das solltest du auch tun. Mach Sport, Eigengewichtsübungen gehen selbst in dem kleinen Zimmer; Kniebeugen, Liegestütz, Sit-ups, Käfer, trink Wasser, geh ein paarmal um den Block.»

«Welchen Block denn? Um das Brüll- und Schrei-Hotel Ambasador? Da springt man schon aus dem Fenster, um dem Lärm zu entrinnen.»

«Jetzt werd nicht albern. Also, gute Nacht.»

«Kannst du nicht noch ein bisschen bleiben?»

Peter schaut auf die Uhr.

«Meinetwegen, halbe Stunde.»

Nach exakt dreißig Minuten verabschiedet sich Peter auf sein Zimmer. Vanessa hat sich immer noch nicht gemeldet.

Still und schwarz breitet sich das weite, von Mondschein glasierte Meer vor ihm aus. Ist eigentlich noch was zu trinken da? Zwei Bier. Eine halbe Flasche Wein. Eine Pfütze Slibowitz.

Er sollte auf Peter hören. Mehr Bewegung.

Nach der dritten Kniebeuge verliert er das Gleichgewicht. Benommen rappelt er sich auf. Liegestütze. Seine Arme sind aus Pudding oder Mehl oder Luft, nach dem elften Liegestütz fällt er in sich zusammen. Erst mal ein Bier und einen kleinen Slibowitz. Er schreibt eine Nachricht.

Hatte Telefon aus. Bin jetzt wieder erreichbar.

Jetzt *noch* ein Bier und einen kleinen Slibowitz.

Alles klar bei dir? Peter ist schon auf dem Zimmer, hätte jetzt gut Zeit.

Er wartet, aber offenbar ist sie noch nicht so weit. Wasser, er braucht dringend einen Schluck Wasser. Ob das Leitungswasser genießbar ist? Besser das Schicksal nicht herausfordern. Er muss sich unten welches besorgen.

Auf dem Weg zum Fahrstuhl fühlt er sich, als würde er in Stücke zerfallen. Ein amerikanisches Fitness-Senioren-Ehepaar – man kennt sich vom Sehen – steigt im achten Stock dazu. Oma und Opa, wie dem Eisschrank entsprungen, nüchtern, topfit, bestens aufgelegt. Um seine Fahne zu kaschieren, atmet er so flach wie möglich.

«Good evening. How are you?», fragt der Alte, der trotz seiner Falten immer noch irgendwie Sexyness ausstrahlt, ein Playboy alter Schule.

«Thennufine.» Lall.

Der Alte zuckt schwach mit den Mundwinkeln und greift nach der Hand seiner Frau. «Remember that the fireworks will start at midnight sharp.»

Welches Feuerwerk? Für einen Augenblick spielt er mit dem Gedanken, ihnen sein Herz auszuschütten, der Fahr- als Beichtstuhl: «For once, may I join you this evening?»

Im Foyer riecht es penetrant süßlich, wie verfaulte Bananen.

«Two big bottles of mineral water with gas, please.»

Der Concierge sitzt auf einem zu hohen Hocker wie auf einem Kinderstuhl. Seine Augen sind zwei Punkte, Verhöraugen. *Sicher hat der mich gleich durchschaut, arbeitet lange genug in seinem Beruf, um mich als potenziellen Selbstmordkandidaten, als Irren, als Gefahr für Leib und Leben der anderen Gäste zu identifizieren und ist nun verpflichtet, mich bis zum Abflug in die hoteleigene Arrestzelle zu sperren.*

«Do you need a bag?»

«No, thank you, geht so.»

Das mitternächtliche Feuerwerk ist kurz und imposant. Eine Rakete nach der anderen zischt in den Himmel und beleuchtet im Zerknallen blitzartig die unmittelbare Umgebung. Nach einem Liter Wasser auf ex fühlt er sich klar, fast wieder nüchtern.

Pling. Endlich!

Wollte mich nur erkundigen, wie es dir geht. Wenn was ist, melde dich. Schlaf gut, Peter.

Die Qual des Wartens breitet sich unaufhaltsam in seinem ganzen Körper aus, düstere Gedanken taumeln blind durcheinander. Erstaunlich, dass es immer wieder neue, ungeahnte Aspekte der Verzweiflung gibt.

RRIINNGGGG. Es durchzuckt ihn, als hätte man ihm einen Defibrillator auf die Brust gesetzt. Es ist ein Uhr.

«Grüß dich, wie geht's?»

Vanessa klingt aufgeräumt. Entwarnung, Gott sei Dank.

«Na ja, so mittel, unspektakulär. Und du?»

«Ich bin wieder daheim.»

«Verstehe. Hat ja auch langsam gereicht.»

«Du klingst nicht so gut.»

«Echt? Eigentlich ist so weit alles in Ordnung.»

«Das glaube ich nicht.»

«Wieso denn nicht?»

«Ich weiß, dass du mit Julia geschlafen hast.»

Ein Schwall scharfer Kotze steigt in die Nase und in den Hals.

«Was? Wie kommst du denn darauf?

«Hast du oder hast du nicht?»

Immer stärker wird das Übelkeitsgefühl, immer höher steigt es in die Kehle.

«Natürlich nicht. Ich hab die neulich zufällig getroffen, und wir haben dann kurz was getrunken. Mehr nicht.»

«Wieso hast du das nicht erwähnt»?

«Was? Vergessen, was weiß ich.»

«Du brauchst nicht aggressiv zu werden.»

«Ja, von wegen. Du kommst mit solchen Unterstellungen, und ich soll auch noch cool bleiben? Von wem hast du den Quatsch denn eigentlich?»

«Das tut nichts zur Sache. Ich weiß, dass es stimmt. Wenn du es leugnest, machst du alles nur noch schlimmer.»

«Ach so, ich soll was zugeben, was ich nicht getan habe?»

«Du hast mit Julia geschlafen, ich weiß das hundertprozentig. Ich sage dir nicht, von wem ich es weiß, weil ich dir die Möglichkeit geben will, dein Gesicht zu wahren.»

«Mein Gesicht wahren? Wie redest du eigentlich mit mir?»

«Es ist geradezu lachhaft, wie schlecht du dich verstellen kannst. Wir beenden das Gespräch besser.»

«Wieso das denn?»

«Gute Nacht.»

Er geht ins Bad und übergibt sich. Er kotzt, bis ihm die Galle die Kehle zerreißt, und mit der Galle kommen auch gleich die Eingeweide hoch.

Das Geländer seines Balkons ist fahrlässig niedrig. Ein unglücklicher Stolperer, und man könnte glatt über die Brüstung stürzen. Er schaut hinab auf das dunkle, stille Meer, er starrt hinauf ins schwarze Universum. Er starrt, bis ihm die Augen tränen. Eine fast schon religiöse Trostlosigkeit breitet sich in ihm aus. Neun Stockwerke sind Pi mal Daumen fünfundzwanzig Meter, eine absolut sichere Sache. Im Gedanken an Selbstmord hat er schon als Kind Zuflucht gesucht, eine bittersüße Verzweiflung, der er sich lustvoll hingegeben hatte, Rache, um

Eltern, Verwandte, Freunde, Lehrer und alle zu bestrafen, die ihm unrecht getan hatten. *Jetzt sollt ihr mal sehen, wie ihr ohne mich klarkommt. Ha!*

... IN LIEBE, UNVERGESSEN ...

Seine Gebeine, in der Fremde verscharrt, von den Eingeweiden Kroatiens gefressen; einziger Trauergast ein auf Kroatisch vor sich hin murmelnder Geistlicher, der den im Suff vom Balkon abgestürzten Sauftouristen unter die Erde bringen muss.

... ZALJUBLJENI, NEZABORAVLJENI ...

Bevor er zur Tat schreitet, braucht er noch einen Abschiedsdrink, einen Henkersschluck. Im Koffer ist der Flachmann mit Himbeerschnaps, für alle Fälle. *Wenn der leer ist, geht's abwärts. JUMP! JUMP!* Peter hat gut reden, von wegen nüchtern und nach reiflicher Überlegung. Der Willensschwache benötigt einen *Beschleuniger*, der ihm über die Brüstung hilft.

Ein halber Flachmann Leben bleibt ihm noch. Mit einem Mal bekommt er Hunger und stopft in sich hinein, was an Essbarem herumliegt; Studentenfutter, Chips, Kekse, ein halbes Brötchen. *Jetzt ein paar Minuten langmachen.* Er legt sich aufs Bett und stellt sich vor, wie er aufs Geländer steigt und sich wie ein Turmspringer mit den Füßen zuerst fallen lässt, in der Luft dreht und mit dem Kopf aufschlägt. Er schließt die Augen, um sich diesen Vorstellungen zu überlassen, und schläft ein. Als er aufwacht, ist er zu zerschlagen, um zu springen, außerdem wird es bereits hell.

Peter ist in selten aufgeräumter Stimmung. Weil es nach Hause geht? Fragt sich nur, was ihn dort erwartet.

«So ein neuer Tag ist, als wenn man ein frisches Hemd anziehen würde, findest du nicht?»

«Wie du meinst.»

«Sag mal, wie siehst du eigentlich aus? Dein Gesicht ist ja vollkommen entgleist. Ich hab noch nie gesehen, dass jemand über Nacht derart aus dem Leim geht. Na, immerhin lebst du noch.»

«Schön, dass du so empathisch bist.»

«Sag schon, was war los? Aber bitte in Kurzform.»

«Okay, in einem Satz: Sie hat rausgekriegt, dass ich mit Julia geschlafen habe.»

«Wie, rausgekriegt?»

«Jemand hat es ihr gesteckt.»

«Wer?»

«Sagt sie nicht.»

«Dann ist es Quatsch. Ein dummes Gerücht, das ihr zugetragen wurde. Solange sie keine Beweise beibringt oder ihren Informanten preisgibt, nichts zugeben, hörst du? Geh in die Gegenoffensive, ruf sie an oder schreib ihr 'ne Nachricht. Los, sofort.»

▌ **Können wir noch mal reden? Wann kann ich dich erreichen?**

«Und, was hat sie gesagt?»

«Keine Reaktion.»

«Das klingt nicht gut.»

«Kannst du nicht wenigstens einmal etwas Tröstliches sagen?»

«Ich will dich eben nicht anlügen.»

«Ich verstehe nicht, wie man so kalt sein kann.»

«Mensch, das ist doch nicht persönlich gemeint. Natürlich fühle ich mit. Ich will dir doch nur helfen, damit du die Nerven nicht komplett verlierst.»

«Ein freundliches Wort wäre trotzdem schön.»

Die letzten Stunden verbringen sie am Pool. Das Fitnesspaar

marschiert an ihnen vorbei, sie ziehen synchron ihre stativartigen Beine ein, wie russische oder nordkoreanische Soldaten.

«Und, was gekommen?»

«Nein, nichts.»

«Dann ruf sie noch mal an.»

«Ich bin doch nicht verrückt. Wenn ich weiter rumnerve, mache ich sie nur noch wütender.»

«Wie du meinst. Aber vielleicht wartet sie darauf, dass du dich bemühst.»

«Ja, ist ja gut, ein letzter Versuch.»

Liebe Vanessa, es wäre schön, wenn du ein Lebenszeichen von dir geben würdest. Ich bin mir sicher, dass sich alles regeln lässt.

Das mit dem «regeln lassen» löscht er wieder und ersetzt es durch «Bitte um ein Lebenszeichen». Weniger kann man nicht verlangen.

«Was gibt's Neues?»

«Nope.»

«Das kann doch nicht sein.»

«Bitte lass, ich kann nicht mehr.»

Als das Taxi in den Flughafen einbiegt, macht es pling.

Sorry, habe kurzfristig einen neuen Job, wieder Messe, bin kaum zum Luftholen gekommen, hoffe, du hast einen angenehmen Rückflug. Grüße, V

Jetzt weiß er endgültig nicht mehr weiter.

Sechzehn

Hoffe, du hast einen angenehmen Rückflug. Was soll das denn schon wieder bedeuten? Dass sie ihm, trotz erwiesener Schuld, verziehen hat? Dass es egal ist? Dass sie ihn bloß testen wollte oder sie dem Informanten doch keinen Glauben schenkt? Oder *ganz* was anderes, völlig Unerklärliches?

Die Frau macht mich wahnsinnig. Ihr Trick: Man weiß nie, woran man ist. Permanente Verunsicherung. Fest steht nur, dass das mit allem, was er bislang erlebt hat, nichts zu tun hat. Er fängt quasi wieder bei null an.

Die dumpfe, wabernde, sonnenlose Hitze über dem Rollfeld scheint ihn ins Flugzeug drücken zu wollen. Schweißperlen rinnen ihm in den Ausschnitt seines T-Shirts. *Heißer als Kroatien, kaum auszuhalten.* Allerdings ist er bisher noch aus keinem Urlaub erfrischt, erholt, gestärkt zurückgekehrt.

PLLIINNGG. Welcome to the Danger Zone. Jetzt gilt es.

▌**Könnte gegen 19.00 bei dir sein, V.**

Keine *Lieben Grüße*, kein *Freu mich.* Vier Stunden an einem Stück liegen vor ihm, wie ein ganzer Kuchen, gebacken aus Qual.

In der Wohnung hängt ein stechender Geruch von Fäulnis und Schimmel. Hat er tatsächlich vergessen, den Geschirrspüler anzustellen? Auf dem Tisch steht ein offenes, mit weißem Pelzchen bedecktes Marmeladenglas, daneben der Korb mit Zwiebeln, deren Außenhaut sich in einen Film aus schwarzem Schwamm verwandelt hat. Überall schimmeliges Ketchupgeklecker.

Er müsste abwaschen, aufräumen, auswischen, auspacken, einkaufen, klar Schiff machen. Als Allererstes Lüften. Er öffnet das Fenster. Der Wind drückt die Wärme in die Wohnung, auch nicht viel kühler als Kroatien. Fenster wieder zu. Er setzt sich und legt die Hände flach auf den Küchentisch, als wollte er ihn vom Schweben abhalten.

Soll er die Dinge ihren Lauf nehmen lassen oder sich vorbereiten? Abstreiten, abwiegeln, schönreden, Details erfinden, eine Geschichte konstruieren, die ihn in einem besseren Licht dastehen lässt? Also im Zweifel alles nur noch schlimmer machen. Die Hitze steht in der Wohnung. Es ist seltsam still, eine Stille wie nach einer Lawine.

Als Vanessa um halb acht immer noch nicht da ist, schaut er aus dem Fenster. Da kommt sie angestöckelt, schmal wie ein Selleriestängel, das Handy am Ohr, den Blick wie immer schräg nach unten gerichtet. Mit Rock, Blazer, Bluse sieht sie aus wie eine Chefsekretärin, der Look gibt ihr einen konservativen, professionell-distanzierten Anstrich. Einschüchternd.

Sie ist noch keine drei Minuten in der Wohnung, da geht es schon los.

«Ich weiß, dass du mit Julia geschlafen hast. Bitte lüg mich nicht länger an. Du musst keine Angst vor mir haben.»

Woher sie es weiß? Besser nicht fragen, sie weiß es einfach, er *fühlt*, dass sie es weiß, kein Zweifel möglich.

«Ja, es stimmt.»

«Gut. Danke, dass du mir weiteres Nachbohren ersparst. Möchtest du mir erzählen, wie es dazu gekommen ist? Du musst nicht, wenn du nicht willst.»

Von wegen. Sie sitzt am längeren Hebel. Warum also nicht gleich eine Generalbeichte, alles auf den Tisch packen, *gnadenlos ehrlich, rücksichtslos offen, erbarmungslos transparent*, wie sie es immer einfordert.

Natürlich traut er sich nicht und schildert den Abend

umständlich als eine Verknüpfung verhängnisvoller, im Nachhinein nur mehr schwer nachvollziehbarer Umstände, eins kam zum anderen, was soll man sagen?

«Und dann habt ihr also …?»

«Genau. Ich glaube, dass …»

Die Küche ein Verhörraum, in dem der Gefangene der Inquisitorin immer wieder belanglose Details hinwirft und hofft, sie damit zufriedenzustellen. Er hat das unangenehme Gefühl, auf seiner linken Gesäßhälfte mit mehr Gewicht zu sitzen. So sitzen nur welche, die was zu verbergen haben. Die professionelle Vernehmerin hat für den Geruch der Lüge eine untrügliche Witterung, ihr undeutbarer Blick durchdringt den Verzweifelten bis auf die Grundmauern und brennt ihn nieder.

Dabei stimmt doch alles! Er ist wirklich Opfer einer hinterhältigen Manipulation geworden. Julia hat seine Schwäche ausgenutzt, ihn in die Enge getrieben, ihn nach Strich und Faden fertiggemacht. Ungelenk ringt er nach Worten, redet sich in Rage.

NICHT WAS DU SAGST, IST ENTSCHEIDEND, SONDERN WIE DU ES SAGST. ZU 93 PROZENT BEEINFLUSST DAS *WIE* DEN KOMMUNIKATIONSERFOLG. NUR 12,5 PROZENT SIND INFORMATION, 87,5 PROZENT EMOTION.

Als er fertig ist, geht sie ans Fenster, raucht und schweigt, schweigt und raucht, steckt sich an der glühenden Kippe gleich die nächste an. Ihr Schweigen macht ihm Angst. Sie verwandelt ihn in ein Kind, das seine Mutter anfleht, mit ihm zu reden, ihn vor dem Ertrinken zu erretten. Bitte sprich mit mir!

Endlich drückt sie die Zigarette aus. Sie geht auf ihn zu und nimmt ihn in den Arm. Sie streichelt seinen Kopf.

«Das war ein ganz wichtiger Schritt. Weißt du, ich bin stolz auf dich. Nur so kommen wir weiter.»

Das ist der Psychoslang ihrer Therapeutin, denkt er sofort. Egal. Er ist nicht in der Position, eine kleinliche Diskussion über Wortwahl und Jargon vom Zaun zu brechen.

«Geht's dir gut?», fragt sie noch.

«Ja.»

«Die Sache ist erledigt. Ich werde dich nie wieder drauf ansprechen.»

Ist die Sache also erledigt. Warum ist sie erledigt? Besser nicht nachfragen. Ein Moment von Geborgenheit, Verständnis und Sicherheit, nur mal kurz durchatmen.

Draußen fängt es an zu regnen. Stetiger leichter Regen, der feuchte Asphalt glänzt im Schein der Straßenlaternen.

«Was hältst du davon, wenn wir am nächsten Wochenende irgendwo hinfahren?»

«Gute Idee. Das machen wir, mein Schatz.»

Mein Schatz. Sagt sie. Zu ihm. Das hat etwas zu bedeuten.

Etwas zeichnet sich ab, liegt in der Luft, wirft seine Schatten voraus, steht unmittelbar bevor. Etwas lange Vorhergesagtes und verzweifelt Herbeigesehntes.

Er wälzt und recherchiert und blättert und grübelt, bis während einer Reportage über *Urlaub an der mecklenburgischen Ostseeküste* der Groschen fällt. Plötzlich ist klar, wohin die Reise gehen muss: zu dem magischsten aller deutschen *Magic Places*, zum ältesten Seebad Europas, dem Sehnsuchtsort der Hautevolee, wo auf dem G8-Gipfel Geschichte geschrieben wurde: *Heiligendamm.*

Er bittet sie, eine Tasche fürs Wochenende zu packen.

«Überraschung?»

«Ja, Überraschung.»

«Dann verrätst du nicht, wohin es geht?»

«Nein.»

«Ein ganz kleiner Tipp?»

«Dann wäre es ja keine Überraschung mehr.»

Er fragt sie, ob sie an ihrem letzten Arbeitstag (Hostess auf der *Seatrade Europe*) ausnahmsweise etwas früher Feierabend machen könne? Ja, klar.

Noch nie ist es vorgekommen, dass sie seinetwegen kürzer gearbeitet, etwas verschoben oder abgesagt hätte.

Da ist sie ja, da steht sie ja, sie wartet schon! *Auf mich. Sie wird jeden Tag schöner, obwohl das gar nicht geht. Ich bin so verliebt.*

Sein Herzschlag steigt ihm bis in die Finger.

«Verrätst du mir jetzt, wohin es geht?»

«Auf gar keinen Fall.»

«Finde ich gut.»

Sie lässt seine Hand während der gesamten Fahrt nicht los. Er tritt aufs Gas, die Autos bleiben hinter ihnen zurück wie tote Fliegen. *Unser Wagen rast zusammen mit der Zeit dahin.* Kurz hinter Lübeck fährt er von der Autobahn ab, und es geht über die Landstraße weiter.

Mitte August, einer dieser unwirklichen Sommertage, die Atmosphäre ist von einer lodernden Durchsichtigkeit, die Sonne scheint durch die Bäume hindurch und sprengt den Boden mit hellen Flecken. Und wie es riecht!

Das ist schön. Aber noch schöner ist, dass zwischen ihnen plötzlich alles zu stimmen scheint: Alle Schwierigkeiten, Nöte, Ängste, Probleme, Missverständnisse – hinfällig, lächerlich, vom Sommerwind verweht, und Lars ist sowieso längst tot. Was war da nur die ganze Zeit los gewesen?

Biarritz – Long Island – Opatija – HEILIGENDAMM.

Ihr Zimmer im *Haus Mecklenburg* ist nur wenige Meter von der Ostsee entfernt. Vanessa hat es die Sprache verschlagen.

«Ist das dein Ernst? Sag mir, dass es kein Traum ist.»

«Nein, das ist kein Traum.»

Später gehen sie ans Meer.

«Und nun? Soll ich uns einen Strandkorb organisieren?»

«Wirklich? Das wäre das erste Mal.»

«Das erste Mal Strandkorb?»

«Ja.»

«Na dann.»

Händchenhaltend sitzen sie nebeneinander, verliebt, wie es in den Schlagern besungen wird, sie bohrt mit den Zehen im warmen Sand bis zu tieferen, kühlen Schichten, er versinkt in frohen, erwartungsvollen Gedanken. Sie schweigen, weil es gerade nichts zu reden gibt. Endlich. Endlich mal nicht reden müssen.

«Kommst du mit ins Wasser?»

«Gleich.»

Er möchte alles genau beobachten: Wie sie sich aus dem Korb erhebt und über den Strand schreitet, wie ihr hochgestecktes Haar in der Sonne schimmert, die neidischen Blicke der Männer, die missgünstigen Blicke der Frauen, einfach alles, er kann sich nicht sattsehen an ihr.

Schau, wie toll sie schwimmen kann! Schnell und elegant wie ein Delfin. Sie bleibt ewig unter Wasser, länger noch als die amtierende Apnoe-Weltmeisterin. *Es gibt nichts, was sie nicht kann.* Was wohl noch alles in ihr steckt, was sie ihm bislang vorenthalten hat? Weil sie Angst vor ihm hatte, wie er vor ihr? Nieder mit der elenden Angst! Nie wieder fürchten, etwas

Dummes zu sagen, etwas Falsches zu tun, denn es ist wirklich und wahrhaftig alles in Ordnung.

Vielleicht essen wir heute sogar gemeinsam zu Abend. Die letzte Barriere einreißen, auch der Essensquatsch wird sich in Luft auflösen, wie alles andere. Aber jetzt ist erst mal Nachmittag, und nachmittags gibt's Kaffee und Kuchen. Im Restaurant lässt er sich eine Apfelschnitte mit und ein Stück Kirschtorte ohne Sahne einpacken und reserviert für acht Uhr einen Tisch.

«Wo warst du?»

«Ich habe uns für heute Abend einen Tisch organisiert.»

«Was für einen Tisch?»

«Im Restaurant natürlich.»

«Ich glaube nicht, dass ich in ein Restaurant gehen möchte.»

«Aber du musst doch irgendwann was essen.»

«Ich komm schon klar.»

Er setzt alles auf eine Karte.

«Mach mal die Augen zu.»

«Wieso?»

«Bitte. Vertrau mir.»

Als ahnte sie, was er vorhat, presst sie die Lippen zusammen. Ihm fällt nichts Besseres ein, als ihr den Apfelkuchen vor die Nase zu halten. Angeekelt verzieht sie das Gesicht, sie kriegt sich aber gleich wieder ein.

«Ich weiß, wie lieb du das meinst, aber so geht es nicht. Bald ist es so weit, ich verspreche es.»

Auf der Seebrücke sind nur noch ein paar Angler. Die Sonne geht in goldenen und purpurroten Streifen unter. Vanessas Haare haben die Farbe geändert, sie spielen jetzt ins Hellbraune. Alles so schön und wahr, lebendig in seinen Armen.

«Ich muss bald mal was essen.»

«Natürlich musst du das. Ich geh derweil aufs Zimmer, duschen.»

«Wirklich? Heute ist Freitag, wie willst du bis Sonntag durchhalten?»

«Nicht schon wieder. Bitte.»

Er hofft, dass sie heimlich etwas mitgenommen hat, Eiweißriegel oder Superfood mit extra hoher Kaloriendichte.

Als er wiederkommt, reißt *sie* ihm die Kleider vom Leib. Er küsst in ihren zitternden Körper hinein. Sie schmeckt, wie sie aussieht, nämlich sehr gut. Ihre Schultern machen ihn verrückt. Ihr Rücken macht ihn verrückt. Ihre Waden machen ihn verrückt. Er hätte Lust, seine Nase in ihre Schmutzwäsche zu stecken. Das sind vielleicht Gedanken. Kennt er nicht, hatte er noch nie.

Er stellt sich vor, wie sie in einem zukünftigen Leben verheiratet sind und in ihrem Ehebett liegen. Und dies erst der Beginn eines *grenzenlos erfüllten Sexlebens* ist. Wenn sie zusammenwohnen, werden sie jeden Morgen und jeden Abend Sex haben. Sie werden in der Mittagspause Sex haben, sie werden es rund um die Uhr miteinander treiben, Sex wie Atmen. Er ist überzeugt davon, dass ihre Lust aufeinander nie nachlassen wird. *Es ist ausgeschlossen, mit dieser Frau keinen Sex haben zu wollen.* Als sie eingeschlafen ist, atmet er die Luft ein, die sie ausgeatmet hat, und spricht leise ihren Namen in die Dunkelheit.

Immer wieder wacht er auf vor Glück. Er stellt sich ans Fenster. Die Sterne lassen das Meer metallisch leuchten, die Sterne, so klar und schön und hell wie die Lieder, die von ihnen handeln. Als er sich zu ihr legt, streift ihr warmer Atem seine Hand. Auf der ganzen Welt gibt es keinen Menschen, der ihm nähersteht, der ihm wichtiger ist. Er mag gar nicht wieder einschlafen.

Wenn er aufwacht, wird er immer noch glücklich sein.

Nie wieder bei null anfangen.

Nie wieder Ladehemmung.

Nie wieder was an die Garderobe hängen.

Während des Frühstücks denkt er die ganze Zeit an sie. Was sie wohl gerade so macht? Vielleicht mampft sie auch was, hat sich was zu spachteln organisiert, haut richtig rein. Auf leisen Sohlen schleicht er zum Strandkorb, in der Hoffnung, sie beim *heimlichen Naschen* zu ertappen. Vielleicht wischt sie sich gerade einen Klacks Marmelade vom Kinn.

Wie immer raucht sie, trinkt Kaffee, beobachtet die Paddelboote, die wie schwimmende Erbsenschoten an der Seebrücke festgemacht haben. Der arme, ewig nüchterne Magen, dass der nicht verätzt, übersäuert, sich entzündet. Vielleicht hält sie mit Tabletten, Tropfen, Zäpfchen dagegen, *diesbezüglich* wird sie sicher eine Strategie entwickelt haben.

Sie stehen eng umschlungen auf einer kleinen Sandbank, fünfzig Meter vom Ufer entfernt. Ihre Brustwarzen sind aufgerichtet, steif gerieben am Bikinioberteil. Er verspürt ein totales Verlangen nach ihr.

«Möchtest du mit mir schlafen?»

Fragt sie ihn.

«Jetzt?»

«Klar!»

Er dringt *diskret* von hinten in sie ein. Sie trauen sich vielleicht was. Und das ist erst der Anfang. Wenn sie erst mal …

Er sagt: «Lass uns spazieren gehen.»
«Wohin denn?»
«Am Meer gibt es immer genau drei Möglichkeiten: Landesinnere, nach links oder nach rechts. Landesinnere scheidet aus, finde ich.»
«Okay. Schnick, Schnack, Schnuck.»
Der Weg führt entlang der Steilküste zum Gespensterwald. Büsche beugen sich wie struppige Wesen über die steil abfallenden Felsen, die Sonne lässt das Meer in einer Vielzahl von Farben zerschellen. Den frischen Wind einzuatmen gibt ihm ein Gefühl von Leichtigkeit, ihm ist fast, als ob er bei einer Böe abheben würde.

«Ich liebe dich.»
«Ich liebe dich auch.»

Der Gespensterwald murmelt vor sich hin wie tausend betende Mönche. Eigentlich müsste er in Schmetterlingswald unbenannt werden, denn noch nie hat er so viele Schmetterlinge gesehen, es scheint, als wären sie hier seit Anbeginn der Zeiten versammelt. Lautlos, zerbrechlich, hauchzart, die bunten Flügel von schwereloser Zartheit. Es gibt wohl niemanden, der Schmetterlinge nicht mag. Sie stechen nicht, übertragen keine Krankheiten, sie fliegen von Blüte zu Blüte. Schmetterling müsste man sein.
Aus der Ferne strahlt das Hotel wie unter einer durchsichtigen Kuppel. Sein Herz schlägt bis in die Haarwurzeln. Es ist klar, was kommen muss.
Ich weiß es, und sie weiß es auch.
In seiner Vorstellung nimmt er ihre Hand und fragt, ob sie ihn heiraten möchte. Sie antwortet: Ja! Ja! Ja! Und ja! Das läuft

in seinem Kopf ab wie ein Film. Als sie zurück beim Hotel sind, hält er es nicht mehr aus.

«Vanessa?»

«Hm?»

«Ich frag dich jetzt mal was.»

«Da bin ich gespannt.»

«Was ganz Ungeheuerliches.»

«Frag!»

«Willst du meine Frau werden? Willst du mich heiraten?»

«Einen Moment. Ich komme gleich wieder.»

Im wirklichen Leben antwortet sie also nicht mit Ja, sondern geht aufs Zimmer (und packt ihre Sachen). Da hat er sich wohl getäuscht. Er wird so lange warten, bis sie wiederkommt, und wenn es darüber Winter wird. Er schließt die Augen und zählt bis hundert. Dann wieder von vorn. Bei 127 steht sie vor ihm. Sie bedeckt ihr Gesicht mit den Händen und blickt ihn durch die Fingerzwischenräume an.

«Ich möchte dich heiraten und deine Frau werden.»

«Wirklich? Jippiiee. Hurra. Juhu.»

Juhu. Das Wort, das Himmel bedeutet, Glück, Liebe, Freude.

Am späten Abend gehen sie noch einmal auf die menschenleere Seebrücke. Sie sind so glückstrunken, dass sie sogar vergessen, miteinander zu schlafen.

«Es ist immer so schön mit dir», sagt sie.

Dritter Teil
Sie oder Er

Siebzehn

Jetzt sind sie verlobt.

Sie wird seine Frau.

Sie haben es geschafft.

Es hat sich gelohnt.

Endlich ist geschehen, was geschehen musste.

Sie ist seine Freude, sein Glück.

Ein Kuss, meiner verehrten Frau, in Liebe.

Vanessa möchte so schnell wie möglich heiraten, am liebsten noch in diesem Jahr. Er würde lieber noch etwas warten, bis er genügend Geld für eine angemessene Hochzeitsfeier (St. Barth?) zusammenhat. Sie leben über *seine* Verhältnisse. Fünf-Sterne-Hotels, Erste-Klasse-Zugreisen, Nobelbars, Taxifahrten, Geschenke. Langsam geht ihm das Geld aus, aber das behält er für sich.

Sorgen macht ihm auch weiterhin der Zirkus mit dem Essen. Was hatte sie gesagt? «Bald ist es so weit, ich verspreche es.» Es war Teil des *Deals*. Doch statt zuzunehmen, wird sie dünner. Sie ist geradezu beleidigt, wenn jemand sie nicht für magersüchtig hält. Jeden Tag geht sie joggen, ins Fitnessstudio, sie legt auch längere Strecken zu Fuß zurück, läuft Treppen, nutzt jede Gelegenheit, Kalorien zu verbrennen. Ihr allerneuester Spleen: Sie meidet das Sofa und sitzt stattdessen auf dem Boden. Er recherchiert: verbraucht mehr Energie.

Sie starrt auf ihre Oberschenkel. Ob etwas nicht stimme, will er wissen. «Guck mal, wie breit die sind, im Sitzen sind die *original doppelt so breit.*» Was soll man dazu sagen? Er begreift: Solange das so ist, wird sie weiterhungern, bis sie irgendwann gar nicht mehr zu sehen ist. Und vielleicht will sie das ja auch. Es ist schließlich ihr Körper, den sie nach Belieben formen, abmagern und verdorren lassen darf; sie ist offensichtlich entschlossen, auch noch die letzten Kalorien zu verbrennen, die sich aus ihrem saftlosen Leib herauspressen lassen. Bald wird sie *wirklich* leichter sein als der Sommer, leichter sein als Luft, leichter als sonst irgendwas, davongeweht werden, die Lösung aller Probleme.

Einmal gehen sie gemeinsam Joggen. Er hechelt ihr hinterher, im wahren Sinne des Wortes: Die Leggins umspannen jede Kurve und jede Spalte ihres Gesäßes, wie eine zweite Haut. Schweiß bildet sich in der Furche zwischen den Hinterbacken. Er kann den Blick nicht abwenden von dem dunklen, nassen Rinnsal, das in geheimnisvolle Tiefen läuft. Er ist verrückt nach ihr, und es wird nicht weniger, im Gegenteil.

Mindestens ebenso schlimm wie ihre Angst davor, dick zu werden – eine *ekelhafte, fette Tonne*, darunter macht sie es nicht –, ist die Angst vor dem Alter. Täglich lastet das schreckliche Gefühl ihres in Zeitlupe verrottenden Körpers auf ihr, die Vorstellung, wie ihr Fleisch von Stunde zu Stunde gelber und weicher wird, sich permanent Gift, Rückstände, Aushub in ihren verschlickten Arterien anhäufen. Regelmäßig macht sie den Test: Sie schiebt sich einen Bleistift unter die Brust; wenn irgendwann der Tag kommt, an dem er nicht runterfällt, ist es vorbei.

Wenn sie die Wochenenden gemeinsam verbringen, ist sie spätestens am Sonntag so schwach, dass sie sich kaum mehr auf den Beinen halten kann. Dabei spricht sie über nichts lieber als übers Essen. Ihr großes Thema, in allen Variationen, ausführlich, stundenlang. Sie denkt sich Hochzeitsmenüs aus, um sie gleich wieder zu verwerfen. Nur jemand, der sehr hungrig ist, beschäftigt sich derart manisch mit Essen. *Genuss entsteht im Kopf.* Er kann es kaum mehr ertragen, wenn sie auf seinen Teller starrt und demonstrativ an ihrer Zigarette zieht.

Friss doch endlich, meine Güte, das kann doch nicht so schwer sein! Du wirst ernst genommen, du wirst geliebt, dir wird jeder Wunsch von den Augen abgelesen. Was willst du denn noch? Verrat es mir, damit ich es begreifen kann, sag endlich, was dir fehlt.

DU UNERSÄTTLICHE.

Er überlegt allen Ernstes, ihre Therapeutin zu kontaktieren:

«Liebe Frau Doktor Elena, eine Frage, wenn's erlaubt ist: Wann etwa sind erste Ergebnisse zu erwarten? Es reicht, wenn sie mir das Jahrzehnt nennen.»

Er lässt es bleiben.

Sie hat ein Engagement auf einem Kreuzfahrtschiff in Aussicht. Vier Monate auf hoher See, sechs Vorstellungen in der Woche, bei sehr guter Gage, Kost und Logis frei. Er weiß genau, was sie hören will: *Kreuzfahrten sind das Allerletzte! Willst du deine Karriere aufs Spiel setzen, um Rentner zu unterhalten? Ich bin dein zukünftiger Mann und in der Lage, für unseren Lebensunterhalt zu sorgen. Wenn du erst mal berühmt bist, leben wir eben eine Zeitlang von deinem Geld.* Sagt er dann auch. Denken tut er: *Kreuzfahrten mögen das Allerletzte sein, aber bevor du deine nie in Gang gekommene Karriere endgültig abschreibst, wäre es abseits der ewigen Messejobs eine Möglichkeit, in deinem Beruf zu arbeiten.*

Vanessa, erleichtert, dankbar, sagt ab.

Sie besuchen das Konzert einer Indie-Pop-Band. Geheimtipp, *talk of the town.* Gute Energie, tolle Songs, charismatischer Sänger. Die wollen es wissen, vielleicht – unwahrscheinlich, aber nicht unmöglich – schaffen sie es sogar. Er kennt das, er weiß, wie die sich fühlen, so hat er sich vor zwanzig Jahren auch gefühlt. Der Rausch der Musik erfasst die Leute, ihn nicht. Umgeben von jungen Menschen, umgeben von Leidenschaften und doch selbst unentzündbar. Hätte er das Empfindungsvermögen von früher, wäre das ein toller Abend.

Stattdessen hat er Rückenschmerzen und muss ständig zur Toilette. Es ist eng, heiß und laut, er fühlt sich im verschwitzten Gedränge mehr als unwohl, die Musik ist so laut, dass sie ihm den Atem aus den Lungen saugt. Das Konzert soll endlich zu Ende gehen. Als Vanessa ein Song mal nicht gefällt, hofft er gleich, dass sie die Nase voll hat und nach Hause will. Er täuscht sich. Den nächsten findet sie wieder gut. Sie bleiben bis zum Schluss. Die Rückenschmerzen sind so stark, dass er auf dem Nachhauseweg humpelt.

Sie kommt immer öfter zu spät, ist schlecht gelaunt oder aggressiv, oder traurig, oder verstimmt, oder alles zusammen. Ständig fängt sie davon an, dass er Musik machen, Songs schreiben soll. Er sagt in unzähligen Varianten das immer Gleiche: «Das Erfolgsgeheimnis besteht darin, zum richtigen Zeitpunkt zu kommen. Ein Jahr zu früh, ein halbes Jahr zu spät, und es wird nichts draus. Ich bin zwei *Jahrzehnte* zu spät.»

Sie will das nicht einsehen, spricht von Aufgabe, Kapitulation, Verweigerung. «Wenn du es wirklich willst», sagt sie, «wirst du dich durchsetzen.» Durchsetzen, Erfolg, Sieg, widerliche Worte. Sie drehen sich im Kreis.

Manche Abende dehnen sich wie eine Wüste. Er empfindet ihre Nähe nun oft als lähmend, das Unbehagen lastet dann wie eine elektrische Ladung im Raum.

«Wie meinst du das denn überhaupt?», fragt er. Sätze, die

man sagt, um Zeit zu gewinnen. Sie schaut ihn an, zuckt mit den Schultern. Er schaut weg, bevor sie wegschauen kann.

Wenn sie nicht zusammen sind, denkt er unaufhörlich an sie. Ist es überhaupt möglich, nicht mehr an sie denken zu müssen? Vielleicht durch Willenskraft, etwas Glück und das Fortschreiten der Zeit. Ihm ist ständig flau, als wäre er in einem schnell hinabfahrenden Aufzug oder in einem Flugzeug, das rasch an Höhe verliert. Vielleicht ist sein Gehirn verrutscht, hat sich auf der einen oder der anderen Schädelseite zusammengeschoben. Vielleicht.

Er stellt sich vor, eine Behinderung zu haben, berufsunfähig zu sein, verrentet, in einer Pflegeeinrichtung zu leben, keine Verantwortung mehr für irgendwas zu haben, auch nicht für sie. Arm, entmündigt, aber frei.

Ein klappriger alter Rocker, dem nach schwerem Unfall beide Füße amputiert werden mussten.

Ein Obdachloser, ein Rentner, ein streunender Hund.

Alles auf einmal.

Ohne sich mit ihm abzustimmen, setzt sie die Pille ab. Wie er das finde? Nur mühsam gelingt es ihm, seinen Schock zu verbergen. «Das sind ja Nachrichten», stammelt er, «Menschenskinder.» Sie nickt heftig. Ohne Kinder sei das Leben eben nicht vollständig. Was er dazu zu sagen hätte, ist schwer vermittelbar. Er möchte *noch* keine Kinder, weil er sich zu jung dafür fühlt. Behält er für sich.

Kann sie überhaupt schwanger werden bei ihrem BMI? Sie müsste das Trinken und das Rauchen gleichzeitig einstellen, die beiden Dinge, die sie am Leben halten, und sie müsste regelmäßig essen, die Sache, die sie umbringt. So oder so hofft er, dass der Kinderwunsch eine fixe Idee ist, bei ihrer Sprunghaftigkeit. Aber sie fängt immer wieder davon an. Als sie ihre Tage bekommt, ist sie enttäuscht wie eine Frau, die seit Jahren alles dafür tut, schwanger zu werden.

Verliebt, verlobt, verheiratet, Haus und Kind und Kegel. Das allerneueste Ding: Sie hasst die Stadt, ist das *entfremdete Leben* (wo hat sie diesen anachronistischen Ausdruck bloß ausgegraben?) leid, will so schnell wie möglich aufs Land, genauer: ins Umland ziehen. Speckgürtel, Peripherie, Suburbia, verscharrt in der Hälfte eines Doppelhauses, in dem das Erdgeschoss behindertengerecht umgebaut wird, damit die Mutter einziehen kann. Vanessa kümmert sich rund um die Uhr um die (mittlerweile zwei oder drei) Kinder. Er muss sich als Alleinverdiener ranhalten, um die vier oder fünf Mäuler, plus sein eigenes, zu stopfen. Er wird sich radikal ändern müssen, häuslich, zuverlässig, ein verständnisvoller Partner mit stets offenem Ohr, ein guter Vater, ein vorbildlicher Schwiegersohn; ein heruntergedomestizierter, kastrierter Stoffel ohne eigene Bedürfnisse. Sie, säugend, kochend, kümmernd, strickend, er ein unförmiger Kartoffelsack, grau, alles Licht verschlingend; zwischen ihnen geistert die Mutter umher wie ein nicht zur Ruhe gekommenes Schlossgespenst.

«Fahren wir bald mal wieder nach Heiligendamm?», fragt sie. «Ja», antwortet er, obwohl er weiß, dass sie es nicht schaffen werden.

Achtzehn

Ihr Geburtstag steht bevor. Sie wird nicht müde zu betonen, dass dies *der einzige Tag im Jahr* sei, auf den sie sich wirklich freue. Nur an diesem einen Tag gelinge es ihr, loszulassen, fröhlich zu sein, sich *feiern* zu lassen. Sie hat einen Saal in einem Hildesheimer *Romantik-Hotel* angemietet, neben Familie («Endlich lernst du meine Mutter und meine Schwester und meinen Halbbruder kennen.» – Halbbruder, welchen Halbbruder denn? Ach egal) und alten Freunden erwartet sie ihre ehemalige Klassenlehrerin Frau Hanser, die mit den Jahren zu einer mütterlichen Freundin geworden ist. Sie hängt ihren Geburtstag so hoch auf wie einen Galgenstrick. *Dort werde ich baumeln, und die Geier hacken mir die Augen aus.* Er ist sich sicher, ihren Erwartungen nicht gerecht zu werden und sich an dem Tag irgendetwas Gravierendes zuschulden kommen lassen. Es werden Dinge geschehen, mit denen nicht zu rechnen war: unvorhergesehene Ereignisse, unberechenbare Risiken, dumme Zufälle, Launen des Schicksals. Es wird schieflaufen, weil es schieflaufen muss. Wenn er nur jetzt schon wüsste, was.

Erst einmal muss ein atemberaubendes Geschenk her, eines, das Vanessa sprachlos macht, begeistert, verzückt, zu Tränen rührt. Und milde stimmt. Ein ganz besonderes Präsent, das einen Fehltritt erlaubt. *Einen hab ich dann frei.*

Auf der Liste der EXKLUSIVEN GEBURTSTAGSGESCHENKE FÜR FRAUEN findet sich neben einer Städtereise nach Italien, SUP (Stand-up-Paddling), Cocktail- und Gesangskursen, einem Pärchen-Rundflug im Heli und einem Husky-Erlebnistag auch eine *personalisierte Schnapsbank für Paare.* Sicher witzig. Was fällt ihm sonst noch ein? Smartphone. Katze. Intensivkurs Führerschein (endlich ein eigenes Auto). Hmm. Oder Schmuck. *Der* Klassiker, kann man nichts falsch und alles richtig machen. Ring. Armband. Halskette. Uhr. Das ist es! Irgendwann vor ein paar Wochen hat sie ihre Armbanduhr verloren. In der Auslage von Juwelier Nickel entdeckt er eine gebrauchte Rolex Lady Datejust, Kostenpunkt 2900 Euro. Da ist sogar noch ein möglicher Weihnachtsschnitzer abgedeckt.

Sie möchte *ganz smooth* reinfeiern, nur sie und er, um dann morgens frisch gewaschen und gut gelaunt nach Hildesheim zu fahren, schon mal den Saal vorbereiten. Die Gäste werden am frühen Nachmittag erwartet, in den Abendstunden klingt die Feier aus. Das sei so Tradition, und sie hätten dann noch Zeit für sich.

Ach so.

Ja.

Schön.

Vierundzwanzig Stunden heißt es: auf Zack sein, witzig, zuvorkommend, charmant, seiner zukünftigen Frau – stets zu Diensten – an ihrem Ehrentag jeden Wunsch von den Augen ablesen, die ihm zugedachte Rolle als Mann an ihrer Seite perfekt ausfüllen. Vorbereitend Sport treiben, sich gesund ernähren und vor allem die Finger vom Alkohol lassen! Sich präparieren wie ein Bergsteiger auf den Gipfelsturm.

Möglicherweise wäre alles glimpflich verlaufen, wäre es nicht zu dem Intermezzo mit ihrem besten Freund Tobias (Tobi) gekommen.

«Bester Freund? Von dem hast du noch nie erzählt.»

«Nicht? Du von Peter ja auch nicht.»

«Hast recht. Was ist das denn für einer?»

Tobi studiere Business an der London Business School und sei nur für ein paar Tage *in town.* Ob etwas dagegen spreche, dass er sich für ein paar Stunden dazugeselle?

«Er ist auch total gespannt auf dich.»

«Nein. Spricht nichts gegen.»

«Sicher?»

«Wirklich.»

Das ist noch nicht mal gelogen. Sie wird Tobi ihre ganze Aufmerksamkeit widmen, die beiden werden in Erinnerungen schwelgen, bis es ratzfatz Mitternacht ist und er nach der mitternächtlichen Geschenkeübergabe schon mal ins Schlafzimmer *vorgehen* darf, Ratzeburg, Schäfchen zählen, Heia, ins Bettchen.

Tobi. Business School. Businessman. Hundert pro ein öder Typ.

Doch als Tobi bei ihm klingelt, entspricht er so überhaupt nicht dem Bild, das man sich von einem spießigen BWL-Streber macht. Charmant und smart, zugewandt und warmherzig, er hat etwas geradezu *Mitreißendes* und, Achtung, jetzt kommt's: Humor. Wer hat das schon.

Zwischen bestem Freund und bester Freundin scheint aber irgendwie die Chemie nicht mehr zu stimmen; sie sind sich, nach über einem Jahr Funkstille, wohl fremd geworden. Ihre Sätze finden nicht zusammen, sie klingen, als ob sie sich aufeinander bezögen, sie tun es aber nicht. Soll ja passieren.

Tobi interessiert sich bald mehr für den Verlobten seines *weiblichen Best Buddy* als für den weiblichen Best Buddy selber. Er hat zwei Flaschen Cremant mitgebracht und sorgt dafür, dass die Gläser immer gut gefüllt sind. Vanessa trinkt Wasser und wippt unter dem Tisch mit den Füßen vor sich hin. Das hatte sie sich anders vorgestellt. Alle naslang geht sie zum Rauchen auf den Balkon oder scrollt genervt in ihrem Handy, ein lebender Vorwurf. Meine Güte, dann soll sie sich doch am Gespräch beteiligen. Er hofft, dass sich irgendwann ihre Miene aufhellt – aber das passiert einfach nicht.

Tobi möchte wissen, was der Verlobte beruflich macht. Früher Musiker, heute Tonstudiobetreiber, Toningenieur und Produzent in Personalunion. Aha. Erzähl mal! Ob eigentlich noch was zu trinken da ist? Weißwein. Und Champagner, aber der ist für nachher, zum Anstoßen. Ja, klar.

«Für mich nicht», sagt Vanessa. Ihre Stimme klingt piepsig und schrill.

«Alles in Ordnung bei dir?», fragt Tobi. Statt Antwort Exil auf dem Balkon, kann man nix machen, und Tobi dreht sich wieder zu ihm: «Hast du *zufällig* Schnaps da?»

«Ja, Grappa. Magst du?»

«Klar, trinkst du einen mit?»

Der Grappa hat 55 Prozent und ist so trocken, dass er ihm alle Feuchtigkeit aus dem Mund saugt.

Als Vanessa nach Ewigkeiten wiederkommt: «Sag mal, muss das sein? Denk doch bitte an morgen.»

«Ich kann ausschlafen.» Sagt Tobi.

Sehr witzig. Sie will, dass er auf sie eingeht und sich am Riemen reißt. Er sieht es, aber er ignoriert ihren Wunsch. Es fühlt sich gerade so gut und leicht an wie seit langem nicht mehr, und diesen Zustand möchte er noch ein klein wenig halten. Heute bin *ich* mal dran, denkt er allen Ernstes und: Wenn sie partout nicht will, dass ich trinke, soll sie es sagen. In einer Stunde kriegt sie ihre Uhr, und gut ist.

9, 8, 7, 6, 5, 4, 3, 2, 1, Alles Liebe und Gute, bitte schön.

Die Uhr ist der Wahnsinn, Vanessa strahlt, ja, sie strahlt, sie sendet wirklich Licht aus.

«Das ist das schönste Geschenk, das ich jemals bekommen habe.»

Siehste, denkt er, habe ich es mir doch gedacht, alles ist vergeben und vergessen, und ich kann mir noch einen einschenken.

Plopp, zisch, hoch die Kelche.

Uhr hin, Halstuch (Tobis Geschenk) her, Vanessa kriegt den Bogen nicht. Ihr Lachen ist künstlich, die Gesten sind fahrig, ihr ganzes Benehmen wirkt künstlich und übertrieben, wie in einem Zeichentrickfilm. Merkt sie selber. Um Viertel vor eins ist sie es, die schon mal vorgeht.

«Lass es bitte nicht so spät werden», sagt sie noch, und es ist klar, wie ernst sie das meint.

«Nee, nee, ich komm gleich nach.»

Kurz vor vier braust Tobi sturzbesoffen mit dem Taxi davon, zieht von dannen wie ein Schwarm Heuschrecken nach dem Kahlschlag. Tobi: das unvorhergesehene Ereignis, das unberechenbare Risiko, der dumme Zufall, die Laune des Schicksals, die ihm das Genick brechen wird.

In der Nacht wacht er mit dröhnendem Kopf auf. Die andere Seite des Bettes ist leer. Er findet Vanessa auf der Couch.

«Hier bist du? Was ist denn?»

Verzweifelt: «Das ganze Schlafzimmer riecht nach Schnaps, und du schnarchst *abartig laut.* Lass mich jetzt bitte weiterschlafen, ich schaffe das sonst alles nicht. Bitte, du weißt, was mir dieser Tag bedeutet.»

Um zehn ist Aufbruch. Ausgeschlossen für ihn. Illusorisch. Undenkbar.

«Ich gehe jetzt.»

Tonloser kann eine Stimme nicht klingen.

«Was? Wohin? Wie spät ist es?»

Vanessa, perfekt geschminkt, *in Hut und Mantel*:

«Halb zehn. Ich fahr mit dem Zug. Adresse habe ich aufgeschrieben. Schlaf deinen Rausch aus und komm dann nach. Sieh zu, dass es nicht später als vier wird. Ja?»

«Ja, natürlich. Danke. Ist Tobi eigentlich immer so?»

Ausreden, Verzerrungen, Jämmerlichkeiten.

«Willst du jetzt *ihm* die Schuld geben? Überleg dir gut, was du sagst. Lass uns später darüber sprechen, ich muss jetzt los.»

«Gute Fahrt!»

Gute Fahrt. Wie dämlich.

Jetzt noch ein Stündchen weiterschlafen, dann eine schöne heiße Badewanne, Haare waschen, rasieren, Nägel schneiden. Die Autofahrt wird ihm helfen runterzukommen. Was ist denn schon passiert? Ein kleiner Ausrutscher im Eifer des Gefechts, Pech, dumm gelaufen, kein Grund, sich wie ein Schwerverbrecher zu fühlen und wie einer behandelt zu werden.

Das saubere Gefühl verfliegt gleich nach dem Abtrocknen, auf seiner Haut bildet sich eine Art Ganzkörperschmierfilm. Der fünfundfünfzigprozentige Grappakater lässt sich weder wegduschen noch wegschlafen, verdünnen, versalzen oder sonst wie in den Griff bekommen.

Jetzt heißt es Nerven bewahren, durchatmen. Er wird schon irgendwie durchkommen.

Eine verklebte Schnapsleiche auf dem Weg ins Nirgendwo. Nach einer halben Stunde Autobahn ziehen dunkelviolette und schwarze Gewitterwolken auf, am Himmel erstirbt ein Streifen Licht nach dem anderen. Wie eine große Peitsche krachen und knallen die Donnerschläge, und es wird innerhalb weniger Minuten so duster, dass sich das Blau seiner Motorhaube in ein mattes Schwarz verwandelt. Der Wolkenbruch zwingt ihn auf den Standstreifen. Schön wäre es, sich vom rhythmischen *Dump, Dump, Dump* der Scheibenwischer in den Schlaf wiegen lassen. Leider ist das Gewitter so schnell vorbei, wie es gekommen ist.

Das *Romantik-Hotel Schlüter* ist ein wulstiges, zernagtes, durchfeuchtet wirkendes Gebäude. Palast der Löcher. Romantik-Hotels heißen Romantik-Hotels, weil sie in der Regel mit einem beträchtlichen Renovierungsstau zu kämpfen haben. Das Romantische, sprich Verfallene, Kaputte, Vermoderte, wird einfach auf den Zimmerpreis geschlagen.

«An alle: Das ist ER! Jetzt lernt ihr ihn endlich kennen.»

«Hallo, freut mich», ist alles, was er herausbekommt. Er grinst ganz normal, als wäre er ein ganz normaler Mensch, ein unbeholfener Schlenker seiner Hand soll *Ich mach mal so* bedeuten. Wahrscheinlich erwartet Vanessa von ihm, dass er sich bei jedem einzeln und der Reihe nach vorstellt, aber er kann nicht, er kann nicht, er kann einfach nicht.

Wenigstens Mutter Karin und Schwester Ina muss er eine Privataudienz angedeihen lassen. Die Mutter sieht aus, wie man nach einer langjährigen Psychiatriekarriere aussieht; eine geisterhafte Gestalt mit erloschenem Gesicht, ihre Augen von den Gläsern der Brille so verzerrt, dass sie wie zwei weit aufgerissene Münder aussehen. Der einzig sichtbare Ausdruck in ihnen ist das Entsetzen.

«Es freut mich, Sie endlich kennenzulernen.» Sagt sie langsam und zäh wie Sirup. Wahrscheinlich die Psychopharmaka.

Ein schiefes Lächeln hängt wie ein Stück Seil an ihren Lippen.

«Wie gefällt es Ihnen bei uns hier in Hildesheim?» Sie muss für diese außergewöhnliche Frage erkennbar ihre ganze Kraft zusammennehmen.

«Gut.»

Ina ist so etwas wie die Solariums-Ausgabe ihrer jüngeren Schwester. Sie ist genauso mager, aber leider an den falschen Stellen. Die schrumplige Haut hat die typische orangegelbbraune Farbe von jemandem, der ungefähr fünftausendmal zu oft in der Röhre gelegen hat. Auf der Vorderseite ihres T-Shirts steht YOUNG, WILD & BEAUTIFUL, auf der Rückseite APOLLO LOUNGE. Das ist der Name des Sonnenstudios, in dem sie arbeitet. Wie die Schwestern mit ihren hingebungsvoll ausgemergelten Körpern so direkt beieinanderstehen, wirken sie geradezu lächerlich dünn.

Ina hält die Hand von Holger, ihrem *Lebensabschnittspartner*, fest umklammert. Damit er nicht wegläuft? Holger ist in der Securitybranche tätig, genauer: Objektschützer. Sein Hals ist breiter als der Kopf. Die vorstehenden Zähne, die ihn aussehen lassen als würde er pausenlos grinsen, stehen in seltsamem Kontrast zu seinem kompakten, muskulösen Körper, der so gar keinen Spaß versteht. Das Sakko ist mehrere Nummern zu eng, es sieht aus, als hätte ihn jemand hineingeknetet. Wahrscheinlich sein einziges und selten in Benutzung.

«Lernen wir dich auch mal kennen», wiederholt Ina die Worte ihrer Mutter, nur als Vorwurf. Wieso duzt die mich eigentlich, denkt er, «Ja, wurde auch langsam Zeit», sagt er.

«Wer in einem Restaurant nichts bestellt, wird auch nichts bekommen. So ist es auch im Leben.» Ach so. «Ein Bier hat genauso viele Kalorien wie zwei Brötchen. Würdet ihr auf die

Idee kommen, nach dem Abendessen noch acht Brötchen zu essen?» Fragt Ina.

Was redet die? Er setzt sein bestes Lächeln auf und hält es, bis er spürt, dass sein Gesicht die Form verliert. Schnaps dringt zusammen mit dem Schweiß aus seinen Poren, auf seiner Zunge der Geschmack von Leichentüchern. Er hat eine ziemlich genaue Vorstellung davon, wie er aus dem Mund riecht.

«Wenn du noch was essen willst, musst du dich beeilen.»

Hat Vanessa ein Einsehen, spürt sie seine Not? Oder stinkt er derart aus dem Maul, dass sie sich für ihn schämt? Er marschiert zum bereits arg zerrupften Buffet, schaufelt sich wahllos den Teller voll und setzt sich an einen Katzentisch etwas abseits vom Geschehen. Zeit gewinnen. Spuren verwischen. Unsichtbar machen. Ein Stein, unter dem primitives Leben wohnt. Er ist das primitive Leben. Langsam essen, gründlich kauen, mampfen wie eine wiederkäuende Kuh.

Der Saal ist mit haferbreifarbenem Parkett ausgelegt und riecht nach kaltem Rauch, verschüttetem Bier und nicht in Schwung gekommenen Festen. Die Freunde sitzen auf der rechten Seite, die Familie auf der linken, ein *lebendiger Austausch* zwischen den Fraktionen ist offenbar nicht vorgesehen. Die Tische sind mit grün-blau-rotem Krepppapier dekoriert, kleinen Girlanden, Blumenarrangements und einem mit alkoholfreien Getränken bestückten Getränke-Rondell. Hat Vanessa das alles allein gemacht?

Nach jedem Bissen legt er das Besteck zur Seite und sucht sich eine Beschäftigung.

Er untersucht das Salz-Pfeffer-Streuerset: Er schraubt die Gefäße auf und stellt fest, dass sowohl der Salz- als auch der Pfefferstreuer Salz enthalten.

Das ist nicht Sinn der Sache.

Er unterzieht das Weißbrot einem haptischen Test: ganz flauschig, wie Gewölk.

Er schenkt sich aus einer Karaffe ein Glas Orangensaft ein: Der Saft schmeckt muffig und abgestanden, die konzentrierte, klebrige Süße tut aber gut.

Die Stimmung ist irgendwie gegen ihn. *Wieso setzt der sich so weit ab vom Schuss? Will mit uns wohl nichts zu tun haben. Ganz schön arrogant. Und guck mal, wie der schwitzt.* Feindselige Blicke, bösartige Gesprächsfetzen, zersetzendes Geläster fliegen durch die Luft; an ihn gerichtet, über ihn, gegen ihn.

Er wünschte, die Leute würden ihn sympathisch finden. Ein seltsames Phänomen, dass man selbst bei Leuten, denen man im Leben voraussichtlich kein zweites Mal begegnen wird, einen guten Eindruck hinterlassen möchte. Das Geheimnis echten Selbstbewusstseins: eben keinen guten Eindruck hinterlassen zu wollen, hinterlassen zu müssen.

Eine junge Frau, ein junges Mädchen, pendelt zwischen Freunde- und Verwandtentischen hin und her, schwer zu sagen, ob sie Freundin ist oder doch Verwandte. Das enganliegende Kleid bringt ihre im Verhältnis zum zarten Körper sehr großen Brüste einwandfrei zur Geltung. Dazu der große, volle Mund, die leicht geöffneten Lippen, die etwas Schmutziges zu flüstern scheinen. Verwirrte, verkaterte Gedanken. Die sieht doch aus wie ein … Na, sag schon: Anime Girl, einem Manga-Comic entsprungen. Manga-*Comic*? Eher Manga-*Porn*. Schon ist sein Kopf voll mit dreckigen Bildern, die er nicht gebrauchen kann und die in die Geheimverliese und Gänge und Folterkammern des Romantik-Hotels führen. Der Mensch ist Opfer seiner Sexualität, er windet sich unaufhörlich unter dem Höllenfeuer, dass ihm die Lenden leckt. Seit, ja, seit wann eigentlich – zwei Wochen, oder sind's schon drei? –

hatten Vanessa und er keinen Sex mehr? Er hatte gehofft, dass Reinfeiern mit noch anderen Dingen einhergehen würde. Gut gelaunt, weil frisch gefickt, und mit dampfendem Coffee to go ins schöne Hildesheim.

Weiteressen. Sein Teller ist noch halb voll. Wenn der leer ist, gibt es Nachschlag, bis die Fete vorbei ist.

«Willst du nicht mal zu uns rüberkommen?»

Vanessa sagt das in einem Ton, als würde sie ihn auffordern, die Aschenbecher zu leeren. An den Verwandtentischen sitzt inzwischen kaum noch jemand. Im Halbkreis um die Mutter stehen: Schwester Ina mit Freund Holger, Tante Petra und Onkel Bernd (früher hießen Tanten Inge oder Helga, Onkel Willi oder Horst), Vanessas Halbbruder Pascal, ein etwas teigiger Normalo-Typ, und ihre ehemalige Klassenlehrerin. Frau Hanser hat ein ungewöhnlich schmales, auf leicht schwindsüchtige Weise aristokratisches Gesicht. Eine richtige Lady, kerzengerade steht sie da.

Ihm fällt nichts Besseres ein als ein langgezogenes «Naaaaaaa?!». Alle Blicke sind sofort auf ihn gerichtet. *Nun fühlen wir dem mal auf den hohlen Zahn. Es wäre doch interessant zu erfahren, was dieser ganz besondere, uns unbekannte Gast, der VERLOBTE, zu sagen hat.*

«Sorry, ich wollte nicht unterbrechen.»

Eben. Besser nicht. Vanessas Schwester blickt ihn kurz an und setzt dann ihr Sperrfeuer aus Plattitüden fort. Wenn Ina das Wort hat, hat Ina das Wort. Ina spielt die erste Geige. Gegen Ina ist schwer gegen anzustinken. Ihr Blick sagt: *Ich bin hier die Queen, Leute, ich steck euch alle in die Tasche.* Er sucht in ihrem Gesicht ein Zeichen von Ironie, von Geist, von irgendwas, aber da ist nichts.

Das kalte Wasser wird nicht wärmer, wenn du später springst.

Quasi

Mach eine Sache richtig, statt viele falsch.

im Endeffekt

Du musst nicht dein Leben ändern, du musst dein Ändern leben.

Chapeau

Motivations- und Erfolgssprüche scheinen es ihr besonders angetan zu haben. Du schaffst es! Jeder kann alles erreichen, auch sie und Holger. Irgendwann übernimmt sie das Solarium und Holger das Objekt, das er gerade noch geschützt hat.

Ihm soll es recht sein, solange er aus der Schusslinie ist. Er bemüht sich, so unscheinbar zu wirken, dass er schon vergessen ist, während er noch hier steht. Ina, angetrieben vom Adrenalin des Misserfolgs:

Wer etwas erreichen will, hat Lösungen, wer nichts erreichen will, hat Ausreden.

Wie geil ist das denn

Wenn du versuchst hineinzupassen, wirst du bloß verschwinden.

Dito

Der Erfolgreiche ist stets auch ein Macher. Der Erfolglose hingegen ist ein Mitmacher.

FUCK

Ina ist stumpf wie Pappe, laut, rücksichtslos, ignorant. Sie geht immer und überall in die Offensive, weil sie nichts ist, nichts kann und nichts zählt. Er hofft, sich mit Kopfnicken, «Mmh», «Aha», «Ja», «Nein» durchmogeln zu können und mit einem «Befriedigend» davonzukommen, so in der Art: Der Dings von Vanessa ist doch irgendwie ganz nett.

«Wie viele Personen passen eigentlich unter eine Sonnenbank?», könnte er Ina fragen, um sich beliebt zu machen. Aber sie lässt wirklich niemanden zu Wort kommen.

Wenn deine Ziele nicht unerreichbar scheinen, dann sind sie zu klein.

Total

Ein Mensch ohne Ziele arbeitet automatisch für die Ziele anderer.

Da bin ich bei dir. Und sonst so?

Lass dir dein Leuchten nicht nehmen, nur weil es andere blendet.

Krass:

Pessimisten stehen im Regen, Optimisten duschen unter den Wolken.

WISST IHR SCHON?

Aha, Themenwechsel, jetzt Promi-News. Inas Gelaber ist gespickt mit pubertären Zweideutigkeiten, weit unter banal oder seicht. Frau Hanser zuckt bei jedem *mega, total, durchgeknallt, krass, geil, lecko mio* zusammen, bewahrt jedoch ein sphinxartiges Lächeln auf den Lippen. Die Contenance!

Tante Petra und Onkel Bernd finden Inas ganze Art erfrischend.

Holger nickt, als wollte er Sieger im Wettnicken werden.

Frau Hanser bleibt freundlich wie eine Buddhafigur aus Granit.

Pascal ist ganz woanders, er rechnet zum Beispiel die Brückentage fürs kommende Jahr aus.

Vanessa ist genervt, will aber keinen Streit. Sie hat ihrer Schwester gegenüber schon zu oft den Kürzeren gezogen. Sie hofft, dass sich Inas schier unerschöpflicher Labervorrat allmählich leert und man sich dann unterhalten kann.

Die Mutter hat die Haltung eines großen Insekts eingenommen, das, auf den Hinterbeinen halb aufgerichtet, für immer in dieser Position erstarrt, sprachlos und zweidimensional. Sie hofft, dass alles bald vorbei ist. Die Feier, das Leben, einfach alles.

Kacke
lecker
Bombe
Wir verstehn uns

Wie machen sie und Holger das eigentlich? Wie kommen sie mit diesem Vokabular über die Runden? Verfügen sie über geheime, ihm nicht zugängliche Spielarten der Verständigung?

Dann, aus dem Nichts: «Woher *kennt* ihr euch eigentlich?»

Er zuckt zusammen. Jetzt hat es ihn doch erwischt. Vanessa bedeutet ihm mit einem Kopfnicken, dass er gefälligst antworten soll.

«Aus der Gefangenschaft.»

Rutscht ihm so raus.

«Wie bitte?» Du bist ja ein ganz Lustiger, sagt Inas Miene, die Sorte kenn ich. In ihrem Solarium macht sie mit solchen Typen kurzen Prozess.

Oder ist da etwa was dran? Haben wir es mit einem Verbrecher zu tun, den Vanessa mit ihrer sozialen Ader im Gefängnis besucht hat und der sie zum Dank nach Strich und Faden manipuliert? Ein Sexualstraftäter auf Freigang, dem schon wieder der dickflüssige Vergewaltigerschweiß auf der Stirn steht?

Holger nimmt das mit dem Knast für bare Münze. Er würde selber gerne mal in Gefangenschaft geraten und sich den Weg nach draußen freischießen.

«Nee, Quatsch, wir haben uns auf einer Premierenparty kennengelernt.»

«Haha, ich dachte schon …»

Als Nächstes erzählt Ina irgendwas von Engeln, die man hören kann, wie sie ihre Flügel bürsten. Er setzt ein Gesicht auf, das Geselligkeit, gute Laune und Interesse ausdrücken soll, doch der Mutter, die beim Stichwort Engel kurz aufgewacht ist, kann er nichts vormachen. Sie schaut ihn an, der Blick unbewegt, wie von blinden oder künstlichen Augen. Unheimlich.

Nach irgendwas über den *Kreislauf des Lebens* landet Ina bei Sternzeichen. Die Sterne sind mächtiger als man selbst, gegen die Sterne kann man sich nicht wehren. Wenn etwas gut läuft, hängt das mit den Sternen zusammen. Wenn etwas schlecht läuft, auch.

Entgegen hartnäckig sich haltender Gerüchte über die Einzigartigkeit jedes Menschen hat Ina so gar nichts Liebenswertes an sich.

Bei *Karmapunkte* kann er nicht mehr an sich halten: «Innovationen im Religiösen sind ebenso unmöglich wie die Vermehrung des Unendlichen.»

«Hä?»

«Wegen Karma.»

Ach so. Niemand gibt gerne zu, etwas nicht verstanden zu haben.

Sozusagen
Krass
Ultimativ
Nicht wirklich
Ihr Lieben
Das ist nur so semi

DIE ARME
Booah
FRAU HANSER
Krass
KOMMT GAR NICHT
Echt?
NACH MIT DEM
Spuck's aus
ZUSAMMENZUCKEN.

Es darf nicht sein, dass Ina mit allem durchkommt. Die Irre muss gestoppt werden. Er muss es für Frau Hanser tun. Als Ina eine Pause zum Luftholen lässt, grätscht er rein:

«Gibt es hier in der Gegend eigentlich eine *Gaststätte Behr*? Ich hab mich schon oft gefragt, ob es in jeder Stadt, vielleicht sogar an jedem von Deutschen bewohnten Ort, eine Gaststätte Behr gibt.»

Vanessa, hilflos: «Haha.»

Inas Gesicht glänzt vom Sunblocker. Will der Typ sie etwa …?!

Besser er gibt Ruhe. Aber er kann nicht.

«Am meisten lernt man doch durch die Varianten des Immergleichen», sagt er und schaut dabei die Mutter an. Die umklammert ihre Handtasche, als hätte sie Angst, er könnte sie ihr entreißen. Dabei befinden sich darin nur ein leeres Portemonnaie, ihr Personalausweis und ein Adressbuch, in dem die Namen Verstorbener stehen.

«Die Quelle allen Übels ist Formlosigkeit.» Opasätze. Altkluges Quatschzeug. Alles besser als das fünfhundertste MEGAGEIL.

Formlosigkeit? Sollte das etwa eine Anspielung sein? Ina hat es generell nicht so mit Anspielungen. Es ist auch gar nicht so leicht, Anspielungen zu verstehen, wenn man keine Ahnung hat, worauf angespielt wird.

«Ein sicheres Zeichen endgültiger Selbstaufgabe: Nichts mehr in Reparatur geben.»

Die Eigendynamik des Augenblicks treibt ihn voran.

«Nur äußerster Mangel an Phantasie und Vorstellungskraft rechtfertigt das Reisen.»

Ina ist wie das Osterfeuer: vorn verbrennt man, hinten vereist man.

«Ein Knallzeuge ist einer, der einen Vorfall zwar nicht gesehen, aber gehört hat.»

Lange her, dass sich jemand mit ihr angelegt hat. Die komplizierten Sätze mit Kommas drin lässt sie jetzt weg:

chillen
abgefuckt

SAMENKÄSE. Denkt er.

pimpen
nicht wirklich
durchstarten

SACKSUPPE. Denkt er.

Arsch aufreißen
am Arsch vorbei
Verarschung
Das kannst du dir am Arsch abfingern

SCHWANZBRAND. Denkt er.

«Intellektueller Querulantismus bildet noch keine Organisationsform.» (Sloterdijk?) Frau Hanser nickt. Vanessa greift nach seiner Hand und drückt sie, als wollte sie sie zu einem Schneeball formen. *Hör doch endlich auf.* Gleich!

«Gerade bei den Austauschbaren wirkt das Streben nach Einzigartigkeit besonders lächerlich.»

Der saß. Ina versteht den Satz zwar nicht richtig, spürt aber, dass er *tendenziell* gegen sie gerichtet ist. Sie zieht die Augenbrauen so weit zur Nasenwurzel, dass sich die Nasenlöcher blähen. Dann holt sie aus zum entscheidenden Schlag:

«EHRLICH GESAGT ... BULLSHIT ... DEFINITIV ... NOMINIEREN ... SPONTAN ... NO GO ... AM ENDE DES TAGES ... FREMDSCHÄMEN ... JACKPOT ... FEHLT MIR EIN BISSCHEN DER WOW-EFFEKT»

«Wenn ein Hotelzimmer über keine Minibar verfügt, lasse ich mir einen mobilen Kühlschrank bringen, damit Medikamente und Blutkonserven nicht verderben.»

«Hahaha.»

Inas Kopf fährt herum. WER WAR DAS?

Holger! Gluckst, kann nicht an sich halten. Minibar, Blutkonserven, Medikamente, findet er irgendwie witzig, irgendwie triggert da was. *Na warte, Freundchen, dir werde ich was erzählen, mir in den Rücken zu fallen. Wenn wir erst zu Hause sind, dann gnade dir Gott.* Immer wenn Holger Scheiße baut, wird er der Wohnung verwiesen und muss dann im Wohnmobil übernachten, tagelang manchmal. Ina hustet, der Hass hat sich wie ein Splitter in ihrer Kehle festgesetzt. Weiter:

«ULTRA ... DAS FEIER ICH SO WAS VON

AB ... UNFASSBAR ... LACHFLASH ... AUTHENTISCH ... DA BIN ICH FEIN MIT»

Wie eine Nadel, die sich in seinen Unterleib bohrt, spürt er einen stechenden Druck auf der Blase. Er müsste dringend zur Toilette. Aber einer geht noch:

«Da der ehemalige DDR-Todesstreifen viele Jahre sich selbst überlassen war, gedeihen Blumen und Pflanzen hier besonders gut. Phantastisch schmecken zum Beispiel Spinat und Brokkoli.»

«SCHEISSE ... SCHEISSDRECK ... BESCHISSEN ... KACKE ... ICH KOTZ IM STRAHL ... SO WAS VON KEIN BOCK MEHR ...»

Ein widerwärtiger, faulig-süßlicher Gestank breitet sich aus. Nicht nur der Geruch selbst ist ekelerregend, sondern auch die Assoziationen, die er auslöst: in Zersetzung begriffene Frikadellen, vergorener Kartoffelsalat, halb verdaute Würstchen. Holger! Aus lauter Angst vor dem furchtbaren Wohnmobil hat er seinen Schließmuskel nicht mehr unter Kontrolle.

Egal. Hör nicht auf, wenn es weh tut, hör auf, wenn du fertig bist:

«Kennt ihr schon den Bartfrisur-Trend *zwei Massenmörder*? Unten Brevik, oben Hitler. Für jedes Bäcklein das richtige Bärtlein.»

Jetzt hat er den Bogen überspannt. Selbst Frau Hanser versagt ihm die Rückendeckung. Inas frischer Hass (auf ihn) klumpt sich mit dem abgestandenen Hass (auf alles andere) zu einem unentklumpbaren Batzen:

«SAG MAL, WILLST UNS EIGENTLICH VERARSCHEN?»

«Nein, natürlich nicht. Sorry. Da sind wohl die Pferde mit mir durchgegangen.»

Vanessa, leise: «Allerdings.»
Sein Typ ist hier gerade nicht mehr gefragt.
«Ich geh dann mal für kleine Jungs.»
Treffer. Schiff versenkt.

Manga stöckelt keine zehn Meter vor ihm Richtung Keller, Richtung WC. Irre, wie hot die ist, selbst ihre X-Beine. Es gibt Frauen, an denen einfach alles hot ist. Vielleicht hat sie sich vermittels telepathischer Fähigkeiten in seine Gedanken eingehackt und erwartet ihn auf der Behindertentoilette. Man wird sehen.

Auf dem WC hallt es wie in einer Kirche. Ein schwerer, säuerlich-ranziger Geruch liegt in der Luft, nicht sehr romantisch. Auf der Damentoilette pladdert und rieselt es. Er begibt sich in eine Kabine und lässt es ebenfalls pladdern und rieseln. Sie pladdern und rieseln um die Wette. Irgendwann verkümmert das Pladdern und Rieseln zu vereinzeltem Getröpfel. Sie zieht die Spülung und stöckelt im Waschraum umher. Und nun? Warum klopft sie nicht bei ihm, am Gehäuse der Geilheit? Ohne sich die Hände zu waschen, verlässt sie die Örtlichkeit. Gott ach Gott, ach Gott.

Er holt sich am Buffet noch einen Teller und begibt sich wieder zu seinem Katzentisch, das Ganze bis zum bitteren Ende aussitzen.

«Hallo noch mal, stört es dich, wenn ich mich kurz dazusetze.»

«Nein.»

Halbbruder Pascal hat etwas von einem Krustentier. Seine Augen stehen wie Krebsaugen vor, die Hände gleichen Hummerscheren, die dunkelgrüne Krawatte einem Garnelenschwanz. Beim Handshake knacken seine Gelenke, als würde die Schale aufbrechen. Ein kapitales Exemplar aus dem Reich der *Crustacea.*

«Hat Vanessa eigentlich mal von mir erzählt?»

«Ja.» Stimmt natürlich nicht.

«Ich hab sie in meinem Leben vielleicht ein Dutzend Mal gesehen. Aber wir haben beschlossen, dass sich das ändern muss.»

«Gut. Finde ich gut.»

Ohne weitere Umwege kommt Pascal nun auf sich selbst zu sprechen. Pädagoge sei er, genauer: Schulbegleiter, einer, der geistig und/oder körperlich behinderten Kindern durch ihren Schulalltag hilft. Aha. Ja. Genau. Pascal erzählt Storys aus seinem Berufsalltag, ganz begeistert von seiner *Profession*, so nennt er es. Pascal kann erzählen, was er will, Hauptsache, er bleibt hier sitzen.

«Ich hab 'ne ganz trockene Kehle. Soll ich uns mal ein Bier holen?»

«Ja, schrecklich gern.»

Pascal ist wie Tobi, nur in tagsüber, fällt ihm ein.

Vanessa mit ihren Alkoholerkennungsantennen schaut genau in dem Moment rüber, in dem Pascal mit einem Tablett mit zwei frisch Gezapften und – Gott bewahre – EINER GANZEN FLASCHE Jägermeister zurückkehrt. Sie ist so stocksauer, wie sie stocknüchtern ist. Na warte, Freundchen! Jetzt ist er das Freundchen.

Prost. Angenehm, wie die brennenden Schläfen ein wenig taub werden.

«Die Leute denken immer, dass Jägermeister Schnaps ist», erläutert Pascal. «Dabei hat Jägermeister nur 35 Prozent. Schnaps geht aber erst bei 40 Prozent los. Die 5 Prozent machen definitorisch einen gewaltigen Unterschied.»

Der Alkohol lässt seine Augen noch weiter hervortreten, sodass es aussieht, als wäre er an eine Steckdose angeschlossen.

Kurz vor acht herrscht plötzlich Aufbruchsstimmung. Also tschüs dann, sagt Pascal, man sieht sich.

Nachdem Vanessa die Gäste verabschiedet und ihre Mutter zum Taxi gebracht hat, lässt sie sich auf einen Stuhl fallen und schlägt die Hände vors Gesicht. Sie bebt und zittert vor Schluchzen. Er will sie umarmen, aber sie lässt es nicht zu.

«Bitte lass, ich kann deine Fahne nicht ertragen.»

Die Fahne und den dazugehörigen Menschen gleich mit.

Eine Servicekraft platzt herein und will wissen, wie lange der Raum noch benötigt wird.

Ob sie auch morgen Vormittag zum Aufräumen kommen dürften, fragt Vanessa mit tonloser Stimme.

Das muss der Chef entscheiden, Augenblick, bitte.

«Vanessa, sag, was ich machen soll.»

«Das war der schlimmste Geburtstag meines Lebens.»

«Weil Tobi mich abgefüllt hat? Weil ich deiner durchgedrehten Schwester Kontra gegeben habe?»

«Hättest du dich nicht zusammenreißen können? Du magst sie ja *nervig* finden, aber sie ist kein böser Mensch. Außerdem ist sie meine Schwester. Und ich hatte dich doch gebeten, nicht schon wieder so viel zu trinken. Und jetzt auch noch Schnaps.»

«Jägermeister ist kein Schnaps.»

«Was?»

«Frag deinen Halbbruder.»

«Es hat einfach keinen Zweck.»

«Was hat keinen Zweck? Was ist denn eigentlich so Schlimmes passiert?»

«Du hast die ganze Zeit Jenny angestarrt.»
«Jenny?»
Jenny heißt die also.
«Ich hab's genau gesehen.»
«Oh Mann, ständig diese Unterstellungen, immer das ganz große Drama!»
«Ach, jetzt habe ich also Schuld?»
«Hör auf. Bitte! Ich kann nicht mehr.»
«Und ich kann schon lange nicht mehr. Wenn du wüsstest, *wie* lange schon.»
«Dann musst du verdammt noch mal zum Arzt gehen. Du hast doch bestimmt wieder den ganzen Tag nichts gegessen. Wie soll das denn bloß weitergehen mit dir, mit uns?»
Türklappen.
«Mein Chef sagt, dass Sie den Saal ausnahmsweise morgen räumen können. Bis elf.»
«Danke. Wenn noch was ist, wir sind auf dem Zimmer.»

Drei Stunden bis Mitternacht, bis der Geburtstag vorbei ist. Schweigend hocken sie sich im durchgesessenen Romantikzimmer gegenüber, sie auf dem Bett, er auf dem einzigen Stuhl. Er sucht nach Worten, die sie trösten könnten, aber sein Kopf ist leer. Das Zimmer wird immer dunkler und enger, ein U-Boot, das abtaucht.
«Darf ich dich wenigstens umarmen?»
«Wenn du das *willst.*»
Er legt den Arm um sie, versucht, sie an sich heranzuziehen, doch der Winkel stimmt irgendwie nicht. Er müsste neu ansetzen, aber die Bewegung ihrer Körper lässt sich nicht mehr aufhalten. Sie sehen aus wie zwei Behinderte, die sich das Umarmen von Nichtbehinderten abgeguckt haben. Dick & Doof

in Hildesheim. Vanessas Muskeln zucken, ihre Nerven zittern unter der Haut, ihr Herzschlag ist schnell und unruhig.

«Schau mich doch mal an. Bitte.»

Sie hebt den Blick, ihr Make-up verschmiert, die Augen ein schwarzer, tiefer Teich. Er sucht ihr Gesicht nach einem Trost ab, aber den gibt es nicht.

Morgen werden die Karten neu gemischt.

Denkt er allen Ernstes.

«Es tut mir leid.»

Er weiß, dass das nichts ändert. Hat es nie, wird es nie.

«Ich geh mal nach unten, eine rauchen.»

Lass dir Zeit, denkt er, bis ich die Minibar ausgesoffen habe, bis das, was vom Geburtstag übrig ist, in einem Meer von Restalkohol untergegangen ist. Eine Annäherung nach so etwas, nach so einem Schweigen, ist sowieso nicht möglich.

Als sie nach einer halben Stunde wiederkommt, hat sie die Haare gerichtet, das Make-up erneuert und wirkt halbwegs gefasst.

«Wie soll es jetzt weitergehen?»

Zu einem Grundsatzgespräch sieht er sich nicht mehr in der Lage.

«Ich bitte um Vergebung und Erbarmen, aber jetzt nicht. Wenn es dir lieber ist, nehme ich mir ein eigenes Zimmer.»

«Du bittest um Erbarmen? Glaubst du, ich will dir Böses? Okay, reden wir eben nicht. Mach doch einfach den Fernseher an.»

Er macht den Fernseher an.

«Ist das dein Ernst?»

«Was?»

«Dass du *tatsächlich* den Fernseher anmachst?»

«Bitte, bitte, bitte!»

«Okay. Ich geh noch mal. Kann etwas länger dauern. Du brauchst nicht auf mich zu warten.»

«Wo willst du denn hin?»

«Weiß nicht. Ich weiß es wirklich nicht.»

«Muss man sich Sorgen machen?»

«Nein. *Du* brauchst dir keine Sorgen zu machen. Bis später.»

Er schaut aus dem Fenster. Da unten, da geht sie.

DIE ABRISSPROFIS – KEINE ANGST VOR DICKEN MAUERN. Eine Doku. Off-Stimme: «Achtzig Jahre stand der Bunker da. Bombensicher. Bis die Abbruchprofis kamen.»

Die Deckenlampe verbreitet blässlich gelbes Licht, es riecht ganz leicht nach faulendenden Blumen.

Mitternacht schlagen die Glocken wie schwere Löffel gegen große Gläser, es klingt, als würden sie unter Wasser läuten. Er schläft ein und wacht wieder auf. Als sie fast schon in den frühen Morgenstunden wiederkommt, tritt sie so vorsichtig auf, als wäre da ein unruhiges Kind endlich eingeschlummert. Er fühlt durch die geschlossenen Augen, wie ihr Blick über sein Gesicht streift.

Neunzehn

Als ihn um neun der Wecker aus dem Bett schneidet, ist sie, wie immer, *gestiefelt und gespornt*, über dem Stuhl hängt ihr schweißnasser Sportdress. War sie also tatsächlich schon laufen.

«Meinen Geburtstag haken wir jetzt ab. Komm, wir müssen uns beeilen, den Saal aufräumen.»

Abhaken also. Ohne weitere Diskussion. Weil sie es so entschieden hat. Besser nicht nachfragen, sonst geht das Theater von vorne los. Wer weiß, was nachher kommt, was morgen kommt, was nächste Woche kommt; jetzt wird aufgeräumt, und dann geht's nach Hause. Die Anspannung fließt aus seinen Nerven ab, wie Wasser, das in einen Abfluss rinnt. Er ist so erleichtert, dass ihm die Tränen aus den geschlossenen Augenwinkeln quellen und feucht aufs Bettzeug tropfen. Kurz innehalten, nach all der Angst und der Sorge und Verzweiflung.

Abends liegen sie im Bett und schauen Serie; er kann sich nicht konzentrieren, weil jeder Muskel seines Körpers vor Verlangen zuckt. Sein Schwanz schlägt aus wie ein wildes Tier, die Wichse steht schon bis zum Schaft. Vanessa reckt sich wohlig und gähnt in einer Tour, es ist ein aus der Tiefe stammendes Gähnen, früher hätte man Gähnkrampf gesagt.

«Der Tag *nach* dem Geburtstag ist meist viel entspannter.» Sagt sie gähnend und wirft einen letzten Blick aufs Handy. Was es da wohl immer zu sehen gibt? All die Geister und Phantome in den Tiefen direkt unter dem Display. Sie dreht sich auf die Seite.

«Denkst du an den Sleep-Timer?»

Kennt sie kein Erbarmen? Kann sie ihm nicht wenigstens einen runterholen? Noch nie hat sie ihm einen runtergeholt, als wäre es ihr unangenehm, ihn *da unten* anzufassen. Als sie eingeschlafen ist, verzieht er sich ins Bad, Ölwechsel.

Auf seiner Eichel ein Fitzelchen Toilettenpapier. Sachen, die trostlos sind: Rückstände am Genital, Schneeränder an den Wildlederstiefeln, Eigelb zwischen den Schneidezähnen.

Dass der Abend auf eine einsame Schnellentsaftung hinauslaufen würde, hätte er nicht für möglich gehalten. Er verteilt, sich im Kreis drehend, sein Sperma auf den Kacheln. *Was bin ich nur für ein kaputter Typ.* Dann putzt er sich die Zähne und wischt die Wichse weg. So sieht seine Sexualität ab jetzt also aus.

«Hallo. Guten Morgen. Ich muss gleich los. Hast du schon eine Idee, wann wir uns sehen?»

Er kann sich nicht beherrschen: «Ah, du bist schon fertig. Es hat Zeiten gegeben, als wir morgens miteinander geschlafen haben.»

Sie spitzt die Lippen zu einer kleinen pinken Rosette, wie von einem Zugband zusammengezogen. Was soll diese Miene ausdrücken? Entsetzen? Verachtung? Ekel?

«Ist das dein Ernst? In dieser Situation Sex zu verlangen?»

«Ich verlange überhaupt nichts. Habe ich jemals Sex *verlangt*? Ich trau mich doch sowieso schon lange nichts mehr.»

«Mir fehlen die Worte.»

«*Dir* fehlen die Worte? Drehst du den Spieß wieder mal um? Ich halte deine Psychospielchen nicht mehr aus. Dumme Kröte.»

Kröte. Das Wort hängt in der Luft, schwer und rund. Kuh wäre vielleicht noch gegangen, oder Nuss, aber Kröte?

«Kröte?»

«Es tut mir leid.»

«Eine Kröte bin ich also? Eine eitle, dumme Kröte?»

«Natürlich nicht, Entschuldigung. Ich stehe gerade total neben mir. Weiß auch nicht, was mit mir los ist.»

«Mit dir? Weißt du, wie es mir geht?»

«Nein. Jeder, der sagt, er weiß, wie es einem anderen geht, ist ein Idiot.»

«Ein Idiot. Eine dumme Kröte. Eine alte Nutte, oder was kommt als Nächstes?»

«Ach Mensch, tut mir leid.»

Er weiß auch nicht, woher das Wort gekommen ist, aber jetzt ist es raus und kehrt nicht mehr zurück.

«Überleg mal, was du gerade gesagt hast. Ich gehe jetzt, bevor es noch unschöner wird.»

Am Abend versucht er, ihr eine Nachricht zu schreiben. Er tippt und tippt und tippt. Trinkt und löscht und löscht und trinkt und es dauert und dauert und dauert; was er tippt, wird immer wirrer und unverständlicher, die Rechtschreibfehler häufen sich. Irgendwann ist er so betrunken, dass er vergisst, auf was er überhaupt *hinauswollte.* Das Telefon, klebrig und verschwitzt, rutscht ihm aus der Hand und fällt zu Boden. Er lässt es liegen und geht zu Bett.

Sie haben eine unsichtbare Grenze überschritten, hinter der die Dinge von allein ablaufen. Ihr Untergang wird sich nach allen Regeln des Untergangs vollziehen, stetig, konsequent, unaufhaltsam. Wie konnte es so weit kommen? In *dermaßen* kurzer Zeit so weit kommen? Ein Prozess, der bei anderen Paaren Jahre, manchmal Jahrzehnte dauert, vollzieht sich in schwindelerregendem Zeitraffer.

Es ist wieder wie vorher: Er kann nur noch das Falsche tun, jeder Schritt ein Fehltritt, jeder Satz dumm, jeder Handgriff verkehrt. Sie sind sich auf eine kranke Art ähnlich geworden, verschmolzen im Unglück, sie können nicht anders, als sich gegenseitig runterzuziehen. Sie missverstehen unbedeutende Kleinigkeiten und reagieren mit unerträglicher Intensität darauf.

«Wir sind doch ein Team», sagt sie einmal, flehend.

«Ja», sagt er, aber was für eins, denkt er, ein Verlierer-Team, zwei, die sich gegenseitig auslöschen, minus mal minus ergibt in unserem Fall leider nur minus.

Wie viel sie weinen, er erträgt die Tränen nicht mehr. Sie legt ihren Kopf auf sein Bein; und bald schon ist sein Bein feucht. Sie hebt ihren Kopf, und er sieht, dass ihr Gesicht nass von Tränen ist. Sie weint, als würde sie sich in ihren Tränen auflösen.

Zebrastreifen aus Licht fallen durch Jalousien. Das Licht sickert nach und nach aus dem Raum, fließt durchs Fenster zurück. Sie legt ihren Kopf auf seine Brust. Matt und weit weg der schwache Schlag ihres Herzens, wie eine sich entfernende Trommel.

Einmal noch kommt es zum Sex. Keine gute Idee. Mitten im Akt verliert er die Verbindung zu ihr. In ihrem Gesicht Dunkelheit, Furcht, Panik. Hilflos und zu Tode erschrocken ergibt sie sich dem Tier, ergibt sie sich LARS, der seinen Stachel in sie bohrt, sie fällt, schlaff wie Beute, die sich instinktiv ergibt, in Duldungsstarre.

Ratlos liegen sie nebeneinander, matt, hilflos, stumm. Winzige Vibrationen auf ihrer Haut kündigen an, dass sie gleich wieder weinen wird. Die Flut schwillt an, ihre Lider laufen voll bis zum Rand.

«Ach, Verena.»
Ihr Gesicht wird starr.
«Was hast du gerade gesagt?»
«Was denn?»
«Du hast mich eben *Verena* genannt.»
Ach Gott, Herr Jesus, Heilige Jungfrau Maria! Was soll er jetzt sagen? *War nicht so gemeint?*

Weiter, immer weiter im freien Fall, von nichts und niemandem mehr aufzuhalten.
«Welche Augenfarbe habe ich?», fragt sie ihn unvermittelt.
Augenfarbe. Welche Augenfarbe. Ja, welche denn? Was für eine bescheuerte Frage. Fragt er sie doch auch nicht. Grün? Blau? Grau? Mischung? Er kommt gerade nicht drauf.
«Himmelblau», sagt sie und beginnt wieder zu weinen.
Halb geduckt, als flüchte sie durch einen Hagelschauer, geht sie zum Rauchen ans Fenster. An seiner Schläfe hämmert ein spitzer Schmerz, sein Magen fühlt sich prall und aufgebläht an, angespannt wie ein Trommelfell.
«Ich würde vorschlagen, dass wir ein paar Tage Auszeit nehmen und uns erst am Wochenende sehen.»
Sie versucht ein Lächeln. Er klammert sich an das Lächeln wie an das nackte Leben.
«Ja, klar.»

Er sitzt in der Falle. Er hat ihr ein Heiratsversprechen gegeben, das er nicht halten kann, ohne daran zu zerbrechen. Sie oder er. Ist es bald zu Ende? Wie weit ist es noch bis zum Ende? Oder ist das Ende längst erreicht und es will nur noch niemand aufgeben?

Samstag 15.00? Ich freu mich auf dich.

Freuen? Ist vielleicht das falsche Wort. Aber wenigstens in den Nachrichten wird noch so etwas wie Contenance gewahrt.

Bereits um halb drei steht er am Fenster. Er will vorbereitet sein. Da kommt sie, eine seltsam formlose, unendlich dürre, fast durchsichtige Gestalt, ein Bündel Hunger, das sich kaum noch auf den Beinen halten kann.

«Du musst das wissen», sagt sie.

«Was wissen?»

«Ich liebe dich. Ich liebe dich so sehr.»

«Ich dich auch.»

«Schaffen wir es?»

«Ich weiß es doch auch nicht.»

«Hoffst du es wenigstens?»

«Ja, natürlich. Ich frag mich manchmal, was überhaupt los ist. Warum alles immer so schwierig ist.»

Schwierig ist gut.

«Bitte verlass mich nicht. Ich könnte das nicht aushalten. Bitte verlass du mich nicht auch noch.»

Was heißt das, *auch* noch?

«Nein, ich verlasse dich nicht.»

«Willst du mit mir schlafen?»

«Jetzt?»

«Ja. Schläfst du mit mir?»

«Ich glaube, ich kann gerade nicht.»

«Du willst noch nicht mal mehr mit mir schlafen?»

«Doch, natürlich, nichts lieber als das, das weißt du doch. Aber jetzt gerade nicht.»

«Du hast recht. Nicht jetzt. Es reicht, dass du es willst.»

Was für ein irres Gelaber.

Ihr Wahnsinn ist sein Wahnsinn. Sie ist im Innersten krank, und er ist genau wie sie. Sie ist krank und benötigt Hilfe. Er ist krank und benötigt Hilfe.

Sie lehnt sich an seine Schulter und ist nach wenigen Augenblicken eingeschlafen. Er horcht auf ihren immer flacher werdenden Atem, auf ihr immer schwächer schlagendes Herz. Schlägt es überhaupt noch? Er schüttelt sie, sie öffnet die Augen, steht auf, stolpert, muss sich festhalten.

«Ich glaube, ich gehe jetzt.»

«Wo willst du denn hin?»

«Nach Hause. Zu mir.»

«Aber doch nicht in diesem Zustand. Bleib bitte hier.»

«Nein, das geht nicht.»

«Was soll das. Du musst dringend was essen, hörst du? Versprichst du mir, dass du was isst?»

«Ja, ich verspreche es. Zu Hause mache ich mir gleich was.»

«Ich ruf dir ein Taxi.»

«Nein, kein Taxi.»

«Aber wie willst du denn nach Hause kommen?»

«Ich geh zu Fuß.»

«Dafür bist du viel zu schwach.»

«Nein. Ich liebe dich. Ich liebe dich so sehr.»

«Ich dich doch auch.»

«Es bricht mir das Herz. Es bricht mir das Herz.»

«Was? Wer? Ich?»

Sie winkt ihm zu, es ist aber kein Winken, eher eine Handgelenkzuckung. Ihre schaukelnde Tasche löst sich im Dunkeln des Treppenhauses auf.

Zwanzig

Er wartet, bis das Licht im Treppenhaus erloschen ist, und geht in die Küche. Auf dem Tisch liegt ihr Schlüsseletui. Er läuft zum Fenster, reißt es auf, ruft ihr hinterher. Sie ist nicht mehr zu sehen. Wenn sie nach dem langen, langen, beschwerlichen, beschwerlichen, kalten, kalten Nachhauseweg merkt, dass sie den Schlüssel vergessen hat, wird sie sich auf den Boden legen und vor Hunger und Kälte und Verzweiflung und Erschöpfung sterben. Er wirft sich eine Jacke über und rennt los. Von Tür zu Tür sind es sieben Kilometer. Nach einer Viertelstunde Dauerlauf müsste er sie längst eingeholt haben. Vielleicht hat sie doch ein Taxi genommen. Wieso ist er nicht auf die naheliegende Idee gekommen und hat sie angerufen? Und wieso hat er ausgerechnet jetzt kein Telefon dabei? Er kehrt um.

Sie geht nicht ran.

Du hast deine Schlüssel vergessen. Ich kann sie dir bringen. Melde dich jederzeit, ich nehm das Telefon mit ans Bett.

Keine Antwort. Vielleicht will sie einfach nicht. Oder schlechte Akustik, zu laut, Akku schwach, Funkloch. Oder hat sie etwa auch ihr Telefon bei ihm vergessen? Er stellt die Wohnung auf den Kopf. Nichts als Wollmäuse. Vielleicht hat sie unter ihrer Fußmatte, einem Blumenkübel, in der Nachbarschaft einen Ersatzschlüssel deponiert. Oder sie hat den Schlüsseldienst gerufen. Oder sie hat, nachdem sie den Verlust bemerkt hat, woanders Unterschlupf gefunden. Aber wo? Weder von der Mutter noch von der Schwester oder vom Halbbruder oder sonst wem hat er Adresse oder Telefonnummer.

Er muss jetzt dauernd aufstoßen, Modder und Schmodder aus dem tiefsten Punkt seines Magens. Sein Mund ist voll salzigem Speichel.

Er beobachtet zwei kopulierende Fliegen, das Männchen wie festgeklebt auf dem Rücken des Weibchens. Als es an ihm den Botenstoff eines anderen Männchens wahrnimmt, reißt es ihm, während es weitermacht, in äußerster Erregung die Flügel aus. Das nun gerupfte, nackte Weibchen sieht aus wie ein Mini-Marshmallow, übt aber auf das Männchen immer noch eine unwiderstehliche Anziehungskraft aus. So geht es zu bei Mensch und Tier.

In der Schmutzwäsche findet er eine vom Geruch ihres Parfüms durchdrungene Bluse. Minutenlang schnüffelt er daran. *Ob sie davon wieder lebendig wird?* Was denkt er sich da schon wieder zusammen. Wenn sie tatsächlich in Not geraten sein sollte, wird die Polizei oder der medizinische Notdienst oder ein hilfsbereiter Mensch sich ihrer angenommen haben.

Die Uhr zerschlägt die Zeit in hundert kleine Splitter, sein Atmen in der Stille wird laut, wie der Atem eines Kranken. Seine Träume sind bevölkert von wieselnden Embryonen; mal sehen sie aus wie gerupfte Fliegen, dann verändern sie ihre Gestalt, ziehen sich in die Länge und ähneln der Vanessas.

Am Morgen ruft er Frieder an. Ob er einen Fehler gemacht, irgendetwas übersehen habe? Obliege es ihm als Verlobtem nicht, unverzüglich nach dem Rechten zu sehen? Vielleicht liegt sie schwer verletzt und hilflos in ihrer Wohnung, steht ihr Leben auf Messers Schneide. Nein, sagt Frieder, sie wird schon wiederauftauchen. Vanessa ist eine *Drama Queen*, extrem unwahrscheinlich, dass ihr was passiert ist. Sie braucht Abstand. Sie muss erst mal klarkommen. Sie möchte dich gerade nicht sehen, sie möchte auch nicht mit dir telefonieren oder Nachrichten mit dir austauschen. Funkstille nennt sich das. Mach dir keine Sorgen. *Es liegt nicht in deiner Verantwortung.*

Frieder hat recht. Er geht ins Studio. Danach kauft er ein und kocht sich ein aufwendiges Drei-Gänge-Menü. Dann sitzt er am Tisch. Seit genau vierundzwanzig Stunden hat er nichts mehr von ihr gehört. Das schlechte Gewissen fuchtelt mit den Armen. Lass es fuchteln, denkt er. Er weicht seinen Gedanken aus, um Undenkbares nicht denken zu müssen.

Nach zwei Tagen ohne Lebenszeichen erwägt er, eine Vermisstenanzeige aufzugeben. Die umliegenden Krankenhäuser abzutelefonieren. Nach Hildesheim zu fahren. Doch als Allererstes muss er nachschauen. Falls sie nicht öffnet, wird er sich *Zutritt zu ihrer Wohnung verschaffen.*

Sie ist nicht mehr am Leben, das ist gewiss. Liegt tot in ihrer Wohnung oder liegt tot anderswo. Würde er *von behördlicher Seite aus* informiert werden? Es gibt nichts Schriftliches zwischen ihnen, keine Patienten- oder Notfallverfügung, Vorsorgevollmacht oder wie das alles heißt. Ein Verlobter ist kein Verwandter und hat keinerlei Rechte, ein reiner Quatschbegriff. Wäre ihr Ableben, das einer nahezu unbekannten Schauspielerin, eine Meldung wert? Wo bleiben Mutter, Schwester, Halbbruder oder Holger? Der ist robust genug für einen Leichenfund.

Er klingelt. Zählt bis fünf. Klingelt ein zweites, ein drittes, viertes, fünftes, sechstes Mal. Eine Frau tritt aus der Haustür und bedenkt ihn mit einem extrabösen Blick. Ihr Mund biegt sich mit zwei kurzen harten Rissen nach unten.

«Wollen Sie zu jemand Bestimmtem?»

Die müsste mal wieder zum Friseur, denkt er. Die Frau hat keinen bestimmten Haarschnitt, sondern eine Versammlung unterschiedlicher, spraybetonierter Frisuren auf einem einzigen Kopf.

Ich wollte mir unrechtmäßig Zutritt ins Haus verschaffen und habe nur auf einen Dummen gewartet, der dumm genug ist, mich reinzulassen.

«Nein, ich warte auf jemanden. Der muss jeden Moment runterkommen.»

«Ach so. Dann ist ja gut.»

Die Frau zieht die Tür demonstrativ hinter sich zu und stapft davon.

Er schließt die Tür auf und geht hoch bis in die Endetage. Er hätte nicht gedacht, dass es *wie Espenlaub* schlotternde Knie wirklich gibt. Dann steht er vor ihrer Wohnung, atmet tief ein und wieder aus, sein Herz schlägt schnell wie das eines Vogels. Irgendwas riecht komisch. Früher wäre es automatisch Kohlgeruch gewesen, aber die Zeiten, in denen Treppenhäuser nach Kohl riechen, sind lange vorbei. Also? Heutzutage kann man ja alles gleich nachschauen:

«Nach welcher Liegezeit bei Zimmertemperatur nimmt man Leichengeruch wahr?»

Antwort: «Es gibt Leichname, die schon im Sterbebett anfangen zu riechen. Andere wiederum transportiert man tagelang durch ganz Deutschland, und es ist immer noch kein schlimmer Geruch wahrnehmbar.» *Lesen Sie mehr auf Bestatterweblog.*

Schlüssel rein und durch. Als Erstes geht er in die Küche. Ein abgestandener Geruch hängt in der Luft. Auf dem Tisch eine Obstschale mit Äpfeln, stoßfleckig, mit braunem Dreck gesprenkelt, benutzte Gläser, in denen sich Weinstein abgesetzt hat, in Plastik eingeschweißte Batterien. Sehr unordentlich alles, aber weder eine Leiche noch Spuren eines Gewaltverbrechens. Im Wohnzimmer fällt ihm ein quasi antiker Fernseher in cremefarbenem Blechgehäuse auf. Stand der beim letzten

Mal schon da? Bestimmt vom Vormieter, und sie ist noch nicht dazu gekommen, den auszumisten. Weiter im Bad. In der Wanne steht handbreit Wasser, es hat die Farbe von altem Tee. Eklig. Als er es ablässt, gluckst und rülpst der Abfluss in kurzen Abständen. Die Armaturen sind halb verkrustet, ein Netz aus haarfeinen Sprüngen hat sich über die Innenwände der Wanne gebreitet. Im Schlafzimmer sieht es nach dem aus, was man gemeinhin einen «überstürzten Aufbruch» nennt. Für die Begehung braucht er über eine Stunde. Er ruft Frieder an.

«Ich bin gerade in Vanessas Wohnung. Ich hatte das Schlimmste befürchtet, aber hier ist sie nicht. Was soll ich deiner Meinung nach jetzt machen?»

«Nichts. Wenn ihr wirklich etwas passiert wäre, wüsstest du es. Das ist wirklich das Allerletzte, was sie da abzieht.»

So hatte er es bisher noch nicht gesehen.

«Sollte ich nach Hildesheim fahren?»

«Nein. Lass es. Nicht dein Problem.»

Ghosting nennt sich das offenbar. Sich einfach in Luft auflösen. Vielleicht hat sie doch das Kreuzfahrtangebot angenommen. Oder ist zu ihrem Vater nach Wien gefahren. Vielleicht ist sie auch ganz woanders, in einem fernen Land der Kannibalenkönige, Medizinmänner und nackten Premierminister. Aber das alles ist nicht mehr sein Problem, wie überhaupt keines ihrer Probleme mehr sein Problem ist. *Es liegt nicht mehr in meiner Verantwortung.*

Einundzwanzig

Allmählich löst sich die Anspannung. Zuversicht, Energie und sogar so etwas wie Lebensfreude kehren zurück. Das muss man ausnutzen. Er wird Dinge unternehmen, die er noch nie zuvor unternommen hat. Beispielsweise hat er sich noch nie im Leben ohne Begleitung ins Nachtleben gewagt. Ganz auf sich allein gestellt, was für ein herrliches Abenteuer das zu werden verspricht.

Recherchen ergeben, dass das *TOOLS* neben anderen den entscheidenden Vorteil hat, fußläufig erreichbar zu sein. Zwanzig Minuten nüchtern per pedes hin, besoffen im Taxi zurück, wie früher.

Schräg gegenüber vom Club ein Burger King mit Drive-in-Schalter. Auf dem kleinen Parkplatz sitzen zwei junge Männer in einem tiefergelegten, teilfolierten BMW. Sie sehen genau so aus, wie man sich solche jungen Männer vorstellt, und werden vom Autor deshalb zur Abwechslung nicht lang und breit und in allen deprimierenden Einzelheiten beschrieben. Vor sich auf dem Schoß ihr *Menü:* Double Steakhouse Burger, Fish King, eine 9er Chili-Cheese-Nuggets, King Pommes, Onion Rings, King Fusion M&M. Der Fahrer schüttet Weinbrand in seine Cola Zero. Eine mächtige Stärkung vor einem Tanzabend, wenn das mal gut geht.

Es ist erst Mitternacht, und vor dem TOOLS hat sich bereits eine Schlange gebildet. Happy Hour? Gibt es so was überhaupt noch. Er war wirklich lange nicht mehr aus. Wenn er nun vom Türsteher abgewiesen wird? Mit einem verächtlichen Blick, der «fürs Nightlife untauglich» besagt. Tja.

Er stellt sich an. Kalt ist es. Der eisige Himmel voller Sterne und Finsternis.

Eine Gruppe Vorstadtmädchen kommt angequietscht, heiß und geil und vorgeglüht, die Schläfen fiebrig, die nächtlichen Verheißungen ins Gesicht geschrieben. Aus den üblichen Eitelkeitsgründen haben sie ihre Mäntel und Jacken und Pullover im Auto gelassen. Während sie in ihren dünnen Sächelchen von einem Fuß auf den anderen tippeln, schreien sie sich an, als wären sie schon drinnen. Je lauter man brüllt, umso witziger wird es.

Dann kommt eine, die ihnen an Schönheit und Ausstrahlung haushoch überlegen ist. Für einen kurzen Augenblick killt das die Stimmung der Mädchen. Sie können einfach nicht mithalten.

Aus dem Handy der Schönen schnarren Nightlifeinfos, unaufhörlich wie Polizeifunk. Sie und ihre Freundinnen haben sich aufgeteilt, jede wartet in einer anderen Schlange, checkt die Lage, auf der Suche nach der besten Party.

Sie muss nicht lange warten. Der Türsteher lotst sie an der Schlange vorbei. So eine ist die Krönung jeder Party, eine *Dancing Queen.* Natürlich muss sie auch keinen Eintritt zahlen, sie bekommt sogar noch Getränkegutscheine zugesteckt, während die Vorstadtmädchen weiterzittern müssen. Hätten sich doch wärmer anziehen sollen.

Die teilfolierten Männer bleiben, nachdem sie aufgegessen haben, in ihrem Auto sitzen. Es muss dadrinnen entsetzlich riechen. Sie scrollen in ihren Handys, keine Musik, keine Gespräche, die Gesichter sind vom unentwegten Gestiere ausdruckslos und leer wie geplünderte Registrierkassen. Das unheilvoll flimmernde Display, wenn es nur von ganz allein erlöschte und für immer ausbliebe. Der Beifahrer hat noch Hunger, wie ein Käfer wühlt er in den lauwarmen Pommes und Chili-Cheese-Resten. Er macht irgendwas unbeholfen Aussehendes mit seinen Kieferknochen, um seinen Kaugummi in die rechte Backe zu schieben, während er mit der linken kaut.

Drinnen ist die Hölle los, jetzt schon. Er stellt sich in die Mauer der Nichttänzer, der Gaffer, der Angsthasen, der Sugardaddys, der Verweigerer, der Wichser, der Schreckenswesen aus Büros und Lehrerzimmern, all derer, die vom Geschehen wie durch einen transparenten, unzerstörbaren Film getrennt sind, ausgeschlossen von Jugend und Schönheit. Sie sind früh gekommen, weil sie später nicht mehr reingelassen würden.

Komm, ab jetzt weg vom Totengift, rauf auf die Tanzfläche. Die Musik tanzt ihn an, nicht umgekehrt, peitscht ihn auf, dringt in seinen Körper ein, hallt durch den Organismus und setzt sich in den Eingeweiden fest. Es steckt noch alles in ihm. Irgendwann ist er ein alter Mann mit behaartem Rücken und abgelaufenen Schuhen, aber jetzt noch nicht. Inmitten der schreienden Meute fühlt er sich wie im stillsten Winkel des Weltraums. Der DJ hat es, und alle spüren, dass er es hat. Sie feuern ihn an, *bleib drauf, halte es.* Er drückt aus, was alle anderen fühlen, er greift es auf und führt es weiter, nicht auf die Musik kommt es an, sondern auf ES.

Der *schöne Boy von nebenan*, vom Stroboskop in Scheiben geschnitten, in Blitze gehackt, geschüttelt von Glücksspasmen, stößt ein Kreischen aus, wie mit elektrischem Strom erzeugt, ein langanhaltender, schriller Laut. Ansteckend. Die Menge ist ein einziges Geschöpf mit einhundert Köpfen und zweihundert Beinen und fünfzig halb steifen Schwänzen, die nach Fleisch rufen, die Tanzfläche ein Springbrunnen aufsteigender Säfte. Tanzen ist Tarnung, Vorspiel, es imitiert den Sex und nimmt ihn vorweg. Die Körper stinken, während sie das Adrenalin verbrennen.

Direkt vor ihm ploppt die Dancing Queen auf. Ihr verzücktes Gesicht ist in helle Flächen und tiefe Schatten unterteilt, unter den Nasenlöchern Spuren von Schnee. Schweiß lässt Arme und Gesicht phosphoreszieren, wenn es nicht schon so heiß wäre, könnte man meinen, sie würde die Luft heißatmen. Als sie ihn anschaut, fühlt er das Brennen der Liebe. Jede Nacht krönt ihre eigenen Könige, und wenn die Königin ihn antanzt, ist ja wohl klar, was das heißt. Das ist es! Darum geht es! Das Blut brandet von innen gegen seine Haut, als wollte es herausschießen.

Als sie sich abwendet und in der Menge verschwindet, spürt er den Schmerz des Sitzengelassenen, die Stiche ins Herz. Vielleicht war auch sie für einen Moment in ihn verliebt. Ein Blickwechsel, und sie ist verliebt, und genauso schnell geht es auch wieder weg, es bedeutet nichts. Es geht nämlich immer weiter, und das war es noch lange nicht.

Die Nacht rast mit steigender Geschwindigkeit in den nächsten Tag hinein, die Crowd versinkt im Abgrund fortschreitender grölender Ausgelassenheit, die Verlaufskurve des Rausches hat ihren Zenit erreicht, der Punkt, an dem der Verstand endgültig seinen Geist aufgibt und zwischen die Lenden sackt.

Plötzlich neben ihm eine *andere*, nicht schön wie die Dancing Queen, dafür interessant, ein Gesicht an der geilen Grenze zwischen abstoßend und anziehend. *Die passt, die nehme ich. Ich nehme mir, was ich will, weil es mir zusteht mit meinem kleinen, festen Arsch und den blauen Augen und dem Nimbus eines geil in die Jahre gekommenen Bad Boys.*

Ihre Lippen finden augenblicklich zueinander. Sie tanzen, sie tanzen, sie tanzen, als sie sich küssend umarmen, spürt er die Spannung in ihrem Körper. Sie brüllt ihm etwas ins Ohr. Schade. War gerade gut so, frei von der Schlacke der Wörter.

Wie bitte? Er versteht «ICH WILL IN BETT». Nicht «ins», «in». Oder hat er sich verhört? Ob die überhaupt lesen und schreiben kann? Auf jeden Fall möchte sie gehen. Mit ihm. Er fürchtet, dass der Zauber schlagartig verfliegt, sobald sie den Laden verlassen haben, aber irgendwann müssen sie ja sowieso gehen, also besser jetzt, bevor seine Muskeln schmelzen.

Die Teilfolierten sitzen immer noch in ihrer Scheißkarre. Sie haben den Absprung nicht geschafft, sind einfach nicht rausgekommen aus ihrem Asphaltlutscher. Immer auf miese Abende vorbereitet, immer darauf vorbereitet, Abfuhren einzustecken, aber dieses ganz frühe, sinnlose Scheitern aufgrund lächerlicher Umstände (Fressstarre, zu viel gesoffen, Fahrer Kopfschmerzen, allgemeines Unwohlsein) ist wirklich niederschmetternd. Schlamm, Abfall, Gestank statt Big King, geile Weiber, goldene Felgen.

Der Fahrer ist eingeschlafen, der Beifahrer starrt auf sein Handy, sein Sitz ist vollgesogen mit verschüttetem Bier. Im Winter klebt Scheiße an seinen Schuhen, und im Sommer tritt er sich Splitter in den Fuß. Nach den vielen Stunden des Wartens dringt Latrinengeruch aus seiner Hose. Das wird nichts mehr.

Sie gehen ohne Umwege zu ihm. Sehr gut ist es dann; als würde er endlich mal Teil der pornographischen Bilder, die ihm immer im Kopf herumschwirren.

Morgens haut sie ganz früh ab, kurz nach sieben. Termin. Dringend. Sie hinterlässt ihre Telefonnummer. *War echt gut, kann man bei Gelegenheit mal wiederholen.* «Klar», sagt er.

Als er eine halbe Stunde später zur Toilette geht, hängt der Miefkern ihres Morgenurins immer noch in der Luft.

Er geht jetzt immer Mittwoch bis Samstag aus, ein richtiges *Party Animal.* Er lernt schnell. Dass es Nächte gibt, in denen einfach nichts läuft und man gut beraten ist, seine Kräfte zu schonen und zügig nach Hause zu gehen; nichts erzwingen wollen – der Unterschied zwischen Amateuren und Profis. Man muss den Dingen ihre Zeit lassen, den ungeschriebenen Regeln folgen. Die Menschheit besteht aus zwei Arten von Leuten: diejenigen, die ausgehen, feiern, trinken, Drogen nehmen, Sex haben, und diejenigen, die es sich daheim gemütlich machen, Softdrinks trinken, fernschauen und sich gelegentlich manuell erleichtern. Die Nacht kann ein Ort der Verheißung oder des Unglücks sein. Liegt an einem selber. Immer. Eines Nachts trifft er auf Jenny (Mangagirl aus dem Romantik-Hotel). Sitzt die doch glatt alleine in einer Bar, weil sie ihre Leute verloren hat. Der Rest ergibt sich von selbst. Wenn Träume wahr werden.

Zweiundzwanzig

Lieber. Bitte mach dir keine Sorgen. Mir geht es endlich besser, komme bald zurück. Entschuldige bitte, es ging nicht anders. V.

Ach, macht er leise. Die Nachricht trifft ihn mit einer Wucht, die ihm den Atem raubt. Geht es also weiter, kommt er doch nicht so einfach davon. Wäre ja auch zu schön gewesen.

Er kocht sich Kaffee, stellt die Tasse irgendwohin, vergisst dann, dass er sich Kaffee gekocht hat, und macht sich einen neuen. Er könnte antworten: BIST DU NICHT GANZ DICHT? LECK MICH AM ARSCH. Macht er aber nicht. Er kann nicht.

Er geht fleißig ins Studio, kocht fast täglich zeitaufwendige, komplizierte Menüs nur für sich selbst, trifft sich mit Frieder, geht spazieren, lenkt sich auf die eine oder andere Art ab. Doch unsichtbar nimmt sie wieder Besitz von ihm. Am liebsten würde er sein Leben komplett stilllegen, sich irgendwo verkriechen und warten, bis es vorbei ist.

Ich bin dir nicht böse, wenn du nicht antwortest. Lass dir die Zeit, die du brauchst.

Alle paar Tage kommt was in der Art. Einmal antwortet er.

Ich lösche deine Nachrichten ungelesen. Was du getan hast, ist unverzeihlich.

Sekunden später:

Ich verstehe deine Wut. Ich erkläre dir alles, wenn ich zurück bin. Verzeih.

Auf dem Weg der Besserung bereitet sie also ihre Rückkehr vor. Wenn *sie* ihre Rückkehr vorbereitet, muss *er* sich auf ihre Ankunft vorbereiten: keine Partys, keinen Alkohol, Sport, Diät. Ein kompletter Reset. Nur in Topform hat er eine Chance.

Nach der ersten Nacht auf Entzug ist sein Bettzeug nass vom Schweiß. Er verliert vier Kilo in der ersten, noch mal drei in der zweiten Woche. Nach einem Monat ist er wie neu. Die Tage vergehen rasend schnell, wie in alten Filmen, wo der Kalender in Daumenkinogeschwindigkeit durchläuft.

Mein Flieger landet Montag um 11.20. Holst du mich ab?

Die einzige Maschine, die um 11.20 landet, kommt aus Wien. Wie er es sich gedacht hatte. Um 12.00 hat sie weder angerufen noch eine Nachricht geschickt. Vielleicht ist sie gleich nach Hildesheim weitergefahren, weil sie endlich eingesehen hat, dass die Beziehung der Vergangenheit angehört, die Verlobung verjährt ist, es einfach keinen Zweck mehr hat. Dienstag nichts, Mittwoch nichts und Donnerstag auch nichts. War es das?, fragt er Frieder. Frieder sagt, dass es das war. Langsam beruhigt er sich.

Für das Wochenende ist Winterwetter vorhergesagt. *Der April macht, was er will.* Im Laufe des Samstags beginnt es in hauchdünnen, schwebenden Flocken zu schneien, dann fällt der Schnee in Klumpen, als wäre er bereits irgendwo hoch oben in der Stratosphäre zu Schneebällen geformt worden. Am Abend ist alles von einer dicken weißen Schicht bedeckt. Der Schnee fällt so langsam, dass es scheint, als seien die Flocken in der Luft aufgehängt, er fällt und fällt und fällt, wie in alten Märchen.

Pong. Ein Schneeball. Landet an seiner Scheibe, hinterlässt einen Abdruck. Pong. Gleich noch einer. Pong. Und wieder. Pong. Pong. Pong. Pong. Die bescheuerten Kinder könnten sich langsam mal ein anderes Opfer suchen. Pong. Er reißt das Fenster auf. Vanessa steht auf dem Bürgersteig und schaut hoch. Sie lächelt. Das Lächeln sagt: *Alles okay, ich bin's nur, keine Angst.*

Unvorbereiteter hätte es ihn nicht treffen können. *Wenn sie glaubt, ich würde sie hereinbitten, hat sie sich aber geschnitten.* Einfach stehen lassen kann er sie aber auch nicht. Das gehört sich nicht. Er geht nach unten, schließt sie in die Arme, er kann nicht anders. Minutenlang stehen sie so da, schweigend. Dann nimmt sie seine Hand und küsst sie. Sie löst sich aus der Umarmung und geht. Ein starker Auftritt.

Sie sei erst mal wieder nach Hildesheim gezogen, schreibt sie. Ihre Wohnung habe sie aufgelöst. Ob er sie bei Gelegenheit mal besuchen komme? *Gut, dann soll es so sein.* Wenn Vanessa so etwas wie sein Schicksal ist, dann soll das Schicksal seinen Lauf nehmen.

Sie machen ein Treffen aus. Anfang Mai. Sonntagnachmittag.

Endlich hat sich der Frühling durchgesetzt, schmilzt die Sonne alles Alte, Schwere, die Rückstände des Winters. Vogelsang ergießt sich über die Welt.

Auf dem Weg besorgt er einen bunten Blumenstrauß, *Flammenrausch* heißt der, mit Rosen, Lisianthus und Löwenmäulern. Sag's mit Blumen! Aber was? *Wenn ich ihr den Strauß mit ausgestrecktem Arm in Obelixmanier hinhalte, brauche ich sie zur Begrüßung nicht umarmen.* Das sind so seine Comic-Gedanken.

Ihre Wohnung liegt in Hildesheim-Nordstadt, einem sozialen Brennpunkt. Klumpenhaft bedrückende Hochhäuser wechseln ab mit hingeduckten Reihenhauszügen, es sieht aus, als wäre überall die Farbe ausgelaufen. Der Wind kickt Verpackungen, leere Dosen und Coffee-to-go-Becher umher.

Er steht eine Weile vor ihrem Haus und sammelt sich. *Hier sitzt sie also bei hochgezogener Zugbrücke in ihrem verwunschenen*

Schloss. Er schält das Einschlagpapier von den Blumen und klingelt. Hoffentlich macht sie nicht auf. Hat es sich anders überlegt. Will doch nichts mehr mit ihm zu tun haben. Bekommt es mit der Angst zu tun.

Doch der Summer summt, lange, sehr lange, ein Summer, dem niemand entrinnen kann. Ihm rutscht das Herz in die Hose. Vielleicht ist sie in der Zwischenzeit ganz hässlich geworden. Dünnes Haar, schlechte Zähne, bucklig. Geht ja manchmal schnell, so was.

Sie nimmt ihn bereits im Treppenhaus in Empfang. Bevor er ihr den Strauß bescheuert hinhalten kann, hat sie ihn schon umarmt. Sofort ist wieder alles da, die Aura geheimnisvoller Unerreichbarkeit, das Rätselhafte, das aus ihr strahlt. Die fünf, sechs Kilo mehr stehen ihr, die schlimme Knochigkeit ist verschwunden.

Blickfang ihres Wohnzimmers ist ein Aquarium. Aha, denkt er, ein Aquarium, wie kommt man denn auf so was. Guppies, Welse, Bärblinge, Neonsalmler, ein gelb-schwarz schillernder Fisch ohne Namen, groß genug, dass man ihn verspeisen könnte, steht neben einer Säule aus Luftblasen reglos auf der Stelle. Irgendwann wird er im Klo runtergespült, aber das weiß er noch nicht.

«Magst du einen Kaffee? Oder wonach ist dir?»

Er macht eine kryptische Gebärde.

«Kaffee ist gut.»

«Setz dich doch.»

Auf dem Tisch eine Schüssel Reis, aus der Essstäbchen wie tote Gottesanbeterinnen ragen. Hätte sie ja mal wegräumen können, aber vielleicht ist das auch ein Leistungsnachweis Nahrungsaufnahme. Staub tanzt auf Sonnenstrahlen am Fenster. Die Kaffeemaschine röchelt wie ein Lungenkranker. Seit wann hat sie denn eine *Filterkaffeemaschine*? Sie hatte doch einen Siebträger. Vielleicht verkauft, Geldnot. Sie erzählt von der Auflösung der alten Wohnung, der Anmietung der neuen, vom Umzug, bei dem sich Holger den Arm ausgekugelt hat. Aha.

«Wollen wir 'ne Runde spazieren gehen? Hier in der Nähe ist ein Naturschutzgebiet.»

«Ja, bitte.»

Vor lauter Nervosität pfeift er falsch vor sich hin. Falsch pfeifen ist besser als gar nicht pfeifen. «Pfeifst du jetzt neuerdings?», fragt sie. Nein, eigentlich nicht.

«Und sonst so? Wie ist es dir ergangen?»

FRAGT SIE IHN! MACH MAL HALBLANG, BUTTER BEI DIE FISCHE, ZUR SACHE, SCHÄTZCHEN!

«Vanessa, du bist dran. Wirklich. Bitte.»

In Wien sei sie gewesen, bei ihrem Vater. Als sie auf dem Nachhauseweg war damals, habe der sie angerufen, zufällig. Sie habe ihm alles erzählt, woraufhin er sie gedrängt habe, alles stehen und liegen zu lassen und zu ihm zu kommen. Zwei Stunden später habe sie im Euronight nach Wien gesessen.

«Wie bist du denn ohne Schlüssel in deine Wohnung gekommen?»

«Zweitschlüssel.»

«Warum hast du nicht Bescheid gesagt?»

«Ich dachte, du würdest es mir verbieten.»

«Verbieten? Habe ich dir jemals etwas verboten? Ich bin doch gar nicht in der Position, dir etwas zu verbieten.»

«Ich war vollkommen am Ende. Du hast mich doch erlebt. Zu dem ganzen Irrsinn dann die körperliche Schwäche, und dann ist das mit Lars wieder hochgekommen. Ich dachte, du holst mich zurück, wenn ich dir sage, wo ich bin. Frag nicht, was in mir vorgegangen ist.

Die erste Zeit habe ich nur geweint, dann tagelang geschlafen. Sebastian war so lieb zu mir. Nach einem Monat fing es an, mir besser zu gehen. Langsam hatte ich das Gefühl, wieder normal zu werden. Ich konnte auch wieder normal essen, nach all den vielen Jahren. Das Gefühl der Ausweglosigkeit ließ nach und dass ich komplett gestört und verpfuscht bin. Irgendwann war ich über den Berg. Dann habe ich dir auch gleich geschrieben. Leider kann ich es nicht besser erklären. Ich weiß, dass es total rücksichtslos war, aber vielleicht kannst du mir ja irgendwann verzeihen. Ich hab so viel nachgedacht über alles. Über mich. Über *uns.*»

Das will er gar nicht so genau wissen.

Ein lauer Luftstrom wälzt den Geruch der Blumen durchs Wohnzimmer. Es gibt Kuchen. Apfelkuchen. Selbst gebacken.

«Oder willst du lieber was Herzhaftes?»

«Nein, passt.»

Sie isst so langsam, als müsste sie sich konzentrieren, um keine Fehler zu machen. Die Sonne fällt diagonal über den Tisch und fängt sich in den Fäden ihrer Strümpfe. Gut sieht das aus. Die Strümpfe, die Beine, alles. Immer wieder guckt sie verstohlen zu ihm rüber. Wünscht sie sich, dass er sie lobt? Vielleicht beim nächsten Mal.

«Hast du Lust und Zeit, nächstes Wochenende wiederzukommen?»

«Mal sehen, kann ich jetzt noch nicht genau sagen.»

«Dann sag Bescheid, wenn du es weißt.»

Will sie ihn zurückhaben? Ginge dann nicht alles wieder von vorne los? Eine klare Ansage jetzt, und die Angelegenheit wäre beendet, bevor sie wieder begonnen hätte. Doch die Gedanken an sie sitzen schon wieder fest wie ein Angelhaken in seinem Gehirn. Jemanden an der Angel haben, endlich erschließt sich ihm die Redensart. *Ich darf auf keinen Fall wieder unter die Räder kommen. Noch mal überlebe ich das nicht.*

Die destruktiven Gedanken erschöpfen ihn. Eine graue, poröse Müdigkeit tut sich auf, sein Kopf wird taub, er fühlt sich blutleer und kaputt. Ein vor Pathos triefender Satz schießt ihm in den Kopf: *Um sie zu überwinden, muss ich den Weg bis zum Ende gehen. Es gibt keinen Ausweg vor ihr für mich.*

Also sagt er zu: «Sonntag, selbe Uhrzeit.» *Gleiche Stelle, gleiche Welle.*

Diesmal gibt es Spaghetti bolognese. Die Soße brodelt und spuckt wie ein Geysir, der Herd ist völlig verschmiert. Sie entschuldigt sich, sie sei keine gute Köchin. Macht doch nichts. Zum Nachtisch Wassermelonen, die hat er seit hundert Jahren nicht mehr gegessen. Sein gustatorisches Gedächtnis ruft Erinnerungen auf, die aus einer anderen, lange zurückliegenden Zeit seines Lebens stammen, als enthielten die Melonen die Süße seiner Kindheit.

«Du siehst wahnsinnig gut aus», sagt sie.

Gar nicht ihre Art, Komplimente zu machen. Sie ist auch nicht besonders gut darin.

«Danke, danke», sagt er, aha, wusste ich gar nicht, denkt er.

Sie sitzen auf dem Sofa und schauen Serie. Er spürt, dass sie sich wünscht, er würde den Arm um sie legen. Er wartet darauf, dass sie *Was ist denn nun eigentlich mit uns beiden Hübschen?* oder etwas Ähnliches fragt. Fragt sie aber nicht. Sein Herz geht weit und weiter auf. *Wir könnten doch auch nur miteinander befreundet sein. Kumpels. Mit ein bisschen guten Willen geht das bestimmt.* Sein verängstigtes Gemüt zittert, sein Atem geht unruhig und stoßend, in der Paranoia-Fabrik laufen die Fließbänder an. Er muss Zeit gewinnen.

«So, langsam muss ich dann auch mal wieder.»

«Sehen wir uns nächstes Wochenende?»

«Weiß ich noch nicht genau.»

«Gut. Dann sag Bescheid.»

Am nächsten Sonntag schlafen sie miteinander. Die paar Kilo mehr (fünfeinhalb, wie sie ihm in einem schwachen Moment verrät) stehen ihr ausgezeichnet. Ob er nächste Woche nicht schon einen Tag eher kommen wolle, am Samstag? Klar.

Was für ein herrliches Wetter! Die Sonne groß und strahlend, die Luft riecht süß wie eine Wiese. *Man ist ja jedes Jahr von neuem begeistert vom Antlitz der Erde.* Sie steht vor dem Haus, springt ihm vor Freude in die Arme, als sei er vom Tode auferstanden.

«Ich hab dir noch so viel zu erzählen», sagt sie.

Als sie nach dem Sex nebeneinanderliegen, kommt aber nichts. Offenbar ist doch schon alles besprochen. Es beginnt zu regnen. Ein dumpfes Klopfen mischt sich in das Rauschen des Regens. Wo kommt das nur schon wieder her? Er kann nicht einschlafen.

Wovon lebt sie eigentlich? Erhält sie staatliche Unterstützung, kommt ihre Mutter für die laufenden Kosten auf? Von der ist so gut wie nie mehr die Rede, obwohl sie nur ein paar Straßen weiter wohnt.

Der Frühling geht, der Sommer kommt.

«Haben wir jetzt eigentlich eine Affäre miteinander?», fragt sie einmal. Er weiß nicht, was er antworten soll und lacht bescheuert. Der Druck erhöht sich; die Konstellation selbst ist es, die den Druck erzeugt. *Ich muss das Ganze so lange wie möglich in der Schwebe halten, mir Klarheit verschaffen.* Klarheit worüber? Er gerät in Panik, weil er nicht ergründen kann, was er will und was nicht. Dabei wünscht er sich doch so sehr, dass alles gut wird. Aber sie hatten schon mal eine Zukunft geplant, die dann nicht eingetreten ist. Das darf kein zweites Mal passieren. *Lass dich nicht von deinen Gefühlen leiten! Beherrsche deine Gefühle! Sonst wirst du von ihnen ins Meer gespült und nie mehr gesehen!*

Ihn nervt, dass er immer alles zahlt und sie nie. Weil sie keine gute Köchin ist, übernimmt er auch das Kochen. Er kauft immer alles ein, selbst die Grundzutaten. Neulich hatte sie noch nicht mal Salz im Haus.

Der Herbst kommt als eine Explosion von Farben. Die Blätter fallen in verschwenderischer Fülle, und irgendwann sind die Bäume kahl, die Blumenbeete verdorrt, die Felder verrostet, und der nasse und kalte Teil beginnt.

Sie wartet auf eine Entscheidung. Genug geschwiegen und gezögert! *Sieh her, ich esse! Für uns. Ich warte. Über ein halbes Jahr schon. Mach was draus. Ich hab nicht ewig Zeit.*

Sie entwickelt die Angewohnheit, sich mit beiden Händen von der Stirn bis zum Kinn übers Gesicht zu fahren, als wollte sie etwas Lästiges wegmachen.

Sie leidet unter Stimmungsumschwüngen; Depressionen, alternierend mit manischer Aufgedrehtheit. In den manischen Phasen schmiedet sie Pläne. Mal will sie sich *Ärzte ohne*

Grenzen anschließen, eine Woche später Psychologie studieren. Moderatorin werden. Sich um Straßenhunde kümmern. Als Fünf-Sterne-Animateurin die Welt bereisen. Er hofft darauf, dass sie sich tatsächlich für irgendwas entscheidet, ihm die Entscheidung abnimmt. Immer öfter denkt er an Suizid. Die Welt auslöschen, indem man sich selbst auslöscht, um der Verantwortung zu entkommen. Sie trudeln dem Ende entgegen.

Dreiundzwanzig

Der Herbst ist so schnell vergangen, dass man schon in der dritten Novemberwoche das Gefühl hat, es sei tiefster Winter.

Heute ist es wieder mal besonders zäh, es ist gerade mal neun, der Abend soll endlich zu Ende gehen. Alles, was er ihr erzählt, kommt ihm deprimierend geistlos vor, dummes Zeug, Wiederholungen, immer dasselbe mit immer denselben Worten, kein Witz, keine Variation. Peinlich.

Nachdem sie die Animateurs-Pläne verworfen hat, will sie jetzt helfen, im Niger Brunnen zu bauen.

«Achthundert Millionen Afrikaner haben keinen Zugang zu sauberem Wasser. Ein Tiefbrunnen kostet läppische 20 000 Euro und versorgt Tausende Menschen mit Wasser.»

«Wirklich?»

«Ja. Im Niger ist der trockenste Punkt der Erde. Als Mitglied von ‹Europa hilft› könnte ich vor Ort ganz praktisch daran arbeiten, Leben zu retten.»

«Gut.»

Sie benutzt nichtssagende Begriffe: *Dynamiken, Projekte, Strukturen.* Es fällt ihm zunehmend schwerer, ihren Ausführungen zu folgen.

«Interessiert dich das überhaupt?»

«Klar. Mache ich einen unkonzentrierten Eindruck?»

«Ehrlich gesagt schon. Ach egal. Wir könnten ja mal wieder was trinken gehen. Fünf Minuten von hier hat ein Irish Pub aufgemacht.»

Irish Pub, ach du Schreck. Aber er ist zu groggy, um zu widersprechen, irgendwas zu sagen, das ihren Unmut erregen könnte.

Es ist ungemütlich im *Murphy's*, obwohl in irischen Pubs wie etwa auch in griechischen Restaurants die Gemütlichkeit quasi als einziger Grund zum Besuch mit eingebaut ist. Guter Satz.

Der Durchzug vom Fenster hat die Kerze auf ihrem Tisch zu Wachswülsten verformt. Die Musik ist ganz ohne Bässe, wie früher bei Batterieplattenspielern. Die Töne steigen auf, platzen wie kleine Bläschen und regnen auf sie herab. The Black Velvet Band. Monto. The Rising of the Moon. Er bestellt ein *Murphy's Irish Stout*, sie Rotwein. Dazu *Chips und Dips.* Der Wein schimmert im Kerzenlicht rubinrot.

Ob sich der Brunnenbau in Afrika eigentlich *ausschließlich* durch Spendengelder finanziere, will er wissen. Gequälter kann ein Gesichtsausdruck nicht sein. Sie hat ihn sofort durchschaut.

«Was ist eigentlich mit Weihnachten?», fragt er.

«Wie meinst du das?»

«Wir haben noch gar nicht über Weihnachten gesprochen. Lange ist es ja nicht mehr hin. Gibt es da schon irgendwelche Pläne?»

«Heiligabend werde ich mich um meine Mutter kümmern.»

«Ach so, ja, die gibt's ja auch noch.»

«Allerdings gibt's die noch.»

«Und dann?»

«Am ersten zu Ina und Holger.»

UND AM ZWEITEN? Meine Güte, können sie denn nie eine normale Unterhaltung führen?

«Und am zweiten?»

«Wollte ich eine alte Freundin besuchen. In Würzburg. Maria. Die kennst du aber nicht.»

«Nee, die kenn ich nicht. Hast du ja auch nie von erzählt.»

«Nee, hab ich wohl nicht.»

Ein gehetzter Ausdruck hat sich in ihrem Gesicht festgesetzt.

«Also spiele ich in deinen Feiertagsplanungen keine Rolle.»

«Das liegt ja auch ein bisschen an dir. Hättest du dich mal etwas früher angemeldet.»

ANGEMELDET.

«Okay, letzter Versuch: Silvester.»

«Kann sein, dass ich da gar nicht im Lande bin.»

«Aha. Wo willst du denn hin, wenn ich fragen darf?»

«Erst nach Wien zu meinem Vater und dann weiter nach Kärnten.»

«Kärnten? Was machst du da?»

«Was macht man da wohl? Ski laufen?»

«Wie wäre es, wenn ich mitkomme?»

«Ich dachte, du kannst kein Ski laufen.»

«Na und. Fahre ich eben Schlitten. Oder sonst was. Ich werde mich schon beschäftigen, keine Sorge.»

Da sie nicht gleich antwortet, fragt er sich mit einem Stich im Herzen, was jetzt folgt.

«Was meinst du?», hakt er nach.

«Eher nicht.»

EHER NICHT.

«Warum nicht?»

«Wir eiern schon so lange rum, und nichts ist passiert. Ich habe dir alle erdenklichen Vorlagen gegeben. Du hättest nur zu verwandeln brauchen.»

«Ach so. Und nun ist es zu spät?»

«Ich glaube ja.»

Sein Herzschlag pumpt das Blut rauschend und in Stößen durch das Innere seiner Ohren, lauter und lauter und immer lauter.

«Was heißt das, du glaubst?»

«Das wird nichts mehr. Es gibt da auch jemanden.»

JEMANDEN. Das Wort durchfährt ihn wie ein Adrenalinstoß, schwingt im Raum nach. Das Glas in seiner Hand wird schwer wie eine Kanonenkugel.

«Ich habe eine Begleitung beim Skifahren.»

EINE BEGLEITUNG.

«Lass mich raten: Den hast du in Wien kennengelernt?»

«Ja. Zufällig. Ich war auf dem Naschmarkt, Kaffee trinken, und er hat mich angesprochen. Wir haben uns dann ziemlich oft getroffen, es lief aber nichts. Ich hab ihm natürlich von dir erzählt, dass ich nicht frei bin. Er würde warten, hat er gesagt.»

«Warten? Da hat er ja ordentlich lange durchgehalten.»

«Bitte!»

«Gut. Und jetzt?»

«Am besten, wir gehen.»

«Einverstanden. Wie wäre es, wenn *du* die Rechnung übernimmst?»

Sie zuckt zusammen, als hätte ein Peitschenhieb sie getroffen.

«Ich meine es ernst. Nicht nur nehmen, auch mal geben.»

«Du weißt wohl nicht, was du sagst.»

«Das weiß ich sehr wohl. Und das eine hat mit dem anderen überhaupt nichts zu tun. Ich fände es angemessen, wenn du ein einziges Mal die Rechnung übernimmst. Das sind höchstens dreißig Euro.»

«Bitte. Ich hab kein Geld dabei.»

«Ach, die feine Dame hat kein Geld dabei. Nie, oder nur, wenn wir zusammen unterwegs sind?»

«Jetzt bist du wohl endgültig übergeschnappt.»

«Ja, genau, *ich* bin der Irre. Leg mal 'ne andere Platte auf. Seit wir uns kennen, hast du mich nicht ein Mal eingeladen. Du hast mir auch kein einziges Geschenk gemacht, kein einziges.»

Die Leute gucken schon.

«Lass uns bitte gehen.»

«Bist du jetzt öfter hier? Dann kannst du ja anschreiben lassen.»

«Bitte. Ich geb's dir zu Hause wieder.»

«Aber auch machen.»

Ein knochentrockener, kristallscharfer Wind geht, es gießt in eiskalten Fäden schnurgerade herab. Obwohl er mindestens ein Promille haben dürfte, will er nach Hause fahren. Nur kurz mit hochkommen, das Geld in Empfang nehmen.

«Achtundzwanzig Euro und ein paar Zerquetschte waren das. Es reicht, wenn du mir fünfundzwanzig gibst.»

«Du meinst es wirklich ernst, was?»

«Allerdings. An deiner Stelle würde ich ohne weitere Aufforderung die Kohle auf den Tisch legen.»

Sie legt dreißig Euro hin.

«Tja», sagt er sinnlos. Ein brennendes Gefühl breitet sich in seinen Nasennebenhöhlen und in der Kehle aus, Tränen steigen auf, die er vergeblich zu unterdrücken versucht.

«Es tut mir alles so leid», sagt er.

«Frag mich mal.»

Sie fallen sich in die Arme. Sie weinen und weinen und weinen, die ganzen zwanzig Monate fließen in diesem einen Moment zusammen.

Zu Hause angekommen schreibt er die längste Mail seines Lebens. Völlig betrunken, aber es gelten ohnehin keine Regeln mehr. *Schick sie nicht gleich ab, lies sie morgen nüchtern noch mal durch, und erst dann schickst du sie ab.* Es kostet ihn große Mühe, sich zu beherrschen. In der Nacht schreckt er ständig auf, eisiger Schmerz wütet in seiner Brust, er liegt panisch wach, bis er wieder in den Schlaf zurückgespült wird. Ist das wirklich passiert? Er liest die E-Mail durch. Das ist noch nicht das, was er sagen wollte. Er schreibt die nächste Mail. Das ist noch nicht das, was er sagen wollte. Nächste Mail. Das ist noch nicht das, was er sagen wollte. Drei Tage und drei Nächte verschmelzen zu einem Brei aus Worten.

Am vierten Tag ist es schlagartig vorbei.

Er fühlt sich auf schwer zu beschreibende Art *normal*, so wie man sich fühlt, wenn man von einer langen Krankheit genesen ist. Der Gedanke an sie löst keinen Kontakt mehr in seinem Gehirn aus, irgendetwas in seinem Kopf ist außer Betrieb gesetzt. Wie oft hatte er darum gebetet, von ihr befreit zu werden, und nun ist es, als wäre sie mittels eines chirurgischen Eingriffs aus seinem Gehirn geschnitten worden.

Sie entfernt sich von ihm, wird mit jedem Tag unwirklicher, als gehöre sie bereits zu einem vorherigen Leben. Nicht mehr lange, und er wird auf ihre gemeinsame Geschichte wie auf ein Abenteuer zurückblicken, etwas, das man den Enkeln erzählt.

Es ist ein grauer Tag Mitte Dezember, kühl, aber mild. Der Himmel hängt tief und schwer über der Stadt, das Tageslicht sieht man nur ein paar Stunden. Es ist nun endgültig Zeit, den dicken Mantel herauszuholen, und bald ist ja auch schon Weihnachten. Einer der Tage, die man im Bett verbringen möchte, um alles noch mal in Ruhe Revue passieren zu lassen.

Die Verlängerung hätten sie sich auch sparen können, denkt er, und: Das meiste endet anders als angenommen. Sie war wohl schlicht und ergreifend die falsche Frau für ihn. Vielleicht gibt es einen Mann, zu dem sie passt. Einer, der ihr Diamanten schenkt, groß wie Haselnüsse, bei dem sie endlich so sein kann, wie sie *wirklich* ist. Das hofft er für sie.

Wir haben unser Bestes versucht und sind gescheitert, nun müssen wir, wie Millionen Menschen vor uns und Millionen Menschen nach uns, mit unseren zerschlagenen Träumen, unerreichten Zielen und unerfüllten Sehnsüchten fertigwerden.

Und wenn man das alleine nicht hinbekommt, muss man eben zum Erbsendoktor auf die Rüttelbank.

Diese idiotische Glückspropaganda mit ihren haltlosen Versprechungen, stimmt doch alles vorne und hinten nicht: Nur zu oft macht die Liebe unglücklich, kostet Zeit und Nerven und hält einen von der Arbeit ab. Der Pyjama wird nass von Tränen, die Scheiben beschlagen von den Tränen, das Gesicht quillt von den Tränen auf.

Er wird sich öfter mal eine Freude machen, wie etwas Verlorengegangenes, das man wieder neu entdeckt: Passanten auf der Straße beobachten, spazieren gehen, herumtrödeln, ohne schlechtes Gewissen den lieben Gott einen guten Mann sein lassen. Ein von Schuldgefühlen und Verwirrung unbelastetes Denken, frei von der Verpflichtung, dem Leben einen Sinn zu geben.

Gnädig sein mit sich selbst, sich, sooft es geht, mildernde Umstände zubilligen. Schluss mit den endlosen Sorgen, um den morgigen Tag und das kommende Jahr, bis ins Unabsehbare; frei sein vom Gewicht der Vergangenheit und den Ängsten um die Zukunft. Kann man sich ja immerhin vornehmen.

Man hatte doch immer bei den Eltern kritisiert, dass deren Leben dafür draufgegangen ist, ein wie auch immer geartetes Glück vorzubereiten. Es zu genießen war dann nicht mehr möglich, da die Vorbereitungen zu viel Kraft gekostet haben. Der große Augenblick aufgespart für nach dem Tod. Nichts passt doch jemals so richtig, Fehler sind unvermeidlich, Niederlagen muss man hinter sich lassen.

Er müsste dringend mal wieder einen alkoholfreien Tag einlegen. Doch SPECIAL CIRCUMSTANCES REQUIRE SPECIAL MEASURES. Er schenkt sich ein Glas Grauburgunder ein und öffnet das Fenster. Der Durchzug wird die Gespenster vertreiben und das Blei in seinem Kopf zum Schmelzen bringen. Und wenn es geschmolzen ist, stellt er sich vor, wird ihm wieder fröhlich zumute sein. Er trinkt und schaut hinaus, es ist wie ein Fenster zu einer Wirklichkeit, die er längst vergessen hatte, zu etwas Schönem, was sich wieder zu entdecken lohnte. Er atmet tief, gleichmäßig und gründlich.

An mehreren Stellen gleichzeitig bricht die Abendsonne aus der niedrigen Wolkendecke, das Zimmer leuchtet in allen Farben des Sonnenuntergangs, und ein plötzliches Glücksgefühl weitet ihm die Brust. Er denkt an einen Ausflug ans Meer, an Pommes frites und Kindertränen, Sand und geschmolzene Wolken an einem heißen Sommernachmittag, wenn Trugbilder am Horizont tanzen. Als die Sonne verschwindet, wird es schnell kalt und ungemütlich. Er schließt das Fenster und legt sich wieder hin.

Es ist angenehm leer im Zimmer. Nach der Sache mit dem roten Höschen (das nie wieder aufgetaucht ist) hat er gründlich ausgemistet. Nun gibt es hier nur noch ein Bett, einen Schrank, einen Wäschekorb und ein Nachttischchen mit Nachttischlampe. Es scheint, als stünde die Zeit still und als gäbe es nichts weiter auf der Welt als dieses Bett, den Schrank, den Korb und den Nachttisch. Er löscht das Licht und wiederholt still für sich alles, was er weiß. Eine ganze Menge ist das nämlich.

Lebe wohl, mein Liebling!